# 어니스트 헤밍웨이
**Ernest Miller Hemingway**
1899. 7. 21~1961. 7. 2

《태양은 다시 떠오른다》 집필 무렵의 헤밍웨이

1899년 7월 21일 미국 일리노이 주 시카고 근처의 오크파크에서 태어났다. 의사인 아버지와 성악가인 어머니 사이에서 풍족한 유년 시절을 보냈고, 어릴 때부터 아버지를 따라다니며 사냥과 낚시를 배웠다. 이때의 기억은 그의 초기 걸작 단편집 《우리들의 시대에(In Our Time)》(1924)의 토대가 되었다. 1917년 고등학교 졸업 후 시카고의 〈캔자스 시티 스타〉에서 6개월간 기자로 일하며, 간결하고 힘 있는 헤밍웨이 특유의 '하드보일드' 문체를 익히기 시작했다. 이듬해에 1차 세계대전에 참전하여 이탈리아 전투에 운전병으로 투입되지만 중상을 입고 밀라노의 적십자병원에 입원했다. 이곳에서 일곱 살 연상의 미국인 간호사 아그네스 폰 쿠로브스키와 사랑에 빠지고, 이때의 경험은 《무기여 잘 있어라(A Farewell to Arms)》(1929)를 비롯한 그의 여러 작품에 모티브가 되었다. 1921년 〈토론토 스타〉의 유럽 특파원 자격으로 파리에 주재하면서 거트루드 스타인, 에즈라 파운드, 스콧 피츠제럴드 등 당대의 유명 작가들과 교류하기 시작했다. 1926년 삶의 방향을 상실한 젊은이들의 방황과 환멸을 사실적으로 그린 첫 장편 《태양은 다시 떠오른다(The Sun Also Rises)》를 발표하여 일약 미국 문단의 총아로 주목을 받고, 이어 1차 세계대전의 참전 경험을 토대로 한 두 번째 장편 《무기여 잘 있어라》를 발표해 세계적 작가의 반열에 올랐다. 이때 그의 나이 서른이었다. 그 후 〈킬리만자로의 눈(The Snow of Kilimanjaro)〉(1936), 〈프랜시스 매컴버의 짧고 행복한 생애(The Short Happy Life of Francis Macomber)〉(1936)와 같은 뛰어난 단편들을 발표하고, 1940년 스페인 내전을 소재로 한 장편 《누구를 위하여 종은 울리나(For Whom the Bell Tolls)》를 통해 다시 한 번 작가로서의 명성을 굳혔다.

이후 오랜 침체기 끝에 1952년 완성한 《노인과 바다(The Old Man and the Sea)》는 100여 쪽 분량의 짧은 이야기임에도 불구하고 《라이프》지에 발표되자마자 이틀 만에 500만 부가 팔리며 엄청난 반향을 일으켰다. 이 작품으로 퓰리처상과 노벨문학상의 영예를 안으면서 20세기 미국 문학의 거장으로 자리매김했다. 그러나 건강이 악화되면서 우울증과 알코올중독증에 시달리던 헤밍웨이는 몇 차례의 자살 시도와 입원을 반복하다 1961년 7월 2일 오하이오 케첨의 자택에서 엽총으로 자신의 생을 마감했다.

태양은 다시 떠오른다

시공 헤밍웨이 선집
The Sun Also Rises

# 태양은 다시 떠오른다

**어니스트 헤밍웨이** 지음
**권진아** 옮김

시공사

해들리 헤밍웨이와
존 해들리 니카노르 헤밍웨이에게

**일러두기**
1. 이 책은 1926년 출간된 어니스트 헤밍웨이(Ernest Hemingway)의 《태양은 다시 떠오른다(The Sun Also Rises)》를 우리말로 옮긴 것이다.
2. 번역은 스크리브너(Scribner) 출판사에서 2006년 발행한 문고판을 대본으로 사용했다.
3. 본문에 등장하는 영어를 제외한 외국어는 원작에서 해석 없이 쓰인 경우 작품의 분위기를 고려하여 독음으로 표기하고 각주를 달았다. 단, 독자의 가독성을 해친다고 판단되는 경우는 해석을 괄호 안에 넣어 본문에 함께 병기했다.
4. 본문의 주는 모두 옮긴이 주이다.

차례

1부 11
2부 101
3부 321

해설 길 잃은 세대의 극기주의적 초상 353
어니스트 헤밍웨이 연보 363

"당신들은 모두 길 잃은 세대이다."

—거트루드 스타인

"한 세대가 가고 또 한 세대가 오지만 이 땅은 영원히 그대로이다. 떴다 지는 해는 다시 떴던 곳으로 숨가삐 가고 남쪽으로 불어갔다 북쪽으로 돌아오는 바람은 돌고 돌아 제자리로 돌아온다. 모든 강이 바다로 흘러드는데 바다는 넘치는 일이 없구나. 강물은 떠났던 곳으로 돌아가서 다시 흘러내리는 것을."

—〈전도서〉 1장 4~7절

1부

# 1장

로버트 콘은 한때 프린스턴 대학의 미들급 권투 챔피언이었다. 내가 그 타이틀을 대단하게 여겼다고는 생각하지 마라. 하지만 콘에게는 대단한 일이었다. 그는 권투를 전혀 좋아하지 않았고, 사실은 싫어했다. 하지만 그는 프린스턴 대학에서 유대인으로서 차별을 받으며 느낀 열등감과 부끄러움을 없애기 위하여 고통스럽고 철저하게 권투를 배웠다. 누구든 건방지게 굴면 때려눕힐 수 있다는 것은 다소 위안이 되는 일이었다. 하지만 그는 매우 수줍음이 많고 철두철미하게 점잖은 청년이라 체육관 밖에서는 절대 싸우지 않았다. 그는 스파이더 켈리의 애제자였다. 스파이더 켈리는 자기 제자들이 몸무게가 105파운드건 205파운드건 간에 모두 페더급 선수처럼 권투하도록 가르쳤다. 하지만 콘에게는 그게 맞는 듯했다. 그는 정말로 동작이 날랬다. 그가 너무 잘하자 스파이더는 즉석에서 그와 훨씬 센 선수를 시합에 붙였고, 덕분에 콘의 코는 영원히 납작해졌다. 그 일로 콘은 권투를 더 싫어하게 됐지만, 한편으로는 여기서 어떤 기이한 만족감을 느꼈다. 그리고 코는 확실히 전보다 더 보기 좋아졌다. 프린스턴에서의 마지막 해에 그는 책을 너무 많이 읽어서 안경을 쓰게 되었다. 그의 동창생들 중 그를 기억하는 사람을 나는 한 명도 만나보지 못했다. 그들은 그가 미들급 권투 챔피언이라는 사실조차 기억하지 못했다.

나는 솔직하고 단순한 사람들을 믿지 않는다. 특히 그들의 이야기가 아귀가 맞을 때면 더욱 안 믿는다. 난 로버트 콘이 미들급 권투 챔피언이 아니었을지도 모르며, 어쩌면 말이 얼굴을 밟았거나, 어머니가 임신 중에 깜짝 놀라거나 못 볼 걸 봤다거나, 어쩌면 어릴 때 어딘가에 부딪쳤을지도 모른다고 늘 의심했다. 하지만 마침내 누군가가 스파이더 켈리로부터 그 이야기를 직접 듣고 입증했다. 스파이더 켈리는 콘을 기억하고 있을 뿐만 아니라, 그가 이후 어떻게 되었는지 종종 궁금해했다는 것이다.

로버트 콘의 아버지는 뉴욕에서 가장 부유한 유대인 가문 출신이었고, 어머니는 가장 유서 깊은 가문 출신이었다. 그는 프린스턴에 들어오기 전 군대식 사립학교를 다녔고, 미식축구 팀에서 엔드 포지션을 맡아 대단한 활약을 했다. 그곳에서는 그에게 인종적 자의식을 느끼게 하는 사람이 아무도 없었다. 그가 유대인이며, 따라서 다른 사람들과는 다르다고 생각하게 만드는 사람은 아무도 없었다. 프린스턴에 가기 전까지는 말이다. 그는 점잖고, 우호적이고, 매우 수줍은 소년이었고, 그래서 그 일로 몹시 괴로워했다. 그는 그 괴로움을 권투로 해소했고, 상처 입은 자의식과 납작해진 코를 가지고 프린스턴을 나와 처음으로 그에게 다정하게 대해준 여자와 결혼했다. 그는 5년 동안 결혼 생활을 하며 아이를 셋 낳았고, 아버지가 남겨주신 5만 달러의 유산 대부분을 날렸다. 나머지 유산은 어머니에게 갔고, 그는 부유한 아내와의 불행한 가정생활로 인해 무뚝뚝하고 매력적이지 않은 인간으로 굳어져갔다. 그리고 그가 아내를 떠나려고 막 결심한 순간, 아내가 세밀화가와 눈이 맞아 먼저 그를 떠나버렸다. 헤어지려고 몇 달을 고심했지만 아내에게 너무 잔인한 일이 될까봐 실행을 못 하고 있던 차에 그 배반은 참으로 정신이 번쩍 드는 충격이었다.

이혼 절차가 끝나자 로버트 콘은 서부 해안으로 갔다. 캘리포니아에서 그는 문인들과 어울렸고, 5만 달러 중 조금 남은 돈으로 곧 미술평론지를 하나 후원하기 시작했다. 평론지는 캘리포니아 카멜에서 창간되었고 매사추세츠 프로빈스타운에서 폐간되었다. 처음에는 그저 단순한 후원자에 불과했고 자문위원회의 일원으로 편집자 명단에 이름을 올렸을 뿐이었지만, 이때쯤 콘은 유일한 편집자가 되어 있었다. 어쨌거나 그건 그의 돈이었고, 그는 자신이 편집자의 권위를 좋아하고 있음을 알게 되었다. 하지만 유감스럽게도 비용이 너무 많이 들어 결국 잡지를 포기할 수밖에 없었다.

하지만 이 무렵 그에게는 다른 걱정거리들이 있었다. 그는 잡지를 통해 같이 뜨기를 꿈꾸는 어떤 여자에게 꼭 붙들려 있었다. 그녀는 매우 강압적이어서, 콘은 빠져나갈 기회조차 없이 꽉 잡혀버렸다. 게다가 그는 자기가 그녀를 사랑한다고 확신했다. 그러나 잡지가 전망이 없음을 알게 되자 그녀는 콘에게 정이 좀 떨어졌고, 아직 챙길 게 있을 때 챙기는 게 좋겠다는 속셈으로 유럽으로 가자고, 콘은 거기서 글을 쓰면 된다고 졸랐다. 그들은 그녀가 학창 시절을 보냈던 유럽에 와서 3년을 머물렀다. 그 3년 중 첫해에는 여행을 했고, 나머지 두 해는 파리에서 머물렀다. 로버트 콘은 친구를 둘 사귀었다. 나와 브래덕스였다. 브래덕스는 그의 문인 친구였고, 나는 테니스 친구였다.

그를 잡은 여자는 이름이 프랜시스였는데, 2년이 다 되어갈 즈음 자신의 외모가 시들고 있다는 것을 깨닫더니 로버트에 대한 태도가 달라졌다. 무심히 소유하고 있으면서 착취하려던 태도에서 그와 꼭 결혼해야겠다는 굳은 결심으로 바뀐 것이다. 이 무렵 로버트의 어머니는 한 달에 300달러 정도를 주는 것으로 그의 용돈 문제를 매듭지었다. 내가 알기로 로버트 콘은 2년 반 동안 다른 여자에게 눈을 돌리지 않았다. 그는 꽤 행복했다. 유럽에 있는 많은 이들처럼 오히려 미국에서 살고 싶어 했다는 점만 제외하면 말이다. 또한 그는 글쓰기를 발견했다. 그는 소설을 한 편 썼고, 그 소설은 형편없기는 했지만, 나중에 평자들이 말했던 것만큼의 졸작은 아니었다. 그는 많은 책을 읽고, 브리지 게임을 하고, 테니스를 치고, 동네 체육관에서 권투를 했다.

내가 콘에 대한 여자의 달라진 태도를 처음으로 의식하게 된 것은 어느 날 우리 세 사람이 함께 저녁식사를 한 후였다. 우리는 라브뉘에서 저녁을 먹은 뒤 커피를 마시러 카페 드 베르사유에 갔다. 커피를 마신 후 코냑을 몇 잔 마셨고, 나는 가봐야겠다고 말했다. 콘은 주말 동안 우리 둘이 여행 가자는 이야기를 하고 있었다. 그는 도시에서 벗어나 기분 좋게 산책할 수 있는 곳을 원했다. 나는 스트라스부르로 비행기를 타고 가서 생토딜을 오르든지, 아니면 알자스 지방의 어디든 가자고 말했다. "스트라스부르에 가면 안내를 해줄 여자가 하나 있어." 내가 말했다.

누군가 테이블 아래에서 나를 걷어찼다. 나는 우연히 부딪쳤거니 생각하고 말을 계속했다. "거기 2년 동안 살아서 그 마을에 대한 것이라면 뭐든지 다 알아. 근사한 여자야."

테이블 밑에서 누군가 다시 다리를 걷어차는 바람에 쳐다보니 로버트의 애인 프랜시스가 턱을 치켜들고 험상궂은 표정을 하고 있었다.

"젠장." 나는 말했다. "꼭 스트라스부르에 갈 필요가 있나? 브뤼주나 아르덴에 가도 되지."

콘은 마음이 놓인 표정을 했고, 나는 다시 걷어차이지 않았다. 인사를 하고 밖으로 나오는데, 콘이 신문을 사야겠다며 길모퉁이까지 같이 가자고 말했다. "맙소사." 그가 말했다. "스트라스부르에 있는 여자 이야기는 왜 꺼낸 거야? 프랜시스 얼굴 못 봤어?"

"아니, 내가 왜 그래야 해? 스트라스부르에 사는 미국 여자를 내가 알기로서니, 그게 도대체 프랜시스랑 무슨 상관이야?"

"뭐든 상관없어. 어떤 여자든. 난 못 가. 그게 다야."

"바보같이 굴지 마."

"자넨 프랜시스를 몰라. 어떤 여자든 안 돼. 프랜시스 표정 못 봤어?"

"이거 원." 나는 말했다. "그럼 상리스에 가자."

"화내지 마."

"화 안 났어. 상리스는 좋은 곳이야. 그랑세르에서 자고 등산을 하고 돌아오면 되지."

"좋네, 그게 좋겠어."

"자, 그럼 내일 테니스장에서 보자고." 내가 말했다.

"잘 가, 제이크." 그는 인사하고 카페로 가려고 돌아섰다.

"신문 안 사?" 내가 말했다.

"그렇군." 그는 길모퉁이의 신문 판매대까지 나와 함께 걸어갔다. "화난 거 아니지, 제이크?" 그는 신문을 쥐고 돌아섰다.

"아니, 그럴 이유가 있나?"

"테니스장에서 봐." 그가 말했다. 나는 그가 신문을 들고 카페로 걸어가는 것을 지켜봤다. 나는 그를 꽤 좋아했고, 분명 그녀는 그를 힘들게 하고 있었다.

## 2장

그해 겨울 로버트 콘은 소설을 들고 미국으로 갔고, 꽤 좋은 출판사에서 출판 수락을 받았다. 미국행 건으로 두 사람은 크게 다투었고, 프랜시스가 그를 놓친 건 그 무렵이었던 것 같다. 뉴욕에서 몇몇 여자들이 그에게 살갑게 굴었기 때문이다. 유럽에 돌아왔을 때 그는 딴사람이 되어 있었다. 전에 없이 미국에 열광했고, 전처럼 순박하지도 착하지도 않았다. 출판사들이 그의 소설을 꽤 높이 치켜세워주었고, 그는 다소 우쭐해졌다. 게다가 몇몇 여자들이 적극적으로 잘해주자 그의 시야는 완전히 달라져버렸다. 4년 동안 그의 시야는 아내에게 완전히 묶여 있었다. 그리고 3년 동안, 아니 거의 3년 동안 그는 프랜시스 외의 여자들에게는 눈길도 주지 않았다. 내가 보기에 그는 분명 한 번도 연애해본 적이 없었다.

그는 불쾌한 대학 시절에 대한 반동으로 결혼했고, 프랜시스는 그가 첫 번째 아내에게 자기가 가장 소중한 사람이 아니었다는 것을 깨닫고 충격에 빠져 있을 때 그 반동으로 그를 낚아챘다. 그는 아직 사랑에 빠지지는 않았지만 여자들이 자기에게 매력을 느낀다는 것을, 여자가 그를 좋아하고 같이 살고 싶어 하는 게 있을 수 없는 기적이 아니라 가능한 일임을 깨닫게 되었다. 이 때문에 그는 사람이 달라져서 어울려도 재미가 없었다. 또한 뉴욕에서 사귄 친구들과 감당할 수 없는 돈을 걸고 브리지 게임을 했다가 카드를 잘 붙들고 있던 덕에 몇백 달러를 따기도 했다. 그 일로 그는 브리지 게임 실력을 자만하게 되었고, 처지가 궁해지면 브리지 게임을 해서도 먹고살 수 있다는 소리를 몇 번이나 했다.

그리고 한 가지가 더 있다. 그는 W. H. 허드슨의 작품을 읽고 있었다. 별것 아닌 일처럼 들리겠지만, 콘은 《적토(赤土)》를 읽고 또 읽었다. 《적토》는 나이가 너무 들어서 읽으면 굉장히 해로운 책이다. 그 책은 풍경이 세밀하게 묘사된 강렬하게 낭만적인 나라에서 어느 완벽한 영국 신사가 겪는 근사한 상상 속의 애정 편력을 들려준다. 서른네 살의 남자가 이 책을 인생의 안내서로 삼는다는 것은, 그 나이의 남자가 이보다 더 실용적인 앨저*의 전집만 들고 프랑스 수도원에서 나와 곧장 월스트리트로 들어가는 것만큼이나 안전한 선택이다. 콘은 《적토》가 R. G. 던*의 보고서라도 되는 양 단어 하나하나를 문자 그

---

*허레이쇼 앨저(1832~1899). 가난한 소년이 근면과 성실로 성공한다는 식의 소설을 주로 쓴 미국의 아동문학가.

대로 받아들였다. 그러니까, 몇 가지 유보를 하기는 했지만 그 책이 대체로 옳다고 판단했다는 말이다. 그 책에는 출발에 필요한 모든 것이 다 들어 있었다. 그가 어느 정도로 그 책에 빠졌는지 내가 깨달은 것은 어느 날 그가 내 사무실에 왔을 때였다.

"어이, 로버트." 내가 말했다. "날 응원해주려고 온 건가?"

"남미에 가지 않겠어, 제이크?" 그가 물었다.

"아니."

"왜?"

"몰라. 난 남미에 가고 싶었던 적이 없어. 너무 비싸. 그리고 남미 사람들은 파리에서도 충분히 볼 수 있는데 뭐."

"그 사람들은 진짜 남미 사람들이 아니야."

"내 눈엔 몹시 진짜 같은데."

나는 임항(臨港)열차 시간에 맞춰 일주일치 기사를 보내야 했는데, 반밖에 못 쓴 상태였다.

"재미있는 소식 뭐 아는 거 없어?" 내가 물었다.

"없어."

"자네의 그 고귀하신 친구들 중 이혼한 사람은 없나?"

"없어. 들어봐, 제이크. 내가 우리 두 사람 여행 비용을 다 댄다면, 같이 남미에 갈 생각 없어?"

"왜 나야?"

"자넨 스페인어를 하잖아. 그리고 둘이서 가면 더 재미있을

---

*로버트 그레이엄 던(1826~1900). 미국의 실업계 정보의 권위자.

테니까."

"아니. 난 이 도시가 마음에 들고 여름에는 스페인에 갈 거야."

"난 평생 그런 여행을 해보고 싶었어." 콘이 말했다. 그는 자리에 앉았다. "그러기 전에 너무 늙고 말 거야."

"바보 같은 소리 마. 가고 싶으면 자넨 어디든 갈 수 있어. 돈이 많잖아."

"알아. 하지만 떠날 수가 없어."

"기운 내. 어느 나라들이고 그냥 움직이는 그림 같은 거야."

하지만 나는 그가 안됐다는 생각이 들었다. 그는 절실했다.

"내 인생이 이렇게 빨리 지나가고 있는데, 내가 제대로 살고 있지 않다고 생각하니 참을 수가 없어."

"투우사 말고는 인생을 최대치로 사는 사람은 없어."

"투우사는 관심 없어. 그건 비정상적인 삶이야. 난 남미 시골에 가고 싶다고. 굉장한 여행이 될 거야."

"영국령 동아프리카에 가서 사냥을 하는 건 어때?"

"아니, 그런 건 싫어."

"거기라면 같이 갈 텐데."

"아니, 그건 흥미 없어."

"그건 자네가 그곳에 관한 책을 안 읽어서 그래. 가서 아름답게 빛나는 검은 공주들과의 사랑 이야기로 가득한 책을 읽어보라고."

"난 남미에 가고 싶어."

그에겐 유대인 특유의 굳세고 고집 센 구석이 있었다.

"아래층에 가서 한잔하자."

"일하던 중 아니었어?"

"아니." 내가 말했다. 우리는 계단을 내려가 1층의 카페로 갔다. 친구들을 떼어내는 데는 이 방법이 최고다. 한잔하고 나서 이렇게 말하기만 하면 된다. "어, 난 돌아가서 전보를 좀 부쳐야 해." 그럼 끝이다. 일하는 것처럼 보이지 않는 것이 굉장히 중요한 직업윤리의 하나인 언론계에서는 그런 우아한 퇴장 방법을 발견하는 것이 굉장히 중요하다. 어쨌거나 우리는 아래층의 바로 내려와서 위스키소다를 마셨다. 콘은 벽을 따라 늘어선 통에 담긴 병들을 바라봤다. "좋은 곳이군." 그가 말했다.

"술이 아주 많지." 내가 동의했다.

"들어봐, 제이크." 그가 바 위로 몸을 내밀며 말했다. "자네 인생이 몽땅 지나가버리고 있는데 그걸 이용하지 않고 있다는 느낌 들어본 적 없나? 앞으로 살날 중 반이 벌써 지나갔다는 걸 알고 있어?"

"어, 이따금 들지."

"앞으로 35년 정도만 지나면 우린 다 죽고 없을 거라는 거 알고 있어?"

"어쩌라고, 로버트." 내가 말했다. "어쩌라고."

"난 심각해."

"난 걱정 안 해."

"해야 해."

"걱정거리는 널렸어. 걱정은 손 끊었어."

"어쨌거나 난 남미에 가고 싶어."

"잘 들어, 로버트. 다른 나라에 간다고 해서 달라질 건 없어. 나도 다 해봤어. 아무리 장소를 옮겨봐도 자기 자신에게서 벗어날 순 없는 거야. 아무 의미가 없어."

"하지만 남미에는 안 가봤잖아."

"빌어먹을 남미! 거기 간다고 해도 지금 자네 기분은 하나도 안 달라질 거야. 여긴 좋은 곳이야. 파리에서 인생을 제대로 시작해보는 게 어때?"

"난 파리가 지겨워. 라탱\*도 지겹고."

"그럼 라탱에서 벗어나봐. 혼자 이리저리 다니면서 무슨 일이 생기는지 한번 보라고."

"내겐 아무 일도 안 생겨. 하루는 밤새도록 혼자 걸어 다녔는데도, 자전거를 탄 경찰관이 불러 세워서 서류를 보자고 한 일 외엔 아무 일도 없었다고."

"도시의 야경이 멋지지 않았어?"

"난 파리가 싫어."

그런 것이다. 그가 안됐긴 했지만, 누가 도와줄 수 있는 일이 아니었다. 금세 두 가지 고집—그 문제를 해결해줄 수 있는 것은 남미이고, 파리는 좋지 않다는 생각—과 부딪히게 되기 때문이다. 그는 첫 번째 견해를 책에서 얻었고, 내 생각에 두

---

\*소르본 대학이 있는 파리 중심부의 카르티에라탱 지구를 의미.

번째도 책에서 얻은 것 같다.

"음, 난 올라가서 전보를 쳐야 해." 내가 말했다.

"정말 가야 해?"

"응, 이 전보들을 보내야 하거든."

"나도 올라가서 사무실에 앉아 있으면 안 되나?"

"괜찮아, 올라와."

그는 사무실 바깥 방에 앉아서 신문을 읽었고, 편집자이자 발행인인 나는 두 시간 동안 열심히 일했다. 그리고 묵지를 정리해서 기사 서명란에 도장을 찍고 기사를 커다란 마닐라 봉투 두 개에 넣은 다음 사환을 불러 생라자르 역으로 보냈다. 바깥 방으로 나가니 로버트 콘이 팔로 머리를 괴고는 커다란 의자에서 잠들어 있었다. 깨우고 싶지 않았지만 사무실을 잠그고 나가고 싶었다. 어깨에 손을 올리자 그는 고개를 저었다. "못 해." 그는 중얼거리며 머리를 팔 안으로 깊숙이 파묻었다. "못 해. 무슨 일이 있어도 안 해."

"로버트." 나는 그의 어깨를 흔들었다. 그가 고개를 들고 나를 쳐다보았다. 그는 미소를 지으며 눈을 껌벅거렸다.

"방금 내가 큰 소리로 뭐라 했나?"

"뭐라고 했어. 하지만 무슨 소리인지는 못 알아들었어."

"맙소사, 지독한 꿈이었어!"

"타이프 소리에 잠이 든 거야?"

"그런 것 같아. 어젯밤에 한숨도 못 잤거든."

"무슨 일 때문에?"

"이야기하느라." 그가 말했다.

그림이 그려졌다. 나는 친구들의 침실 장면을 그려보는 고약한 버릇이 있다. 우리는 카페 나폴리탱으로 가서 아페리티프*를 마시며 대로를 지나가는 저녁의 인파를 구경했다.

---

*식욕을 돋우기 위해 식전에 마시는 술. 셰리 같은 와인이나 칵테일을 주로 마신다.

# 3장

따뜻한 봄날 저녁이었다. 로버트가 간 후 나는 나폴리탱의 테라스 테이블에 앉아서 어둠이 내리며 불이 들어오기 시작하는 간판들, 빨간색과 녹색의 교통신호, 지나가는 사람들, 빽빽이 달리는 택시들 옆으로 따가닥거리며 지나가는 마차, 저녁 사줄 사람을 찾아 홀로 또는 짝을 지어 지나가는 창녀들을 구경했다. 예쁜 여자 하나가 테이블 앞을 지나 거리를 따라 올라가 사라지자, 또 다른 여자를 쳐다보았다. 그때 첫 번째 여자가 다시 돌아와 내 앞을 한 번 더 지나갔다. 나와 눈이 마주치자 그녀는 돌아와서 테이블에 앉았다. 웨이터가 다가왔다.

"자, 뭘 마시겠어요?" 내가 물었다.

"페르노."

"어린 여자에게는 좋지 않은데."

"당신이나 그러시겠죠. 디트 가르송, 욍 페르노.(저기요, 페르노

한 잔 주세요.)"

"저도 페르노 한 잔이요."

"웬일이에요?" 그녀가 물었다. "파티에라도 가나요?"

"물론. 당신은?"

"몰라요. 이 도시에선 앞일을 알 수가 없죠."

"파리가 싫은가?"

"싫어요."

"다른 곳으로 가지그래요?"

"다른 곳이 없어요."

"행복하면 된 거지."

"행복은, 빌어먹을!"

페르노는 녹색을 띤 가짜 압생트다. 물을 타면 우윳빛으로 변한다. 맛은 감초 같고 기분이 한껏 좋아지지만, 그만큼 뒤끝이 안 좋다. 우리는 앉아서 술을 마셨다. 여자는 뚱한 얼굴이었다.

"그건 그렇고, 나한테 저녁 사줄 건가?" 내가 말했다.

여자가 미소를 짓자, 그제야 나는 왜 그녀가 웃지 않는지 알았다. 입을 다물고 있으면 꽤 예쁜 여자였다. 내가 계산을 마친 후, 우리는 거리로 나왔다. 마차를 부르자, 마부가 연석에 차를 갖다 댔다. 우리는 천천히 부드럽게 흔들리는 마차에 앉아 오페라 거리를 올라가며 창문에 불을 켜놓은 채 문을 닫은 가게들을 지났다. 넓은 거리는 환했고 인기척이 거의 없었다. 마차가 창문에 시계를 가득 걸어놓은 《뉴욕 헤럴드》 사무실 앞을 지났다.
"저 시계들은 다 뭐죠?" 그녀가 물었다.
"미국 각지의 시간을 보여주는 거지."
"놀리지 마요."
우리는 피라미드 거리에서 빠져 혼잡한 리볼리 거리를 뚫고 어두운 문을 지나 튈르리로 들어갔다. 그녀는 내게 바싹 달라붙었고 나는 그녀에게 한 팔을 둘렀다. 그녀는 키스하려고 고개를 들었다. 그녀가 한 손으로 나를 어루만졌지만, 나는 그 손을 밀었다.
"안 그래도 돼."
"왜요? 어디가 아파요?"
"그래."
"다들 그래요. 나도 아파요."
우리는 튈르리에서 다시 환한 불빛 속으로 나와 센 강을 건너 생페르 거리로 들어섰다.
"아프면 페르노를 마시면 안 되죠."
"당신도 마찬가지지."
"난 상관없어요. 여자는 괜찮아요."
"이름이 뭐지?"
"조제트. 당신은요?"
"제이컵."
"플랑드르식 이름이군요."
"미국 이름이기도 하지."

"플랑드르 사람 아니에요?"
"미국 사람이야."
"좋아요. 난 플랑드르 사람이 싫거든요."
그때쯤 우리는 레스토랑에 도착했다. 나는 마부에게 마차를 멈추라고 했다. 우리는 마차에서 내렸지만, 조제트는 그곳 모양새가 마음에 안 드는 모양이었다. "여긴 별로 좋은 레스토랑이 아니에요."
"그렇긴 하지." 내가 말했다. "아마 당신은 포요트*에라도 가고 싶은 모양이군. 그럼 저 마차를 타고 계속 가버리는 게 어때요?"
나는 그저 누군가와 함께 식사를 하면 좋겠다는 막연하게 감상적인 생각 때문에 그녀를 잡았다. 매춘부와 저녁식사를 한 게 워낙 오래전이라 그게 얼마나 지루한 일일 수 있는지 다 잊어버렸다. 우리는 레스토랑에 들어가 안내데스크에 앉아 있는 마담 라비뉴 앞을 지나 조그만 방으로 들어갔다. 음식이 들어가자 조제트는 기분이 좀 나아졌다.
"여기도 나쁘지 않네요." 그녀가 말했다. "세련된 건 아니지만 음식은 괜찮아요."
"리에주**에서 먹는 것보단 낫지."
"브뤼셀 말이겠죠."
우리는 와인을 한 병 더 마셨고, 조제트는 농담을 했다. 그녀

---

\*프랑스 의원들이 식사하던 파리의 최고급 레스토랑.
\*\*벨기에의 수도 브뤼셀 근교의 도시.

는 못생긴 이를 다 드러내며 미소 지었고, 우리는 건배를 했다.

"당신은 좋은 사람 같아요." 그녀가 말했다. "아프다니 유감이에요. 우린 잘 맞는데. 그런데 무슨 문제가 있는 거예요?"

"전쟁에서 부상을 입었어." 내가 말했다.

"아, 그놈의 전쟁."

거기 계속 있었다면 우리는 어쩌면 전쟁에 대해 토론하고, 그것이 사실 문명에 대한 참사라는 데 동의하고, 전쟁을 피했더라면 더 좋았을 거라고 동의했을지도 모른다. 나는 지루해 죽을 지경이었다. 바로 그때 다른 방에서 누군가 외쳤다. "반스! 이봐, 반스! 제이컵 반스!"

"친구가 부르는군." 나는 설명하고 밖으로 나왔다.

브래덕스가 커다란 테이블에 일행들과 함께 앉아 있었다. 콘, 프랜시스 클라인, 브래덕스 부인, 그 외 내가 모르는 몇몇 사람들이었다.

"춤추러 올 거지?" 브래덕스가 물었다.

"무슨 춤?"

"춤 말이에요. 우리가 춤을 부흥시켰다는 걸 모르시나봐." 브래덕스 부인이 끼어들었다.

"꼭 와야 해요, 제이크. 우린 모두 가요." 프랜시스가 테이블 끝에서 말했다. 키가 큰 그녀가 미소 짓고 있었다.

"물론 올 거야." 브래덕스가 말했다. "와서 우리랑 커피 마셔, 반스."

"좋아."

"당신 친구도 데려와요." 브래덕스 부인이 웃으며 말했다. 그녀는 캐나다인이었고, 캐나다인 특유의 느긋한 사교적 품위를 갖추고 있었다.

"고마워요, 갈게요." 내가 말했다. 나는 조그만 방으로 다시 돌아왔다.

"당신 친구들은 어떤 사람들이에요?" 조제트가 물었다.

"작가와 예술가들."

"강 이쪽에는 그런 사람들이 참 많아요."

"너무 많지."

"나도 그렇게 생각해요. 하지만 돈을 버는 사람들도 있어요."

"아, 물론."

우리는 식사와 와인을 마쳤다. "갑시다." 내가 말했다. "저 사람들과 같이 커피 마셔요."

조제트는 가방을 열고 손거울을 들여다보며 얼굴을 몇 번 두드리더니 립스틱으로 입술을 다시 그리고 모자를 고쳐 썼다.

"좋아요." 그녀가 말했다.

사람들이 가득 찬 방에 들어가자, 브래덕스와 테이블의 남자들이 일어섰다.

"내 약혼녀 마드무아젤 조제트 르블랑을 소개합니다." 내가 말했다. 조제트는 멋진 미소를 지어 보였고, 우리는 돌아가며 악수했다.

"가수 조제트 르블랑의 친척인가요?" 브래덕스 부인이 물었다.

"코내 파.(몰라요.)" 조제트가 대답했다.
"하지만 이름이 같잖아요." 브래덕스 부인이 상냥하게 고집을 부렸다.
"아뇨." 조제트가 말했다. "전혀요. 제 이름은 오뱅이에요."
"하지만 반스 씨는 당신을 마드무아젤 조제트 르블랑이라고 소개한걸요. 분명히 그랬어요." 브래덕스 부인이 고집스레 말했다. 그녀는 프랑스어로 이야기하느라 흥분해서 자기가 무슨 말을 하고 있는지도 모르는 것 같았다.
"그이는 바보예요." 조제트가 말했다.
"아, 그럼 농담이었군요." 브래덕스 부인이 말했다.
"그래요." 조제트가 말했다. "웃자고 한 거죠."
"들었어, 헨리?" 브래덕스 부인이 테이블 저쪽에 있는 브래덕스를 불렀다. "반스 씨가 약혼녀를 마드무아젤 르블랑이라고 소개했는데, 저분 이름은 사실은 오뱅이래."
"물론이지. 마드무아젤 오뱅, 난 저분이랑 안 지 굉장히 오래됐답니다."
"아, 마드무아젤 오뱅." 프랜시스 클라인이 불렀다. 그녀는 프랑스어를 무척 빨리 말했는데, 브래덕스 부인처럼 자기 입에서 정말로 프랑스어가 나온다는 데 대해 자랑스러워하거나 놀라워하는 것 같지도 않았다. "파리에 오래 살았나요? 여기에 있는 게 좋나요? 파리가 좋아요, 싫어요?"
"저 여자 누구예요?" 조제트가 나를 돌아봤다. "나 저 여자랑 이야기해야 해요?"

그녀는 프랜시스 쪽으로 돌아앉아, 손을 가지런히 모으고 기다란 목 위로 고개를 쳐든 채 입을 꼭 다물고 미소를 지으며 다시 이야기할 태세를 갖췄다.

"아뇨, 난 파리가 싫어요. 비싸고 지저분하잖아요."

"정말요? 난 유별나게 깨끗한 것 같은데. 유럽에서 가장 깨끗한 도시 중 하나라고 생각해요."

"내가 보기엔 지저분해요."

"이상하군요! 하지만 당신은 어쩌면 여기 오래 안 살았나보죠."

"충분히 오래 살았어요."

"하지만 파리엔 좋은 사람들이 있어요. 그건 인정해야 해요."

조제트가 나를 돌아봤다. "퍽 좋은 친구들이군요."

프랜시스는 약간 취했고 계속 이야기를 하고 싶은 눈치였지만, 그때 커피가 왔다. 마담 라비뉴가 술을 가져왔다. 그러고 나서 우리 일행은 모두 나와서 브래덕스의 댄스클럽을 향해 출발했다.

댄스클럽은 몽테뉴 생주느비에브 거리에 있는 발뮈제트\*였다. 팡테옹 지구의 노동자들은 일주일에 닷새 밤을 거기서 춤을 췄다. 일주일에 하룻밤은 댄스클럽이 되었고, 월요일 밤에는 문을 닫았다. 우리가 도착했을 때 그곳에는 입구에 앉아 있

---

\* 아코디언 밴드가 있는 프랑스의 대중 댄스홀.

는 경찰관과 바 뒤에 서 있는 주인의 아내와 주인을 제외하고는 아무도 없었다. 우리가 들어가자 주인의 딸이 계단을 내려왔다. 실내에는 커다란 벤치들과 방을 가로질러 놓인 테이블들이 있었고, 저쪽에는 댄스플로어가 있었다.

"사람들이 더 빨리 오면 좋겠어." 브래덕스가 말했다. 주인집 딸이 와서 무엇을 마시겠느냐고 물었다. 주인이 댄스플로어 옆의 커다란 의자 위에 올라가더니 아코디언을 연주하기 시작했다. 그는 한쪽 발목에 방울 달린 줄을 매달고 연주하면서 발로 박자를 맞췄다. 모두들 춤을 췄다. 우리는 더워서 땀을 흘리며 플로어에서 나왔다.

"맙소사, 완전 사우나군요!" 조제트가 말했다.

"덥군."

"더워요, 젠장!"

"모자를 벗지그래."

"그게 좋겠네요."

누군가 조제트에게 춤을 청해서, 나는 바로 갔다. 실내는 정말로 더웠지만, 아코디언 음악 소리가 더운 밤에 어울렸다. 나는 입구에 서서 거리에서 불어오는 서늘한 바람을 맞으며 맥주를 마셨다. 택시 두 대가 가파른 언덕길을 달려 내려왔다. 모두 발뮈제트 앞에서 멈췄다. 운동셔츠와 와이셔츠 차림의 젊은이들이 택시에서 내렸다. 문에서 새어 나오는 빛에 그들의 손과 방금 감은 곱슬머리가 보였다. 입구에 서 있던 경찰관이 나를 쳐다보고 미소 지었다. 그들이 들어왔다. 불빛 아래 그들의 하얀 손과 곱슬머리, 찡그리고 손짓하며 이야기하는 하얀 얼굴들이 보였다. 그 사이에 브렛이 있었다. 그녀는 매우 아름다웠고, 그들과 굉장히 사이가 좋아 보였다.

그중 하나가 조제트를 보더니 말했다. "장담해. 여기 진짜 창녀가 있어. 난 저 여자와 춤출 거야, 레트. 잘 봐."

레트라 불린 키가 크고 가무잡잡한 남자가 말했다. "너무 서두르지 마."

곱슬머리 금발이 대답했다. "걱정 마, 얘." 그런데 그 무리와 함께 브렛이 있었다.*

나는 굉장히 화가 났다. 어쩐지 그들만 보면 항상 화가 났다. 그냥 재미있는 사람들이라고 생각하고 관대하게 받아들여야 한다는 걸 알지만, 누구 하나 크게 한 방 먹여주고 싶었다. 저 잘난 체하며 선웃음 치는 침착한 태도를 박살 낼 수만 있다면 누구든 상관없었다. 나는 거리를 걸어 내려와 다음 댄스클럽의 바에서 맥주를 마셨다. 맥주는 맛이 좋지 않았고, 그 맛을 입에서 씻어내기 위해 더 질 나쁜 코냑을 마셨다. 클럽에 돌아오니 플로어에는 사람이 가득했다. 조제트는 키 큰 금발 청년과 춤을 추고 있었는데, 그는 엉덩이를 크게 흔들며 머리를 한쪽으로 기울이고 눈을 치켜뜬 채 춤을 췄다. 음악이 멈추기 무섭게 그 일행 중 또 한 청년이 조제트에게 춤을 청했다. 그녀는 그들에게 완전히 붙잡혀 있었다. 그 순간 나는 그들 모두가 돌

---

*당시 몽테뉴 생주느비에브 거리의 '발뮈제트'는 동성애자들이 주로 찾는 곳이었다.

아가며 그녀와 춤을 추리라는 것을 알았다. 그런 인간들이다.
　나는 테이블에 앉았다. 거기에는 콘이 앉아 있었다. 프랜시스는 춤을 추고 있었다. 브래덕스 부인이 어떤 사람을 데려오더니 로버트 프렌티스라고 소개했다. 그는 뉴욕에서 시카고를 거쳐서 파리에 온 유망한 신인 소설가였다. 그의 말투에는 영국 억양이 약간 섞여 있었다. 나는 그에게 술을 권했다.
　"감사합니다만, 방금 한 잔 했습니다." 그가 말했다.
　"또 한 잔 해요."
　"고맙습니다. 그럼 그럴까요."
　우리는 그 집 딸을 불러서 각자 코냑을 한 잔씩 시켰다.
　"캔자스시티에서 오셨다고요?" 그가 말했다.
　"네."
　"파리는 재미있습니까?"
　"네."
　"정말로요?"
　나는 약간 취해 있었다. 정말로 취한 게 아니라 딱 부주의한 행동을 할 정도로만 취했다.
　"젠장." 내가 말했다. "그렇다니까. 당신은 안 그래요?"
　"아, 화내시는 게 굉장히 매력적이네요." 그가 말했다. "나도 그런 능력이 있으면 좋으련만."
　나는 일어나서 댄스플로어로 걸어갔다. 브래덕스 부인이 나를 따라왔다. "로버트한테 화내지 마요. 아직 어린애잖아요."
　"화낸 거 아니에요." 내가 말했다. "그냥 좀 토할 것 같아서."

"당신 약혼녀는 인기가 대단하네요." 브래덕스 부인이 플로어를 쳐다보았다. 조제트는 레트라고 불린 키 크고 가무잡잡한 남자의 팔에 안겨 춤추고 있었다.
"그렇죠?" 내가 말했다.
"굉장히요." 브래덕스 부인이 말했다.
콘이 다가왔다. "이봐, 제이크. 한잔해." 우리는 바로 갔다.
"무슨 일이야? 화가 난 것 같은데?"
"아무것도 아니야. 그냥 이 모든 짓이 신물이 나서 그래."
브렛이 바로 다가왔다.
"안녕, 여러분."
"안녕, 브렛." 내가 말했다. "웬일로 안 취했네?"
"이젠 안 취할 거야. 저기요, 브랜디소다 주세요."
그녀는 술잔을 들고 서 있었고, 로버트 콘은 그녀를 바라보고 있었다. 그는 약속의 땅을 본 동포들이 지었을 법한 표정을 하고 있었다. 물론 콘은 훨씬 더 젊다. 하지만 그의 표정에는 딱 그런 간절하고 마땅한 기대가 담겨 있었다.
브렛은 지독하게 아름다웠다. 그녀는 저지 스웨터에 트위드 스커트를 입고 머리를 소년처럼 빗어 넘겼다. 그 모든 걸 선도한 사람이 그녀였다. 그녀의 몸은 경주용 요트 선체처럼 미끈한 곡선을 이루고 있었고, 울 저지 스웨터는 그 선을 남김없이 드러내 보였다.
"멋진 일행들인데, 브렛." 내가 말했다.
"귀엽지 않아? 자기도 마찬가지야. 어디서 건진 거야?"

"나폴리탱에서."

"흥겨운 밤이었겠네?"

"아, 이루 말할 수 없지." 내가 말했다.

브렛이 웃음을 터뜨렸다. "그러면 안 돼, 제이크. 그건 우리 모두에 대한 모독이야. 저기 프랜시스를 봐, 그리고 조도."

이건 콘을 겨냥한 말이었다.

"거래 제한 물품이야." 브렛이 말했다. 그리고 다시 웃었다.

"당신 놀랄 만큼 멀쩡한데." 내가 말했다.

"응. 그렇지? 저 일행들과 같이 있으면, 아주 안전하게 마실 수 있기도 하지."

음악이 시작되자 로버트 콘이 말했다. "한 곡 추시겠습니까, 레이디 브렛?"

브렛이 그에게 미소 지었다. "이 곡은 제이컵이랑 추기로 약속해서요." 그녀가 웃으며 말했다. "자기 이름은 지독하게 성경식이야, 제이크."

"다음 곡은 어때요?" 콘이 물었다.

"우린 갈 거예요." 브렛이 말했다. "몽마르트르에서 데이트가 있거든요."

춤을 추면서 나는 브렛의 어깨 너머로 콘을 쳐다봤다. 그는 바에 서서 여전히 브렛을 바라보고 있었다.

"당신 저기 또 하나 만들었는데." 내가 브렛에게 말했다.

"그 얘긴 하지 마. 가엾은 사람. 나도 지금에야 알았지 뭐야."

"아, 난 당신이 수집하는 걸 좋아하는 줄 알았는데."

"바보 같은 소리 하지 마."
"당신은 그래."
"아, 그래. 내가 그렇다고 한들 뭐?"
"아무것도 아냐." 내가 말했다. 우리는 아코디언 음악에 맞춰 춤을 췄고, 누군가 밴조를 연주했다. 실내는 더웠고 나는 행복했다. 우리는 또 다른 청년과 춤추고 있는 조제트 옆을 스쳐 지나갔다.
"무슨 생각으로 저 여자를 데려온 거야?"
"몰라. 그냥 데려왔어."
"자기 퍽 낭만적이 되어가고 있어."
"아니, 지겨워진 거야."
"지금?"
"아니, 지금은 말고."
"여기서 나가자. 저 여자는 걱정 안 해도 돼."
"나가고 싶어?"
"안 그러면 나가자고 하겠어?"
우리는 플로어에서 나왔고, 나는 벽 옷걸이에서 코트를 가져와 입었다. 브렛은 바 옆에 서 있었다. 콘이 그녀와 이야기하고 있었다. 나는 바에 멈춰 서서 봉투를 하나 달라고 했다. 주인이 봉투를 하나 찾아냈다. 나는 주머니에서 50프랑 지폐를 꺼내 봉투에 넣고 봉한 다음 주인에게 내밀었다.
"나와 함께 온 여자가 날 찾으면, 이걸 전해주시겠습니까?" 내가 말했다. "그녀가 저 신사들 중 하나와 나간다면, 그냥 두

시고요."

"세 앙탕뒤, 무슈.(그러죠, 선생님.)" 주인이 말했다. "지금 가시려고요? 이렇게 일찍?"

"네." 내가 말했다.

우리는 문밖으로 나왔다. 콘은 여전히 브렛과 이야기하고 있었다. 그녀는 인사를 하고 내 팔을 잡았다. "갈게, 콘." 내가 말했다. 거리로 나와 우리는 택시를 찾았다.

"그 50프랑 잃게 될걸." 브렛이 말했다.

"아, 그래."

"택시가 없네."

"팡테옹까지 걸어가서 잡을 수도 있지."

"이리 와. 옆집에서 한잔하면서 택시를 부르자."

"길도 안 건너려고 하는군."

"가능하다면."

우리는 옆의 술집으로 들어갔고, 나는 웨이터에게 택시를 불러달라고 부탁했다.

"자, 이제 그 인간들에게서 벗어났군." 내가 말했다.

우리는 높다란 바에 기대서서 말없이 서로를 바라보았다. 웨이터가 오더니 바깥에 택시가 대기하고 있다고 말했다. 브렛이 내 손을 힘주어 잡았다. 나는 웨이터에게 1프랑을 주고 함께 나왔다. "어디로 가자고 할까?" 내가 말했다.

"그냥 한 바퀴 돌라고 해."

나는 운전사에게 몽수리 공원으로 가자고 하고 안으로 들어가 문을 쾅 닫았다. 브렛은 구석 자리에 기대앉아 눈을 감았다. 나는 그 옆에 앉았다. 택시가 덜커덩하며 출발했다.

"아, 자기, 난 너무 괴로웠어." 브렛이 말했다.

# 4장

택시는 언덕을 올라 밝은 광장을 지난 다음, 다시 어둠 속으로 들어갔다가 경사로를 계속해서 올라가 생테티엔뒤몽 교회 뒤의 편평하고 어두운 거리를 지나서 아스팔트 도로를 부드럽게 달려 내려온 후, 콩트르스카르프 광장에 서 있는 버스와 나무들을 지나 무프타르 거리의 자갈길로 접어들었다. 길 양쪽에는 불 켜진 바들과 늦게까지 여는 상점들이 늘어서 있었다. 우리는 떨어져 앉아 있었지만, 오래된 도로를 흔들리며 달려가느라 서로 부딪혔다. 브렛은 모자를 벗고 고개를 뒤로 젖히고 있었다. 그녀의 얼굴이 열린 가게에서 새어 나오는 불빛 속에서 보였다가, 어두워졌다가, 고블랭 거리로 나오면서 다시 똑똑히 보였다. 도로는 온통 파헤쳐져 있었고, 아세틸렌등 불빛 아래 사람들이 도로 공사를 하고 있었다. 브렛의 하얀 얼굴과 기다란 목선이 환한 불빛에 드러났다. 거리가 다시 어두워지자,

나는 그녀에게 키스했다. 두 입술이 단단히 맞붙었다. 갑자기 그녀가 몸을 빼더니 최대한 멀찌감치 구석으로 가서 바싹 붙었다. 그녀는 고개를 숙였다.

"건드리지 마." 그녀가 말했다. "제발 건드리지 마."

"왜 그래?"

"견딜 수가 없어."

"아, 브렛."

"당신은 그래선 안 돼. 알잖아. 견딜 수가 없어, 그게 다야. 아, 자기, 제발 이해해줘!"

"날 사랑하지 않아?"

"사랑하냐고? 자기가 날 만지면 온몸이 녹아버리는 것 같아."

"정말 무슨 방법이 없을까?"

브렛은 이제 똑바로 앉아 있었다. 그녀에게 팔을 두르자 그녀는 내게 몸을 기댔다. 우리는 말없이 있었다. 그녀는 내 눈을 바라보고 있었지만, 정말 뭔가를 보고 있는 건지 종잡을 수 없는 눈빛이었다. 그 눈은 세상 모든 사람들의 눈이 보기를 멈춘 후에도 계속해서 바라볼 것이다. 그녀는 그런 식으로 보지 않을 것은 세상에 아무것도 없다는 듯이 바라보았다. 그녀는 참으로 많은 것들을 두려워했다.

"우리가 할 수 있는 건 아무것도 없어." 내가 말했다.

"모르겠어." 그녀가 말했다. "그 지옥을 다시 겪고 싶지는 않아."

"우린 서로 만나지 않는 게 좋겠어."

"하지만 자기, 난 자기를 봐야 해. 당신이 아는 게 전부가 아냐."

"그렇겠지. 하지만 항상 나는 내가 아는 것밖에 모를 거야."

"그건 내 잘못이야. 하지만 우린 우리가 하는 모든 일에 대가를 치르지 않아?"

그러는 내내 브렛은 내 눈을 바라보고 있었다. 그녀의 눈은 때에 따라서 그 깊이가 달라 보였다. 때로는 전혀 깊이가 느껴지지 않을 때도 있었다. 지금은 그 속 깊은 곳까지 보였다.

"내가 지옥에 보낸 남자들을 생각하면, 그 대가를 지금 다 치르고 있는 것 같아."

"바보 같은 소리 마." 내가 말했다. "게다가 내게 일어난 일은 그냥 웃기는 일이야. 난 그 생각 전혀 안 해."

"아, 자기는 분명히 안 하겠지."

"그 이야기는 그만해."

"나 자신도 한때는 그냥 웃기는 일이라 생각했어." 그녀는 나를 보고 있지 않았다. "우리 오빠 친구 하나가 몽스*에서 그렇게 돼서 돌아왔거든. 지독하게 웃기는 농담 같았어. 사람들은 아무것도 몰라, 안 그래?"

"그래." 내가 말했다. "아무것도 모르지."

나는 그 문제에 대해서는 종지부를 찍었다. 한때는 나도 오

---

*1차 세계대전 중 독일군과 영국군의 접전지였던 벨기에의 도시.

만 가지 각도에서 그 문제를 생각해본 적도 있었다. 어떤 부상이나 결함들은 당사자에게는 꽤 심각한 문제여도 농담거리가 될 수도 있다는 의견을 포함해서 말이다.
"우스워." 나는 말했다. "정말 우스워. 엄청 재미있기도 하지. 연애라는 건 말이야."
"그렇게 생각해?" 그녀의 눈에서는 다시 깊이가 사라졌다.
"그런 의미로 재미있다고 한 건 아니야. 어떤 면에선 그건 즐거운 감정이니까."
"아니." 그녀가 말했다. "난 생지옥이라고 생각해."
"서로 보고 사는 건 좋은 거야."
"아니. 난 그렇게 생각 안 해."
"그러고 싶지 않아?"
"안 그럴 수가 없어."
이제 우린 서로 낯선 사람들처럼 앉아 있었다. 오른쪽에는 몽수리 공원이 있었다. 송어 연못이 있고 앉은 채 공원을 바라볼 수 있는 레스토랑은 문이 닫혀서 캄캄했다. 운전사가 고개를 내밀고 둘러봤다.
"어디로 가고 싶어?" 내가 물었다. 브렛은 고개를 돌렸다.
"아, 셀렉트로 가."
"카페 셀렉트." 나는 운전사에게 말했다. "몽파르나스 대로예요." 우리는 지나가는 몽루주 전차를 호위하는 벨포르 사자상을 돌아 곧장 달려 내려갔다. 브렛은 똑바로 앞만 바라봤다. 라스파이 대로에서 몽파르나스의 불빛이 보이기 시작하자 브렛이 말했다. "괜찮다면 뭘 좀 부탁해도 될까?"

"새삼스럽게 왜 그렇게 말해."

"도착하기 전에 한 번만 더 키스해줘."

택시가 멈추자 나는 내려서 요금을 지불했다. 브렛은 모자를 쓰면서 내렸다. 그녀는 내리면서 내게 손을 내밀었다. 그 손은 떨리고 있었다. "저기, 내 꼴 엉망진창 아니야?" 그녀는 남자용 펠트 모자를 눌러쓰고 바 안으로 들어갔다. 그 안에는 댄스클럽에 있던 사람들 대부분이 바에 기대거나 테이블에 앉아 있었다.

"안녕, 여러분." 브렛이 말했다. "나도 한잔할래."

"오, 브렛! 브렛!" 자칭 공작이라지만 모두가 지지라고 부르는 조그만 그리스 초상화가가 그녀에게 달려왔다. "좋은 소식이 있어요."

"안녕하세요, 지지." 브렛이 말했다.

"만날 친구가 있어요." 지지가 말했다. 뚱뚱한 남자가 다가왔다.

"미피포폴루스 백작, 여기는 내 친구 레이디 애슐리야."

"안녕하세요?" 브렛이 말했다.

"여기 파리에서 좋은 시간을 보내고 계신가요?" 미피포폴루스 백작이 물었다. 그의 시곗줄에는 엘크 이빨이 달려 있었다.

"물론이죠." 브렛이 말했다.

"파리는 멋진 도시죠." 백작이 말했다. "하지만 부인은 런던에서 할 일이 많으실 것 같은데요."

"아, 그래요. 엄청나죠."

브래덕스가 한 테이블에서 나를 불렀다. "반스, 한잔해. 자네가 데려온 여자가 엄청난 소란에 휘말렸어."

"무슨 일로?"

"주인 딸이 뭐라고 하는 바람에. 대단한 소란이었어. 그 여자 굉장하더라고. 자기 옐로카드\*를 보여주더니 주인 딸 것도 내놓으라고 요구하지 뭐야. 굉장한 소란이었어."

"결국 어떻게 됐는데?"

"아, 누군가가 그 여자를 데리고 갔어. 그 정도면 생긴 것도 괜찮은 여자고. 말솜씨가 엄청나더라고. 이리 와서 한잔해."

"아니. 난 가야 해. 콘 봤어?"

"콘은 프랜시스와 집에 갔어요." 브래덕스 부인이 끼어들었다.

"불쌍한 친구, 완전 풀이 죽어 보이던데." 브래덕스가 말했다.

"정말이에요." 브래덕스 부인이 말했다.

"난 가야겠어." 내가 말했다. "잘들 있어요."

나는 바에서 브렛에게 작별 인사를 했다. 백작이 샴페인을 사고 있었다. "저희랑 와인 한 잔 하시겠습니까?" 그가 물었다.

"아뇨. 대단히 감사하지만 저는 가야겠습니다."

"정말 가?" 브렛이 물었다.

"응. 머리가 지독하게 아파."

"내일 볼까?"

---

\*당시 성매매 여성들이 소지하고 다니던 예방접종증명서로, 병이 없음을 증명하는 카드.

"사무실로 와."

"그렇게는 못 해."

"음, 그럼 어디서 보지?"

"5시경이면 어디서든."

"그럼 강 건너에서 만나."

"좋아. 5시에 크리용*에 있을게."

"그럼 거기 있어야 해." 내가 말했다.

"걱정 마." 브렛이 말했다. "내가 자기 바람맞힌 적 있어?"

"마이크 소식은 들었어?"

"오늘 편지가 왔어."

"안녕히 가십시오." 백작이 말했다.

나는 보도로 나와 생미셸 대로를 향해 걸어 내려가면서 여전히 붐비는 로통드의 테이블들을 지나 길 건너의 돔을 바라보았다. 테이블들은 길 가장자리까지 나와 있었다. 한 테이블에서 누군가 내게 손을 흔들었다. 나는 누군지 보지 않고 계속 걸었다. 집에 가고 싶었다. 몽파르나스 대로에는 인적이 없었다. 라비뉴는 문이 닫혔고, 클로즈리 데 릴라에서는 바깥 테이블들을 정리해서 쌓고 있었다.** 나는 새잎이 돋는 밤나무 사이에서 아크등 불빛을 받고 있는 네이 사령관 동상을 지나갔다. 대좌 위에 시든 보라색 화환이 놓여 있었다. 나는 걸음을 멈추

---

*크리용 호텔. 프랑스의 유서 깊은 고급 호텔이다.
**로통드, 돔, 라비뉴, 클로즈리 데 릴라 등은 1920년대 젊은이와 예술가들 사이에서 유명했던 파리의 카페들이다.

고 비문을 읽었다. 보나파르트파 출신. 그리고 어떤 날짜. 날짜는 잊어버렸다. 그는 근사해 보였다. 승마 구두를 신은 네이 사령관이 새로 돋아난 녹색 마로니에 잎사귀들 사이에서 칼을 들고 자세를 취하고 있었다. 내 아파트는 바로 길 건너에, 생미셸 대로를 조금 내려가서 있었다.

관리인 방에 불이 켜져 있어서 문을 두드리자 그녀가 내게 우편물을 건네주었다. 나는 인사를 하고 위층으로 올라갔다. 편지 두 통과 신문들이었다. 나는 거실의 가스등 불 밑에서 우편물들을 살펴봤다. 편지는 둘 다 미국에서 왔다. 하나는 은행 명세서로, 잔고가 2,432달러 60센트였다. 수표책을 꺼내 월초 이후 발행한 수표 네 장을 빼보니 잔고는 1,832달러 60센트였다. 명세서 뒤에 이 잔고를 써두었다. 다른 하나는 청첩장이었다. 앨로이시어스 커비 부부가 딸 캐서린의 결혼을 알려온 것이다. 나는 그 딸도, 딸과 결혼하는 남자도 몰랐다. 그 사람들은 시내 전체에 청첩장을 돌리고 있는 게 분명했다. 웃기는 이름이었다. 앨로이시어스라는 이름을 가진 사람이라면 잊어버릴 리가 없다. 좋은 가톨릭 이름이었다. 청첩장 위에는 문장(紋章)이 있었다. 그리스 공작 지지처럼. 그리고 그 백작처럼. 백작은 재미있는 사람이었다. 브렛에게도 작위가 있었다. 레이디 애슐리. 브렛 따위 꺼져버려. 꺼져버려, 레이디 애슐리.

나는 침대 옆 등불을 켜고 가스등을 끈 다음 넓은 창문들을 열었다. 침대는 창문에서 멀리 떨어져 있었고, 나는 창문을 열어놓은 채 침대 옆에 앉아서 옷을 벗었다. 바깥에서는 전차선로 위를 달리는 야간열차가 시장으로 가는 채소를 싣고 지나갔다. 잠이 오지 않는 밤이면 그 소리는 더욱 시끄러웠다. 나는 옷을 벗으면서 거울에 비친 내 모습을 바라보았다. 거울은 침대 옆 커다란 옷장에 붙어 있었다. 전형적인 프랑스식 가구 배치였다. 실용적이기도 하다. 오만 가지 부상 중에서 하필이면. 참 웃기는 일이었다. 나는 잠옷을 입고 침대로 들어갔다. 투우 신문이 두 부 있었다. 나는 신문 포장지를 뜯었다. 하나는 오렌지색이고, 다른 하나는 노란색이었다. 둘 다 똑같은 소식이 실려 있을 테니, 어느 것을 먼저 읽든 나머지는 읽을 재미가 없어질 것이다. 〈르 토릴〉이 더 괜찮은 신문이기 때문에 나는 그것부터 읽기 시작했다. 독자투고와 기록까지 포함해서 하나도 남김없이 다 읽은 다음 등불을 불어 껐다. 어쩌면 잠이 들 수 있을지도 모른다.

머릿속이 돌아가기 시작했다. 해묵은 불평. 이탈리아 전선처럼 시시한 곳에서 부상을 입는다는 것은 참 웃기는 일이었다. 이탈리아의 병원에서 우리는 사교 모임이라도 결성할 기세였다. 웃기는 이탈리아어 이름도 붙였었다. 다른 사람들, 그 이탈리아인들은 어떻게 되었을지 궁금하다. 밀라노의 오스페달레 마조레 병원의 폰테 병동에 있을 때의 일이었다. 옆 건물은 존다 병동이었다. 거기에는 폰테의 동상이 있었다. 아니 어쩌면 존다였을지도 모르겠다. 그곳으로 연락 담당 대령이 나를 찾아왔다. 정말 웃겼다. 그게 아마 처음으로 웃겼던 일이었을 것이다. 나는 온통 붕대를 감고 있었다. 하지만 그들이 대령에게 그것에 대해 말했다. 그러고 나서 그가 예의 그 멋들어진 연설을 했다. "외국인이여, 당신 영국인은." (외국인들은 누구나 다 영국인이었다.) "목숨보다 더 소중한 것을 바쳤습니다." 이 얼마나 걸작인가! 채색 장식을 해서 사무실에 걸어두고 싶을 지경이었다. 그는 절대 웃지 않았다. 아마 내 처지를 상상하고 있었을 것이다. "케 말라 포르투나! 케 말라 포르투나!(정말 운이 나빴습니다! 정말 운이 나빴어요!)"

난 아마 그걸 제대로 실감하지 못했던 것 같다. 나는 그걸 가지고 농담했고 그저 사람들에게 폐가 되지 않으려고 애썼다. 영국으로 이송되는 배 안에서 브렛을 만나지만 않았다면 아무 문제도 없었을지 모른다. 그녀는 가질 수 없는 것만 원했다. 뭐, 인간이란 그런 식이다. 인간 따위 다 꺼져버려. 가톨릭교회는 이 모든 것을 절묘하게 처리하는 방법이 있었다. 어쨌거나 좋은 충고였긴 하다. 생각을 말라니. 아, 정말이지 근사한 충고였다. 언젠가는 받아들여봐야지. 받아들여봐야지.

나는 말똥말똥한 정신으로 생각을 하며 누워 있었고, 내 마음은 사방으로 널을 뛰었다. 생각을 막을 수가 없어서 결국 나는 브렛 생각을 하기 시작했다. 그러자 다른 모든 생각이 사라졌다. 브렛 생각을 하고 있자니 사방으로 널을 뛰던 마음이 가라앉아 매끄럽게 파도를 타는 것만 같았다. 그러다가 갑자기 나는 울기 시작했다. 잠시 후 마음이 가라앉자 침대에 누워 육중한 전차가 집 앞을 지나 저 멀리 사라지는 소리를 들었다. 그러다 잠이 들었다.

잠이 깼다. 바깥에서 소동이 벌어지고 있었다. 귀를 기울여 보니 아는 목소리 같았다. 나는 가운을 입고 문 쪽으로 갔다. 관리인이 아래층에서 이야기하고 있었다. 그녀는 매우 화가 나 있었다. 내 이름이 들리기에 나는 아래층을 향해 외쳤다.

"반스 씨예요?" 관리인이 외쳤다.

"네, 접니다."

"여기 어떤 여자가 와서 온 동네 사람들을 다 깨워놓고 있어요. 오밤중에 이게 무슨 소란이람! 선생님을 봐야 한대요. 주무시고 계시다고 말했는데도요."

그 순간 브렛의 목소리가 들렸다. 반쯤 잠이 덜 깬 상태에서 나는 그게 조제트일 거라고 확신하고 있었다. 왜인지는 모르겠다. 내 주소를 알 리가 없는데.

"올려 보내주시겠습니까?"

브렛이 계단을 올라왔다. 꽤 취해 있었다. "바보 같았어." 그녀가 말했다. "소동을 일으키다니. 안 자고 있었지?"

"내가 뭘 하고 있을 거라고 생각했어?"

"모르지. 몇 시야?"

나는 시계를 봤다. 4시 반이었다. "몇 시인지 전혀 몰랐네." 브렛이 말했다. "앉아도 돼? 화내지 마, 자기. 방금 백작이랑 헤어졌어. 그 사람이 나를 여기 데려다 줬어."

"그 사람은 어때?" 나는 브랜디와 소다, 잔들을 가져왔다.

"조금만." 브렛이 말했다. "날 취하게 만들지 마. 백작? 아, 괜찮아. 딱 우리 부류야."

"백작이래?"
"자, 건배. 그런 것 같아. 어쨌거나 그럴 자격이 있어. 사람들에 대해 엄청나게 많이 알아. 도대체 어디서 그런 걸 다 알았는지 모르겠어. 미국에 과자 가게 체인을 가지고 있대."
그녀는 술을 홀짝홀짝 마셨다.
"체인이라고 불렀던 것 같아. 하여간 그 비슷한 거였어. 몽땅 다 연결되어 있대. 이야기를 조금 해줬는데 엄청 재미있었어. 하지만 우리 부류야. 매우. 분명해. 그런 건 언제나 알 수 있거든."
그녀는 또 한 잔 마셨다.
"내가 왜 이런 걸 자랑하고 있지? 괜찮지, 자기? 그 사람은 지지를 위해서 나서주고 있는 거야."
"지지는 정말 공작이래?"
"틀림없어. 그리스인이잖아. 별 볼일 없는 화가지만. 난 백작이 훨씬 더 좋아."
"그 사람이랑 어디 갔어?"
"사방에 다녔어. 그리고 방금 여기 나를 데려다 줬어. 자기랑 비아리츠에 가자며 1만 달러를 주겠대. 그게 파운드로는 얼마지?"
"2천 파운드 정도."
"큰돈이네. 하지만 난 못 한다고 했어. 무지하게 점잖게 받아들이더라고. 비아리츠에 아는 사람이 너무 많다고 말했지."
브렛이 웃었다.

"있지, 자기는 너무 천천히 마셔." 그녀가 말했다. 나는 브랜디소다를 그저 홀짝거리기만 하고 있었다. 나는 길게 한 번 들이켰다.

"이제 좀 낫네. 재밌어." 브렛이 말했다. "그러더니 칸에 같이 가자는 거야. 칸에도 아는 사람이 너무 많다고 그랬지. 그러니까 몬테카를로에 가재. 몬테카를로에도 아는 사람이 너무 많다고 그랬어. 사방에 아는 사람이 너무 많다고. 사실 맞는 말이잖아. 그래서 날 여기 데려다 달라고 했지."

그녀는 테이블에 손을 얹고 잔을 들어 올린 채 나를 쳐다봤다. "그렇게 보지 마. 자기를 사랑한다고 말했어. 그것도 사실이잖아. 그렇게 보지 말래도. 그 사람 전혀 개의치 않았으니까. 내일 밤 우리를 태우고 나가서 저녁을 대접하겠다는데. 갈 테야?"

"못 갈 것 없지."

"이제 가야겠어."

"왜?"

"그냥 자기를 보고 싶었어. 웃기지. 옷 입고 내려올 테야? 길 위쪽에 차를 세워놨어."

"백작이?"

"응. 제복 입은 운전사랑. 같이 드라이브하다가 부아\*에 가서 아침을 먹을 거야. 바구니에 다 있어. '젤리'에서 가져왔거

---

\*부아드불로뉴. 파리 서쪽 교외에 있는 넓은 공원.

든. 뭄*도 열두 병 있고. 어때?"

"아침에 일이 있어." 내가 말했다. "당신에게 맞춰서 놀기엔 이제 난 너무 뒤처진 것 같아."

"바보 같은 소리 하지 마."

"안 돼."

"알았어. 그 사람한테 인사라도 할래?"

"알아서 해줘."

"잘 자, 자기."

"감상적으로 굴지 마."

"당신이 그렇게 만드는 거야."

우리는 작별 키스를 했고, 브렛은 몸을 떨었다. "가야겠어." 그녀가 말했다. "잘 자, 자기."

"꼭 가야 할 필요 없어."

"가야 해."

우리는 계단에서 다시 키스했고, 문을 열어달라고 부르자 관리인이 문 뒤에서 뭐라고 투덜거렸다. 나는 계단 위로 올라와 열린 창문으로 브렛이 아크등 아래 보도 옆에 서 있는 커다란 리무진을 향해 걸어가는 것을 지켜보았다. 그녀가 타자 차가 출발했다. 나는 돌아섰다. 테이블 위에는 빈 잔과 브랜디소다가 반쯤 남은 잔이 놓여 있었다. 나는 둘 다 부엌으로 가져가서 반쯤 든 잔을 싱크대에 부었다. 그리고 거실의 가스등을 끈

*프랑스의 고급 샴페인.

다음 침대에 앉아 슬리퍼를 벗어 던지고 잠자리에 들었다. 이게 울고 싶은 기분이 들게 만들던 브렛이었다. 다음 순간 나는 거리를 걸어 올라가 차 안으로 들어가던 브렛의 마지막 모습을 떠올렸다. 물론 잠시 후 나는 다시 지옥 같은 기분에 휩싸였다. 낮 동안은 모든 것에 대해 냉정한 태도를 취하기가 몹시 쉽지만, 밤에는 문제가 다르다.

# 5장

아침에 나는 커피와 브리오슈를 먹기 위해 대로를 걸어 내려와 수플로 거리로 갔다. 상쾌한 아침이었다. 뤽상부르 공원의 마로니에나무에는 꽃이 피어 있었다. 더운 날 이른 아침의 상쾌함이 느껴졌다. 나는 커피를 마시며 신문을 읽은 다음 담배를 피웠다. 꽃 파는 여인들이 시장에서 가져온 꽃들을 늘어놓고 있었다. 학생들은 가게 앞을 지나쳐 법학원으로 올라가고 소르본 대학으로 내려갔다. 대로는 전차와 출근하는 사람들로 붐볐다. 나는 S 버스를 타고 뒤쪽 승강구에 서서 마들렌 사원까지 갔다. 마들렌에서 나는 사무실을 향해 카퓌신 대로를 따라 오페라 가르니에까지 걸어갔다. 튀어오르는 개구리 장난감을 파는 남자와 권투선수 장난감을 가진 남자를 지나쳤다. 나는 조수 여자애가 권투선수들을 조종하고 있는 실에 발이 걸릴까봐 옆으로 돌아갔다. 아이는 실을 꼭 쥐고는 딴 곳을 바라보고 있었다. 남자는 관광객 두 명에게 장난감을 사라고 열심히 권하고 있었다. 관광객이 세 사람 더 걸음을 멈추고 구경했다. 나는 보도 위에 롤러로 '친자노'\*라는 글씨를 찍고 있는 남자의 뒤를 따라 걸어갔다. 사방이 출근하는 사람들이었다. 일하러 가니 기분 좋았다. 나는 길을 건너 사무실로 들어갔다.

  나는 2층 사무실에서 프랑스 조간신문을 읽고 담배를 피운 다음 타자기 앞에 앉아 오전 업무를 해치웠다. 11시에는 택시를 타고 외무부에 가서 열두어 명의 특파원들 사이에 앉았다. 뿔테 안경을 쓴 《누벨 르뷔 프랑세즈》\*\* 타입의 외무성 대변인이 30분 동안 이야기하고 질문에 대답했다. 국무총리는 연설을 하느라 리옹에 가 있었다. 아니, 더 정확하게는 돌아오는 중이었다. 몇몇 사람들은 관행적인 질문을 했고, 몇몇 통신사 기자들은 정말 대답을 듣고 싶어서 몇 가지 질문을 했다. 새로운 소식은 없었다. 돌아오는 길에 나는 울지와 크럼과 함께 택시를 탔다.

  "밤에는 뭐 하나, 제이크?" 크럼이 물었다. "자네는 통 못 보겠어."

  "아, 나는 카르티에라탱 쪽에 가."

  "언제 나도 한번 가볼게. 딩고. 거기 좋지, 안 그래?"

  "그래, 거기랑 새로 생긴 집 셀렉트도 좋아."

  "나도 생각은 했지만." 크럼이 말했다. "알지? 아내와 아이

---

\*이탈리아산 리큐어 브랜드.
\*\*앙드레 지드 등이 1909년 창간한 프랑스 문예지.

들이 딸리면 어떤지."
"테니스는 치나?" 울지가 물었다.
"음, 아니." 크럼이 말했다. "올해는 거의 안 쳤어. 가보려고는 했지만, 일요일마다 항상 비가 내리는 데다 테니스장에 위낙 인간들이 들끓어서 말이야."
"영국인들은 토요일마다 쉬지." 울지가 말했다.
"재수 좋은 녀석들 같으니." 크럼이 말했다. "내 말하지만, 언젠가는 통신사를 그만둘 거야. 그러면 시골에 갈 시간도 많아지겠지."
"그런 게 사람 사는 거지. 조그만 차를 가지고 시골에서 사는 거."
"내년에 차를 살까 생각 중이야."
나는 창문을 두드렸다. 운전사가 차를 멈췄다. "우리 사무실은 여기야." 내가 말했다. "들어와서 한잔해."
"고맙네, 친구." 크럼이 말했다. 울지는 고개를 저었다. "나는 오늘 아침 발표된 내용을 기사로 보내야 해."
나는 크럼의 손에 2프랑을 쥐여주었다.
"무슨 짓이야, 제이크." 그가 말했다. "이건 내가 낼게."
"어차피 회사 돈이잖나."
"아니, 내가 내고 싶어."
나는 손을 흔들었다. 크럼이 고개를 내밀었다. "수요일 점심 때 보자고."
"물론."

나는 엘리베이터를 타고 사무실로 갔다. 로버트 콘이 기다리고 있었다. "어이, 제이크." 그가 말했다. "점심 먹으러 가겠어?"
"그러지. 새로운 게 뭐 있나 보고."
"어디서 먹을까?"
"어디든."
나는 내 책상을 대충 훑어봤다. "어디서 먹고 싶어?"
"웨첼은 어때? 전채요리가 괜찮아."
레스토랑에서 우리는 전채요리와 맥주를 주문했다. 소믈리에가 표면에 물방울이 맺혀 있는 차갑고 큰 맥주잔에 맥주를 가져왔다. 전채에는 열두 가지 다른 요리가 있었다.
"어젯밤에 재미있었어?" 내가 물었다.
"아니. 별로."
"글 쓰는 건 어때?"
"끔찍해. 두 번째 책이 진행이 안 돼."
"누구나 다 그래."
"아, 나도 분명 그럴 거라 생각해. 하지만 걱정이 돼."
"아직도 남미에 미련이 있어?"
"진심이야."
"음, 그럼 왜 안 가?"
"프랜시스 때문에."
"음." 내가 말했다. "데려가지그래."
"안 좋아할 거야. 프랜시스가 좋아할 만한 일이 아니야. 사람들이 많은 곳을 좋아하거든."

"그럼 지옥에나 가라 그래."

"못 해. 난 그 여자에게 책임이 있어."

그는 오이 조각들을 옆으로 밀어놓고 청어 절임을 먹었다.

"레이디 브렛 애슐리는 어떤 여자야, 제이크?"

"레이디 애슐리라고 해야 해. 브렛은 이름이지. 좋은 여자야." 내가 말했다. "지금 이혼 수속 중이고 마이크 캠벨과 결혼할 거야. 마이크는 지금 스코틀랜드에 있고. 왜?"

"상당히 매력적이더군."

"그래?"

"그 여자한테는 뭔가가 있어. 어떤 우아함 같은 것이. 비할 바 없이 고상하고 곧아 보여."

"매우 좋은 여자야."

"그걸 뭐라고 설명해야 할지 모르겠어." 콘이 말했다. "혈통인 것 같아."

"브렛을 꽤나 좋아하는 것처럼 들리는데."

"맞아. 사랑에 빠졌다고 해도 놀라지 않을 거야."

"그 여자는 주정뱅이야." 내가 말했다. "마이크 캠벨을 사랑하고, 그와 결혼할 거야. 마이크는 언젠가 엄청난 부자가 될 거고."

"그 여자는 그와 결혼할 것 같지 않아."

"왜?"

"몰라. 그냥 안 믿겨. 자넨 그 여자랑 오래 안 사이야?"

"응. 내가 전쟁 때 입원했던 병원의 자원봉사대에 있었어."

"그땐 어렸을 텐데."

"지금 서른넷이야."

"애슐리와는 언제 결혼한 거야?"

"전쟁 중에. 그녀의 진정한 사랑이 이질로 죽어버렸거든."

"말이 너무 가차 없는데."

"미안해. 그럴 의도는 아니었어. 그냥 사실을 전달하려는 거야."

"난 그녀가 사랑하지 않는 사람과 결혼할 거라고는 안 믿어."

"음, 두 번이나 했어." 내가 말했다.

"안 믿어."

"글쎄." 내가 말했다. "대답이 마음에 안 들면 바보 같은 질문은 그만둬."

"그런 걸 물었던 게 아니야."

"브렛 애슐리에 대해서 아느냐고 물었잖아."

"그 여자를 모욕해달라고 한 게 아니잖아."

"아, 지옥에나 가버려."

그는 얼굴이 하얘져서 테이블에서 일어나더니, 조그만 전채 요리 접시들 뒤에서 분노로 하얗게 질린 채 서 있었다.

"앉아." 내가 말했다. "바보같이 굴지 말고."

"그 말 취소해."

"어린애 같은 짓은 집어치워."

"취소해."

"좋아. 뭐든. 난 브렛 애슐리에 대해 들은 적 없어. 어때?"
"아니. 그거 말고. 나한테 지옥에나 가라 그런 거."
"아. 그럼 지옥에 가지 마." 내가 말했다. "여기 붙어 있어. 이제 막 점심을 먹기 시작했는데."
콘은 다시 미소를 짓더니 자리에 앉았다. 그는 다시 앉게 되어서 기쁜 것 같았다. 만약 앉지 않았다면 도대체 무슨 짓을 했을까. "자넨 정말 무례한 소리를 해, 제이크."
"미안해. 입이 험해서. 내가 험한 말을 할 때는 진심은 아니야."
"나도 알아." 콘이 말했다. "자넨 내 가장 좋은 친구야, 제이크."
맙소사, 나는 생각했다. "내 말은 잊어버려." 나는 큰 소리로 말했다. "미안해."
"괜찮아. 그냥 잠시 화가 났을 뿐이야."
"좋아. 음식이나 더 시키자."
점심을 먹은 후 우리는 카페 드 라페에 가서 커피를 마셨다. 콘은 브렛 이야기를 다시 꺼내고 싶은 눈치였지만, 내가 막았다. 우리는 이런저런 이야기를 나누었고, 나는 그를 두고 사무실로 돌아왔다.

## 6장

5시에 나는 크리용에서 브렛을 기다렸다. 그녀가 없어서 나는 앉아서 편지 몇 통을 썼다. 잘 쓴 편지는 아니었지만, 크리용 호텔의 편지지에 썼기 때문에 조금은 더 나아 보이길 바랐다. 브렛이 나타나지 않아서, 나는 5시 45분쯤 바로 내려와 바텐더 조르주와 함께 잭로즈를 마셨다. 브렛은 바에도 없었다. 나는 나오는 길에 2층도 찾아본 뒤에 택시를 타고 카페 셀렉트로 갔다. 센 강을 건너며 보니, 한데 엮인 텅 빈 바지선들이 강물 위에 높이 뜬 채 물살을 따라 끌려가고 있었다. 다리에 가까워지자 사공들은 노를 저었다. 강의 경치는 아름다웠다. 파리에서 다리를 건너는 것은 언제나 기분 좋은 일이었다.

택시는 신호기를 흔들고 있는 신호기 발명가의 동상을 돌아 라스파이 대로에 들어섰고, 나는 그 구간을 보지 않고 건너뛰기 위해 좌석 깊이 기대앉았다. 라스파이 대로는 차를 타고 지나가면 늘 지루했다. 퐁텐블로와 몽트로 사이 P. L. M 노선상에 있는 어떤 구간 같았다. 그곳은 다 지나갈 때까지 늘 따분하고 기운 빠지고 지겨운 느낌이 들었다. 그곳들이 여행하기 지루한 장소가 되는 이유는 어떤 연상 작용 때문일 것이다. 파리에는 라스파이 대로 못지않게 보기 싫은 다른 거리들도 있다. 더구나 걸어갈 때는 전혀 개의치 않는 거리다. 하지만 차를 타고 가는 것은 참을 수 없이 지루하다. 아마 예전에 이와 관련한 뭔가를 읽었기 때문일 수도 있다. 로버트 콘은 파리 전체에 대해 그런 식이었다. 콘은 어디에서 파리를 즐길 수 없는 능력을 얻게 되었을까. 어쩌면 멩켄*일지도 모른다. 내가 보기에 멩켄은 분명히 파리를 싫어한다. 그런데 너무 많은 젊은이들이 멩켄으로부터 호불호를 배우는 것이다.

택시가 로통드 앞에 섰다. 강 오른편에서 택시를 타면 운전사에게 몽파르나스의 어떤 카페를 대든지 간에 그들은 항상 로통드에 데려다 준다. 어쨌거나 셀렉트는 여기서 전혀 멀지 않았다. 나는 로통드의 충충한 테이블들을 지나 셀렉트로 걸어갔다. 바 안에는 사람들이 몇 있었지만, 바깥에는 하비 스톤 혼자 앉아 있었다. 그의 앞에는 접시가 수북이 쌓여 있었고, 그는 면도가 필요했다.

"앉아." 하비가 말했다. "자넬 계속 찾았어."

"무슨 일로?"

---

*헨리 루이스 멩켄(1880~1956). 미국의 문필가이자 저널리스트.

"별일 아니야. 그냥 찾았어."

"경마는 나갔나?"

"아니. 일요일 이후에는 안 나갔어."

"미국에서는 무슨 소식 들었어?"

"아무것도. 전혀 없어."

"무슨 일이야?"

"몰라. 놈들과는 끝났어. 완전히 끝났어."

그는 몸을 앞으로 내밀고 내 눈을 들여다봤다.

"뭐 좀 알고 싶나, 제이크?"

"그래."

"난 닷새 동안 아무것도 못 먹었어."

나는 재빨리 기억을 더듬었다. '뉴욕 바'에서 하비가 포커 주사위로 내게 200프랑을 딴 게 바로 사흘 전이었다.

"무슨 일이야?"

"돈이 없어. 돈이 안 와." 그가 말을 멈추었다. "이상해, 제이크. 이럴 때는 그냥 혼자 있고 싶어. 내 방에 있고 싶어. 난 고양잇과거든."

나는 주머니 안을 더듬었다.

"100프랑이면 도움이 될까, 하비?"

"응."

"이리 와. 가서 우선 뭘 좀 먹지."

"급할 것 없어. 술이나 한잔해."

"먹는 게 더 좋을 텐데."

"아니. 이럴 때는 먹든 안 먹든 상관없어."
우린 술을 마셨다. 하비는 내 접시를 자기 접시 더미에 포갰다.
"멘켄 알지, 하비?"
"알지. 왜?"
"어떤 사람이야?"
"괜찮아. 꽤 재미있는 소리들을 하잖아. 요전에 같이 저녁을 먹었을 때는 호펜하이머 이야기를 하면서 이렇게 말하더군. '문제는, 그가 가터\*광이라는 거지.' 나쁘지 않아."
"나쁘지 않군."
"멘켄도 이제 끝났어." 하비가 계속해서 말했다. "아는 건 다 써먹었거든. 그리고 이제는 알지도 못하는 온갖 것들에 대해 쓰고 있으니."
"괜찮은 사람 같기는 해." 내가 말했다. "다만 나는 못 읽겠어."
"아, 지금은 아무도 그의 책은 안 읽어. 알렉산더 해밀턴 학회 책을 읽던 사람들을 제외하고는."
"음, 그것도 좋았지."
"그렇고말고." 하비가 말했다. 그리고 우리는 잠시 깊은 생각에 잠겼다.
"포트와인 한 잔 더 하겠어?"
"좋아." 하비가 말했다.

---

\*스타킹을 고정시키는 밴드.

"저기 콘이 오네." 내가 말했다. 로버트 콘이 길을 건너고 있었다.

"저 얼간이 녀석." 하비가 말했다. 콘이 우리 테이블로 다가왔다.

"안녕하신가, 룸펜들." 그가 말했다.

"어이, 로버트." 하비가 말했다. "여기 제이크에게 방금 자네가 얼간이라고 말하던 참이야."

"그게 무슨 소리야?"

"당장 대답해. 생각하지 말고. 만약에 원하는 건 뭐든지 할 수 있다면 뭘 하고 싶어?"

콘은 생각하기 시작했다.

"생각하지 말라니까. 당장 말해."

"몰라." 콘이 말했다. "어쨌든 이게 무슨 소리야?"

"내 말은, 뭘 하고 싶으냐는 거야. 가장 먼저 떠오르는 게 뭐야? 아무리 바보 같은 소리라도 상관없어."

"글쎄, 미식축구를 다시 해보고 싶어. 지금 내가 아는 자기 관리 방법을 가지고 말이야."

"내가 자넬 오해했군." 하비가 말했다. "자넨 얼간이가 아냐. 그냥 발달이 정지된 케이스지."

"자네 정말 웃기는군, 하비." 콘이 말했다. "그러다가 언젠가 한번 누군가에게 얼굴이 짓뭉개질걸."

하비 스톤은 웃음을 터뜨렸다. "자넨 그렇게 생각하지. 하지만 사람들은 그러지 않을 거야. 왜냐하면 그래 봤자 달라질 게 없거든. 난 싸움꾼이 아니니까."
"누군가 그런다면 자네는 달라질걸."
"아니, 안 그럴 거야. 그게 자네가 크게 실수하는 부분이야. 자넨 똑똑하지가 않으니까."
"내 이야기는 집어치워."
"물론 나한텐 달라질 게 없지." 하비가 말했다. "자넨 내게 아무것도 아니니까."
"이봐, 하비." 내가 말했다. "포트와인 한 잔 더 해."
"아냐. 난 저 위쪽으로 가서 식사나 할래. 나중에 봐, 제이크."
그는 나가서 거리를 따라 올라갔다. 나는 그가 택시들 사이로 길을 건너는 것을 지켜보았다. 작고 둔중한 체구의 그는 혼잡한 거리를 헤치고 서서히 자신 있게 걸어가기 시작했다.
"저 녀석만 보면 항상 화가 나." 콘이 말했다. "참을 수가 없어."
"난 좋던데." 내가 말했다. "난 저 친구가 마음에 들어. 저 녀석한테 화난 건 아니지?"
"알아. 그냥 내 신경을 긁어서 그래."
"오늘 오후에는 글 좀 썼나?"
"아니. 진도가 안 나가. 첫 번째 책보다 더 힘드네. 진행하는 게 힘들어."
이른 봄 그가 미국에서 갓 돌아왔을 때의 건강한 자부심은 사라지고 없었다. 모험에 대한 개인적 동경은 품고 있었지만, 그때 그는 자신의 작품에 대해 확신을 가지고 있었다. 이제 그

확신은 사라졌다. 어쩐지 내가 로버트를 제대로 보여주지 않았다는 느낌이 든다. 브렛에게 빠지기 전에는 어떤 식으로든 그가 다른 사람들과 자신을 분리하는 발언을 하는 것을 한 번도 들어본 적이 없었기 때문이다. 그가 테니스 치는 모습은 보기 좋았다. 그는 체격이 좋았고, 관리도 잘했다. 브리지 게임에서 카드도 잘 다루었다. 그에게는 묘하게 대학생 같은 분위기가 있었다. 사람들과 함께 있을 때면 튀는 말은 전혀 하지 않았다. 그는 학교 다닐 때 폴로셔츠라고 불렀던, 어쩌면 아직도 그렇게 불릴지도 모를 셔츠를 입었지만, 제대로 젊어 보이지는 않았다. 그는 옷에 그다지 신경 쓰는 사람이 아니었다. 그의 외형은 프린스턴에서 형성되었고, 내면은 그를 훈련시킨 두 여인에 의해 틀이 잡혔다. 그에게는 매력적이고 소년 같은 유쾌함이 있었고, 그 느낌은 훈련을 통해 나온 것이 아니었다. 아마 나는 그런 점을 아직 이야기하지 않은 것 같다. 그는 테니스에서 승부욕이 있었다. 예를 들자면, 아마도 렝글렌*만큼이나 이기고 싶어 했을지 모른다. 반면, 지는 경우에도 화를 내지 않았다. 브렛에게 반하면서 그의 테니스 경기는 모두 엉망이 됐다. 한 번도 그를 이겨보지 못했던 사람들이 모두 그를 이겼다. 그는 전혀 개의치 않았다.

어쨌든 우리는 카페 셀렉트의 테라스에 앉아 있었고, 하비 스톤은 막 길을 건넜다.

*수잔 렝글렌(1899~1938). 프랑스의 테니스 선수.

"릴라에 가자." 내가 말했다.
"약속이 있어."
"언제?"
"프랜시스가 7시 15분에 여기로 올 거야."
"저기 오는데."

프랜시스 클라인이 길 건너편에서 우리 쪽을 향해 오고 있었다. 프랜시스는 매우 키가 컸고, 걸을 때의 동작도 컸다. 그녀가 손을 흔들며 미소 지었다. 우리는 그녀가 길 건너는 것을 지켜보았다.

"안녕." 프랜시스가 말했다. "당신이 여기 있어서 정말 다행이에요, 제이크. 할 말이 있었거든."

"안녕, 프랜시스." 콘이 말했다. 그는 미소 지었다.

"어머, 로버트잖아. 당신도 여기 있었어요?" 그녀가 빠르게 말을 이었다. "되는 일이 하나도 없었어요. 이 사람이." 그러고는 콘을 향해 고개를 저었다. "점심때 집에 안 왔거든요."

"가겠다고 한 적 없는데."

"아, 알아. 하지만 요리사에게 그런 말은 전혀 하지 않았잖아. 게다가 나도 약속이 있었는데, 폴라가 사무실에 없었어. 리츠에 가서 기다렸지만 끝내 안 오는 거야. 물론 난 리츠에서 점심 먹을 만한 돈은 없었기 때문에……."

"그래서 뭘 했는데?"

"아, 물론 나왔지." 그녀는 억지로 유쾌한 척하며 말했다. "나는 항상 약속은 지키잖아. 요즘은 아무도 약속 같은 건 안 지키는데. 나도 좀 정신 차려야겠어. 그나저나, 제이크, 당신은 어때요?"

"좋아요."

"댄스에 멋진 여자를 데려오고는, 브렛과 나가버리더군요."

"브렛이 싫어?" 콘이 물었다.

"굉장히 매력적이라고 생각해. 당신은?"

콘은 아무 말도 하지 않았다.

"이봐요, 제이크. 이야기할 게 있어요. 나랑 돔에 가겠어요? 당신은 여기 있을 거지, 로버트? 이리 와요, 제이크."

우리는 몽파르나스 대로를 건너 테이블에 앉았다. 한 소년이 《파리 타임스》를 가지고 왔기에 나는 한 부 사서 신문을 펼쳤다.

"무슨 일이에요, 프랜시스?"

"아, 별일 없어요. 로버트가 나와 헤어지려 한다는 것만 빼면."

"그게 무슨 소리예요?"

"온갖 사람들한테 우리가 결혼할 거라 얘기했는데, 우리 어머니와 모든 사람들에게 다 말했는데, 이제 와서 결혼하고 싶지 않다는 거예요."

"문제가 뭐예요?"

"자기는 인생을 마음껏 살아보지 않았대요. 뉴욕에 갈 때 이런 일이 있을 줄 알았어."

그녀는 고개를 들고, 눈을 빛내며 대수롭지 않은 듯 말하려고 노력했다.

"저이가 원하지 않으면 나도 결혼 안 할 거예요. 절대 안 해요. 이젠 뭘 준다 해도 안 할 거야. 하지만 이제는 좀 늦은 것 같아요. 우린 3년을 기다렸고 난 이제야 막 이혼했는데."
나는 아무 말도 하지 않았다.
"우린 축하를 하려고 했는데, 그 대신 싸움만 했어요. 너무 유치해. 끔찍하게 소란을 피웠고, 저이는 울면서 내게 정신 차리라고 애원하지만, 결혼은 못 하겠대요."
"운이 없군요."
"나도 그렇게 생각해요. 저이 때문에 2년 반이 허송세월이 되었어요. 이제 어떤 남자가 나와 결혼하려 하겠어요? 2년 전 칸에서만 해도 원하면 누구와든 결혼할 수 있었어요. 세련된 여자와 결혼해서 자리 잡고 싶어 하는 나이 많은 남자들은 모두 내게 미쳤었죠. 그렇지만 이제 난 아무도 잡지 못할 것 같아요."
"물론 당신은 누구와도 결혼할 수 있어요."
"아니, 안 그래요. 게다가 난 저이가 좋아요. 아이들도 갖고 싶고요. 항상 우리가 아이들을 가질 거라고 생각했는데."
그녀는 환한 얼굴로 나를 쳐다봤다. "아이들을 그다지 좋아한 적은 없어요. 하지만 아이를 못 가질 거라고는 생각하고 싶지 않아요."
"콘은 아이들이 있죠."
"아, 그래요. 저이에게는 애들이 있어요. 돈도 있고. 부자 엄마도 있고, 책도 냈어요. 내 글은 아무도 안 내려 하겠죠. 아무도. 나쁘지도 않은데. 게다가 난 돈도 하나도 없어요. 위자료를 받을 수도 있었지만, 최대한 빨리 이혼하려고 그조차 못 받았어요."

그녀는 다시 환한 표정으로 나를 쳐다봤다.

"이건 옳지 않아요. 이건 내 잘못이기도 하고, 아니기도 해요. 더 똑똑하게 굴었어야 했는데. 저이한테 말하면 그냥 울기만 하면서 결혼은 못 하겠대요. 왜 못 하는 거죠? 난 좋은 아내가 될 거예요. 같이 살기 편한 사람이기도 하고. 난 저이 마음대로 하게 내버려두거든요. 그래 봤자 아무 도움도 안 돼요."

"정말 안됐군요."

"그래요. 안됐어요. 하지만 이야기해봤자 소용이 없어요, 안 그래요? 이리 와요. 카페로 돌아가요."

"물론 내가 할 수 있는 일도 없군요."

"그래요. 그저 내가 이런 이야기 했다는 소리만 하지 말아요. 저이가 뭘 원하는지 아니까." 그 순간 처음으로 그녀는 환하고 끔찍하게 유쾌한 태도를 버렸다. "저이는 혼자 뉴욕에 돌아가고 싶어 해요. 책이 나와서 수많은 어린 계집들이 좋아할 때 거기 있고 싶은 거지. 그걸 원하는 거예요."

"어쩌면 여자들이 안 좋아할지도 모르죠. 저 친구가 그런 사람이라고도 생각 안 하고요. 정말입니다."

"당신은 나만큼 저이를 몰라요, 제이크. 그게 저이가 하고 싶어 하는 일이에요. 난 알아요. 안다고요. 그래서 결혼하고 싶어 하지 않는 거예요. 올 가을의 커다란 승리를 혼자서 독점하고 싶은 거예요."

"카페로 돌아갈까요?"

"네, 가요."

우리는 테이블에서 일어나서―그들은 마실 것을 가져다주지 않았다―길을 건너 셀렉트로 왔다. 콘은 대리석 상판 테이블 뒤에서 우리를 향해 미소 지으며 앉아 있었다.

"뭘 보고 웃고 있는 거야?" 프랜시스가 그에게 물었다. "꽤 행복한가봐?"

"당신이 제이크와 비밀 이야기를 하는 걸 보고 웃은 거야."

"아, 제이크에게 말한 건 비밀이 아니야. 모두가 곧 알게 될 텐데 뭐. 그저 제이크에게 점잖은 판으로 들려주고 싶었던 것뿐이야."

"그게 뭐지? 당신이 영국에 간다는 거?"

"그래, 영국에 가는 거. 아, 제이크! 이야기한다는 걸 잊어버렸네. 나 영국에 가요."

"멋지군요!"

"그래요, 대단한 집안에서는 이 문제를 이렇게 처리하거든요. 로버트가 보내주는 거예요. 저이가 내게 200파운드를 주면, 난 친구들을 방문하러 가는 거죠. 근사하지 않아요? 친구들은 몰라요, 아직."

그녀는 콘을 돌아보며 미소 지었다. 그는 이제 웃고 있지 않았다.

"당신은 내게 100파운드만 주려고 했지, 안 그래, 로버트? 하지만 내가 200파운드를 받아냈어요. 이이는 정말 후한 사람이거든요. 그렇지, 로버트?"

사람들이 로버트 콘에게 어떻게 이런 끔찍한 소리를 할 수 있는지 난 모르겠다. 모욕적인 말을 퍼부을 수 없는 사람들이 있다. 어떤 말을 하면 세상이 무너질 것 같은, 실제로 당신 눈앞에서 파괴될 것 같은 느낌을 주는 사람들이 있는 것이다. 하지만 여기 콘은 그 말을 고스란히 받아들이고 있었다. 이 모든 일이 내 눈앞에서 벌어지고 있지만, 나는 그것을 멈춰보려는 충동조차 느끼지 않았다. 하지만 나중에 벌어진 일에 비하면 이건 약과에 불과했다.

"어떻게 그런 말을 할 수 있어, 프랜시스?" 콘이 말을 막고 말했다.

"저 사람 말 좀 들어봐요. 난 영국에 가요. 친구들을 만나러. 원치 않는 친구들을 만나러 가본 적 있어요? 아, 어쨌거나 그 친구들은 날 받아줘야 해요. '잘 지냈니? 너무 오랜만이야. 어머니는 어떠셔?' 그래, 우리 어머니는 어떠실까요? 어머니는 프랑스 전쟁 채권에 전 재산을 다 쏟아부었죠. 그래요, 그랬어요. 아마 전 세계에서 그런 짓을 한 유일한 사람일걸요. '로버트는 어때?' 아니면 로버트에 대해 매우 조심스레 이야기하겠죠. '그에 대해 언급하지 않도록 극도로 조심해야 해. 불쌍한 프랜시스는 기막히게 불행한 일을 당했으니까.' 재미있지 않겠어, 로버트? 재미있을 거라 생각하지 않아요, 제이크?"

그녀는 끔찍하게 환한 미소를 띠며 나를 바라봤다. 이 이야기를 들려줄 청중이 있다는 게 매우 만족스러워 보였다.

"당신은 어디 갈 거야, 로버트? 다 내 잘못이야, 좋아. 다 내가 나빴어. 잡지사의 그 어린 비서를 내쫓았을 때 당신이 나도 똑같은 방식으로 내쫓을 거라는 걸 알았어야 했어. 제이크는 모르는 일이지. 내가 말할까?"

"입 닥쳐, 프랜시스, 제발."

"그래, 내가 말할게. 로버트 잡지사에 어린 비서 애가 있었어요. 아주 상냥한 여자였고, 로버트도 그 여자가 근사하다고 생각하고 있었죠. 내가 나타나자 저이는 나도 근사하다고 생각했어요. 그래서 내가 그 여자를 내쫓게 만들었죠. 잡지사를 옮길 때 카멜에서 프로빈스타운까지 그 비서를 데려갔거든요. 그런데 서부로 돌아갈 때는 여비조차 주지 않았어요. 다 내 환심을 사려고 말이죠. 그때는 내가 꽤 괜찮다고 생각했거든요. 안 그랬어, 로버트?

오해하지 말아요, 제이크. 비서와는 완전히 플라토닉한 관계였으니까. 플라토닉한 것조차 아니었어요. 아무것도 없었어요, 정말로. 그저 그 여자가 매우 괜찮았다는 거죠. 그런데 내 환심을 사자고 그런 짓을 한 거예요. 뭐, 난 칼로 살아가는 사람은 칼로 망한다고 생각해요. 문학적이지 않아요? 다음 책에 쓰게 기억해두지그래, 로버트.

로버트는 새 책을 쓰려고 자료를 구하러 간대요. 그렇지, 로버트? 그래서 나를 떠나는 거예요. 나는 맞지 않다고 결론 내렸거든요. 우리가 같이 사는 동안 내내 저이는 소설을 쓰느라 늘 바빠서 우리 둘에 대해서는 아무것도 기억 못 해요. 그래서 이제 나가서 새 자료를 구하려는 거예요. 끔찍하게 재미있는 뭔가를 구하길 바랄게.

들어봐, 로버트, 자기. 내가 이야기 하나 해줄게. 괜찮지? 아가씨들과는 다투지 마. 웬만하면 그러지 마. 당신은 싸움만 하면 울고, 그러면 자신을 동정하느라 바빠서 다른 사람 말은 다 잊어버리잖아. 그런 식으론 어떤 대화도 기억 못 할걸. 마음을 가라앉히려고 노력해. 엄청나게 힘든 일이라는 거 알고 있어. 하지만 기억해. 다 문학을 위해서야. 문학을 위해선 다들 희생을 해야 하는 거잖아. 날 봐. 난 군말 없이 영국에 갈 거야. 모두 다 문학을 위해서라고. 우린 모두 젊은 작가들을 도와야 하는 거거든. 그렇게 생각 안 해요, 제이크? 하지만 당신은 젊은 작가는 아니지. 안 그래, 로버트? 당신은 서른넷이야. 하지만 위대한 작가에게는 아직 젊은 나이이긴 하지. 하디를 봐. 아나톨 프랑스도. 그는 얼마 전에 죽었지. 하지만 로버트는 그가 좋은 작가라고 생각하지 않아요. 프랑스 친구들이 그렇게 말해줬어요. 로버트는 프랑스어를 잘 못 읽거든요. 그는 당신처럼 훌륭한 작가가 아니었지, 로버트? 그 사람도 가서 자료를 구해야 했을까? 그 사람은 결혼 못 하겠다는 말을 어떻게 했을까? 그 사람도 울었을까? 오, 방금 생각났어." 그녀는 장갑 낀 손을 입술에 갖다 댔다. "로버트가 나와 결혼하지 않으려는 진짜 이유를 알아요, 제이크. 방금 생각났어. 카페 셀렉트에 있을 때 내게 계시를 보내줬어요. 너무 신비적인가? 언젠가는 명판을 세워야지. 루르드*처럼. 듣고 싶어, 로버트? 내가 말해줄게. 너무 간단해. 왜 그 생각을 진작 못 했나 몰라. 있죠, 로버트는 항상 애인을 가지고 싶어 했어요. 그런데 나랑 결혼하지 않으면, 애인이 하나 있었던 셈이 되는 거죠. 2년이 넘도록. 자, 어때요? 그런데 늘 약속했던 대로 나랑 결혼을 해버리면 로맨스는 다 끝나버릴 거 아니겠어요? 이걸 알아낸 내가 정말 똑똑하다고 생각하지 않아요? 게다가 이건 사실이에요. 로버트를 보고 사실이 아닌지 봐요. 어디 가요, 제이크?"

"난 들어가서 하비 스톤을 잠깐 봐야겠어요."

내가 들어가려 하자 콘이 얼굴을 들었다. 얼굴이 하얗게 질려 있었다. 왜 저기 앉아 있는 거지? 왜 저렇게 받아주고 있는 거야?

바에 기대서서 바깥을 내다보자, 창문 너머로 그들의 모습이 보였다. 프랜시스가 그에게 이야기하고 있었다. 그녀는 환한 미소를 지으며 "안 그래, 로버트?"라고 물을 때마다 그의 얼굴을 들여다봤다. 아니 어쩌면 이제는 그런 질문을 하지 않을지도 모른다. 어쩌면 다른 이야기를 하고 있을지도 모른다. 나는 바텐더에게 아무것도 안 마시겠다고 말하고 옆문으로 나갔다. 나가면서 돌아보니 두꺼운 유리 두 장 너머로 여전히 앉아 있는 그들의 모습이 보였다. 그녀는 여전히 그에게 이야기하고 있었다. 나는 뒷길로 해서 라스파이 대로로 나왔다. 택시가 왔다. 나는 택시를 탄 후 운전사에게 집주소를 댔다.

\*프랑스 남서쪽에 있는 마을. 1858년 한 소녀에게 성모 마리아가 발현하여 계시를 준 곳으로 알려졌다.

# 7장

계단을 올라가는데, 관리인이 수위실의 유리문을 두드렸다. 내가 걸음을 멈추자 그녀가 밖으로 나왔다. 그녀는 편지 몇 통과 전보 한 통을 들고 있었다.

"우편물이에요. 그리고 웬 숙녀분이 찾아오셨어요."

"메모를 남겼나요?"

"아니요. 신사분과 같이 왔어요. 지난밤에 여기 왔던 분이요. 이제 보니 굉장히 좋은 분이더라고요."

"제 친구와 같이 있었습니까?"

"몰라요. 여기 온 적 없는 분이었어요. 굉장히 덩치가 컸어요. 굉장히, 굉장히 컸어요. 숙녀분은 굉장히 상냥했고요. 굉장히, 굉장히 상냥했어요. 어젯밤에는 어쩌면 약간……." 그녀는 한 손으로 고개를 받치고 위아래로 주억거렸다. "완전히 솔직하게 말씀드릴게요, 무슈 반스. 어젯밤에는 그 숙녀분이 그다지 점잖아 보이지 않았어요. 어젯밤에는 그 숙녀분을 좋지 않게 생각했죠. 하지만 제 말 들어보세요. 그분은 트레, 트레 장티유.(몹시, 몹시 품위 있더군요.) 굉장히 좋은 집안 출신이에요. 그런 건 눈에 보이는 거죠."

"아무 말도 남기지 않았습니까?"

"네, 한 시간 뒤에 돌아오겠다고 했어요."

"오면 올려 보내주세요."

"네, 무슈 반스. 그리고 그 숙녀분은, 뭔가 있어요. 좀 색다르긴 하지만 켈큇, 켈큇!(대단한 분이에요, 대단한 분!)"

관리인이 되기 전 그녀는 파리의 경마장에서 주류 매점을 했다. 일생의 과업은 경마장 잔디밭에 있었지만 그녀는 체중 측정소의 사람들을 눈여겨봤고, 자신의 손님들 중 누가 교육을 제대로 받았고, 좋은 집안 출신이며, 스포츠맨—'맨'에 강세를 두는 프랑스어로—인지를 판별하는 데 굉장한 자부심을 가지고 있었다. 단 문제는 그 세 개의 범주에 들지 않는 사람들은, 반스 씨는 집에 안 계시다는 대답을 듣기 십상이라는 점이었다. 내 친구들 중 피죽 한 그릇 못 먹은 것처럼 생긴 화가가 있었는데, 그는 마담 뒤지넬이 보기에 제대로 교육을 받은 것도, 좋은 집안 출신도, 스포츠맨도 아닌 게 분명했다. 그는 가끔 저녁에 나를 만나러 올 수 있도록 관리인을 통과할 수 있는 통행증을 얻어달라는 편지까지 썼다.

나는 브렛이 관리인에게 무슨 짓을 한 것인지 궁금해하며 아파트로 올라왔다. 전보는 빌 고턴에게서 온 것으로, 프랑스에 도착한다는 내용이었다. 나는 우편물을 테이블에 놓고 침실로 가서 옷을 벗고 샤워를 했다. 몸을 닦고 있을 때 초인종이 울리는 소리가 들렸다. 나는 가운을 입고 슬리퍼를 신은 다음 문으로 갔다. 브렛이었다. 그 뒤에는 백작이 서 있었다. 그는 커다란 장미 다발을 들고 있었다.

"안녕, 자기." 브렛이 말했다. "들어오라고 안 해?"

"들어와. 막 목욕하던 참이었어."

"운 좋은 사나이 아니야. 목욕이라니."

"샤워만 했어. 앉으세요, 미피포폴루스 백작. 뭘 드시겠습니까?"

"꽃을 좋아하실지 어떨지 모르지만." 백작이 말했다. "제 마음대로 이 장미들을 가져왔습니다."

"여기, 내게 줘요." 브렛이 꽃을 받았다. "여기 물 좀 받아줘, 제이크." 나는 부엌에서 커다란 토기 항아리에 물을 받았고, 브렛은 거기에 장미를 담아 거실 테이블 중앙에 놓았다.

"있지, 대단한 하루였어."

"크리용에서 나와 만나기로 한 약속은 전혀 기억 못 하는군."

"어머. 우리 약속했었어? 나 정말 완전히 취했었나봐."

"당신은 굉장히 취해 있었어요." 백작이 말했다.

"왜 아니겠어요? 하지만 백작님은 완전히 믿음직한 남자였어요."

"오늘은 관리인에게 엄청나게 좋은 인상을 줬더군."

"그랬을 거야. 200프랑을 줬거든."

"바보 같은 짓 하지 마."

"저 사람 돈이야." 그녀가 백작을 향해 고갯짓하며 말했다. "어젯밤 일로 약소하게나마 뭔가를 해야 한다고 생각했습니다. 굉장히 늦은 시간이었으니까요."

"멋진 사람이야." 브렛이 말했다. "무슨 일이 있었는지 다 기억해."

"당신도 마찬가지지요."

"천만에요." 브렛이 말했다. "누가 그러고 싶겠어요? 있지, 제이크, 한잔해도 돼?"

"난 들어가서 옷 입고 올 테니 가져다 마셔. 어디 있는지 알지."

"물론이지."

내가 옷을 입는 동안 브렛이 잔과 소다수 병을 꺼내놓는 소리가 들리더니 두 사람의 이야기 소리가 들렸다. 나는 침대에 앉아 천천히 옷을 입었다. 피곤하고 기분이 안 좋았다. 브렛이 잔을 들고 방에 들어오더니 침대에 앉았다.

"무슨 일이야, 자기? 어지러워?"

그녀는 내 이마에 냉정하게 키스했다.

"오, 브렛, 난 당신을 너무 사랑해."

"자기." 그녀가 말했다. 그러더니 잠시 후 덧붙였다. "저 사람 보내버리면 좋겠어?"

"아니. 좋은 사람이야."

"보낼게."

"아니, 그러지 마."

"아니, 보낼 거야."

"당신은 그렇게 못 할 거야."

"왜 못 해? 당신은 여기 있어. 저 사람은 나한테 홀딱 반했거든."

그녀가 밖으로 나갔다. 나는 침대에 고개를 파묻은 채 누워 있었다. 기분이 좋지 않았다. 두 사람이 이야기하는 소리가 들렸지만, 나는 귀 기울여 듣지 않았다. 브렛이 들어와서 침대에 앉았다.

"불쌍한 자기." 그녀가 내 머리를 쓰다듬었다.

"뭐라고 했어?" 나는 그녀에게서 얼굴을 돌린 채 누워 있었다. 그녀를 보고 싶지 않았다.

"샴페인 사 오라고 보냈어. 샴페인 사러 가는 걸 좋아하거든."

그러고는 잠시 후 말했다. "이제 기분이 좀 나아졌어, 자기? 머리 아픈 건 좀 나아졌어?"

"나아졌어."

"가만히 누워 있어. 그 사람 강 건너편까지 갔으니까."

"우리 같이 살 순 없어, 브렛? 그냥 같이 살 순 없어?"

"안 돼. 난 당신을 속이고 온갖 사람이랑 바람을 피우게 될 거야. 당신은 견디지 못할 테고."

"난 지금 견디고 있어."

"그건 상황이 달라. 다 내 잘못이야, 제이크. 내가 그렇게 타고난걸."

"잠시 시골에 가 있을 순 없을까?"

"그래 봤자 소용없을 거야. 당신이 가고 싶으면 갈게. 하지만 난 시골에서 조용히 살 수는 없어. 진정한 사랑과 함께라고 해도."

"알아."

"끔찍하지 않아? 내가 당신을 사랑한다고 해도 아무런 소용이 없다는 게."

"내가 당신 사랑하는 거 알잖아."

"그만두자. 말해봤자 다 부질 없어. 난 당신에게서 떠날 거야. 그러고 나면 마이클이 돌아오겠지."

"왜 떠나려는 거야?"

"그게 당신을 위해서 더 좋아. 나를 위해서도 그렇고."

"언제 갈 거야?"

"가능한 한 빨리."

"어디로?"

"산세바스티안."

"같이 갈 수는 없어?"

"아니. 방금 다 터놓고 이야기했잖아. 그건 끔찍한 생각이야."

"우린 동의한 적 없어."

"아, 당신도 나만큼 잘 알고 있어. 고집부리지 마, 자기."

"맞아." 내가 말했다. "당신이 옳다는 거 알아. 그냥 기분이 울적해서 그래. 기분이 울적할 때면 바보 같은 소리를 하게 돼."
나는 일어나 앉아 몸을 굽혀 침대 옆에 있는 신발을 찾아서 신었다. 나는 일어섰다.
"그렇게 보지 마, 자기."
"내가 어떻게 봤으면 좋겠어?"
"아, 바보 같은 소리 하지 마. 난 내일 떠날 거야."
"내일?"
"그래. 내가 그렇게 말했잖아? 그럴 거야."
"그럼 한잔해. 백작이 곧 돌아올 거야."
"그래, 돌아올 때가 됐어. 있지, 그 사람은 샴페인을 탁월하게 잘 골라서 사. 그 사람에게는 굉장히 의미 있는 일이거든."
우리는 거실로 돌아왔다. 나는 브랜디 병을 가져와 브렛에게 한 잔 따라주고 나도 한 잔 따랐다. 초인종이 울렸다. 문으로 가니 백작이 서 있었고, 그 뒤에는 운전사가 샴페인 바구니를 들고 서 있었다.
"어디에다 놓으라고 할까요?" 백작이 물었다.
"부엌에요." 브렛이 말했다.
"저기 놓게, 헨리." 백작이 손짓했다. "이제 내려가서 얼음을 좀 가져와." 그는 부엌문 안에 놓인 바구니를 살피며 서 있었다. "굉장히 좋은 와인이라는 걸 아시게 될 겁니다." 그가 말했다. "지금 미국에서는 좋은 와인을 맛볼 기회가 별로 없지만, 이건 그쪽 일을 하는 친구에게서 구한 겁니다."

"아, 당신은 항상 업계에 아는 사람이 있군요." 브렛이 말했다.
"이 친구는 포도를 재배해요. 수천 에이커를 가지고 있죠."
"이름이 뭐예요? 뵈브 클리코*?" 브렛이 물었다.
"아니요. 뭠입니다. 남작이죠."
"멋지지 않아요?" 브렛이 말했다. "우린 모두 작위가 있어요. 자긴 왜 작위가 없어, 제이크?"
"분명히 말씀드리지만." 백작이 내 팔에 손을 올렸다. "하등 좋을 게 없어요. 대부분의 경우 돈만 들 뿐입니다."
"아, 난 모르겠네요. 때로는 굉장히 유용한데." 브렛이 말했다.
"난 작위가 도움이 되어본 적이 없어요."
"당신이 제대로 쓰지 않은 거예요. 난 내 작위로 엄청난 신용을 쌓았거든요."
"앉으시죠, 백작." 내가 말했다. "그 단장(短杖)은 제가 치우죠."

백작은 가스등 아래서 테이블 건너 브렛을 쳐다보고 있었다. 그녀는 담배를 피우며 양탄자에 재를 털고 있었다. 그녀가 내 시선을 알아챘다. "있지, 제이크, 당신 양탄자를 망치고 싶지는 않아. 재떨이 좀 줄 수 없어?"

나는 재떨이를 몇 개 찾아서 늘어놓았다. 운전사가 소금이 뿌려진 얼음 양동이를 들고 올라왔다. "두 병을 거기 넣어두게, 헨리." 백작이 말했다.

\*프랑스산 고급 샴페인.

"다른 건요, 나리?"

"없네. 차에서 기다리게." 그는 브렛과 나를 향해 돌아섰다. "차를 타고 부아에 가서 저녁 드시겠습니까?"

"당신이 그러고 싶다면요." 브렛이 말했다. "난 아무것도 못 먹겠어요."

"전 훌륭한 식사는 늘 좋아합니다." 백작이 말했다.

"와인을 가져올까요, 나리?" 운전사가 물었다.

"가져오게, 헨리." 백작이 말했다. 그는 돈피로 만든 묵직한 담배상자를 꺼내더니 내게 내밀었다. "진짜 미국제 시가 맛을 보시겠습니까?"

"고맙습니다." 내가 말했다. "담배를 마저 피우고요."

그는 시곗줄 한쪽 끝에 매달린 금제 커터로 시가 끝부분을 잘랐다.

"전 제대로 빨리는 시가를 좋아합니다. 사람들이 피우는 시가의 절반은 제대로 빨리지 않거든요."

그는 테이블 너머 브렛을 바라보며 시가에 불을 붙이고 한 모금 빨았다. "레이디 애슐리, 이혼을 하게 되면 작위가 없어지는 건가요?"

"네. 애석한 일이죠."

"아뇨." 백작이 말했다. "당신은 작위가 필요 없어요. 온몸에서 기품이 흘러넘치니까."

"고마워요. 엄청나게 친절하시군요."

"농담 아닙니다." 백작이 연기를 내뿜었다. "당신은 제가 이제껏 본 어떤 사람보다도 더 기품이 있어요. 당신은 기품이 있어요. 그게 답니다."

"상냥하시군요." 브렛이 말했다. "우리 어머니가 기뻐할 거예요. 그 말 써주실 수 있나요? 어머니께 편지로 보내게."

"말도 해드리죠." 백작이 말했다. "농담이 아닙니다. 전 절대 사람을 놀리지 않아요. 사람을 놀리면 적을 만들게 됩니다. 제가 항상 하는 말이죠."

"옳은 말이에요." 브렛이 말했다. "정말로 옳아요. 전 항상 사람들을 놀려대서 친구가 하나도 없어요. 여기 제이크만 빼고요."

"이분은 안 놀리시는군요."

"그래요."

"지금은요?" 백작이 물었다. "그건 농담인가요?"

브렛이 나를 쳐다보더니 눈살을 찌푸렸다.

"아뇨. 난 제이크는 안 놀릴 거예요."

"그렇군요. 이분은 안 놀리는군요."

"끔찍하게 재미없는 대화네요." 브렛이 말했다. "저 샴페인 마시는 게 어때요?"

백작이 손을 뻗어 반짝이는 양동이에 담긴 병들을 돌렸다. "아직 차가워지지 않았어요. 당신은 늘 술을 마시는군요. 그냥 이야기하는 게 어때요?"

"이야기는 지긋지긋하게 했어요. 제이크에게 속을 다 털어놓았다고요."

"당신이 진짜로 이야기하는 걸 듣고 싶군요. 저와 이야기할 때는 제대로 말을 마치는 법이 없던데."

"백작님이 이어서 마치라고 남겨두는 거예요. 아무나 마치고 싶은 사람이 마치라 그래요."

"재미있는 방식이군요." 백작이 손을 뻗어 병들을 돌렸다. "그래도 언젠가 당신이 이야기하는 걸 듣고 싶군요."

"정말 바보 같지?" 브렛이 물었다.

"자." 백작이 병을 꺼냈다. "차가워진 것 같군요."

내가 타월을 가져오자 그가 병을 닦은 다음 들었다. "저는 큰 병에 든 샴페인을 좋아합니다. 와인이 더 낫긴 하지만, 그건 차게 하는 게 너무 힘들었을 겁니다." 그가 병을 쳐다보며 들었다. 나는 잔을 꺼냈다.

"따도 좋아요." 브렛이 제안했다.

"그래요, 이제 제가 병을 따죠."

훌륭한 샴페인이었다.

"이런 게 진짜 와인이죠." 브렛이 잔을 들었다. "뭔가에 건배해야 해요. '왕실을 위해.'"

"이 와인은 건배용으로는 넘쳐요. 이런 와인은 감정과 섞으면 안 되죠. 맛을 놓치게 되거든요."

브렛의 잔이 비었다.

"와인에 대한 책을 쓰셔야겠습니다, 백작." 내가 말했다.

"반스 씨." 백작이 대답했다. "제가 와인에 바라는 건 그 맛을 즐기는 것 외엔 없습니다."

"좀 더 즐겨요." 브렛이 잔을 내밀었다. 백작이 매우 신중하게 따랐다. "자, 이제 천천히 즐겨요. 그러고 나서는 취해도 좋아요."

"취해요? 취해?"

"당신은 취하면 매력적이니까."

"저 사람 말하는 것 좀 봐."

"반스 씨." 백작이 내 잔을 가득 채웠다. "이제껏 본 여자들 중에 취해 있어도 취하지 않았을 때만큼 매력적인 사람은 이 숙녀분이 유일합니다."

"세상 경험이 별로 없으시군요, 그렇죠?"

"아니요. 세상을 많이 봤습니다. 엄청나게 많이 경험했죠."

"와인 마셔요." 브렛이 말했다. "우린 모두 세상을 잘 알아요. 감히 말하지만, 여기 제이크는 당신만큼 산전수전 다 겪었어요."

"분명 반스 씨는 많은 걸 봤을 겁니다. 제가 그렇게 생각하지 않는다고는 생각지 마십시오. 저도 세상을 많이 봤죠."

"물론 그러시겠죠." 브렛이 말했다. "그냥 장난으로 그런 거예요."

"전 일곱 번의 전쟁과 네 번의 혁명을 겪었습니다." 백작이 말했다.

"군인으로요?" 브렛이 물었다.

"때로는요. 화살 맞은 상처도 있답니다. 화살에 맞은 상처 본 적 있습니까?"

"한번 봐요."

백작이 일어나 조끼 단추를 풀고 셔츠를 젖혔다. 그는 속옷을 가슴까지 끌어올린 뒤 섰다. 등불 아래 시커먼 가슴이 보였다. 커다란 배 근육이 부풀어 올랐다.

"보입니까?"

늑골 아랫부분에 살이 부풀어 오른 것 같은 모양의 하얀 상처가 두 개 있었다. "등에 화살이 나간 자국을 봐요." 허리 위에 손가락만큼 두껍게 부풀어 오른 같은 모양의 상처가 두 개 나 있었다.

"와, 대단한데요."

"깨끗하게 뚫고 나갔죠."

백작은 셔츠자락을 쑤셔 넣었다.

"어디서 입은 상처죠?" 내가 물었다.

"아비시니아에서. 스물한 살 때였죠."

"뭘 하고 있었어요?" 브렛이 물었다. "군대에 있었나요?"

"사업차 갔어요."

"내가 우리 부류라고 했잖아, 안 그래?" 브렛이 나를 돌아봤다. "사랑해요, 백작님. 당신이 정말 마음에 들어요."

"굉장히 행복하군요. 하지만 그건 사실이 아니에요."

"그런 소리 마세요."

"반스 씨, 전 많은 것을 경험했기 때문에 이제 이렇게 모든 걸 즐길 수 있게 된 겁니다. 당신도 그렇지 않습니까?"

"그래요. 그렇고말고요."

"압니다." 백작이 말했다. "그게 비결이죠. 가치관을 먼저 알아야 하는 겁니다."
"당신 가치관이 바뀌는 일은 없나요?" 브렛이 물었다.
"아뇨. 더 이상은."
"사랑에 빠지지도 않고?"
"언제나 하지요." 백작이 말했다. "전 항상 사랑을 합니다."
"그게 당신 가치관에 어떤 역할을 하죠?"
"그것 역시 제 가치관의 일부분이죠."
"당신은 가치관이 없어요. 그저 죽어 있는 거예요. 그게 다예요."
"아뇨. 당신은 틀렸어요. 전 죽지 않았습니다."
우리는 샴페인을 세 병 마셨고, 백작은 내 부엌에 바구니를 뒀다. 우리는 부아의 레스토랑에서 저녁을 먹었다. 훌륭한 식사였다. 음식은 백작의 가치관에서 아주 중요한 자리를 차지하고 있었다. 와인도 마찬가지였다. 백작은 식사하는 동안 아주 기분이 좋았다. 브렛도 그랬다. 좋은 파티였다.
"어디로 가고 싶으십니까?" 식사를 마친 후 백작이 물었다. 레스토랑 안에 손님이라고는 우리뿐이었다. 웨이터 두 명이 문에 기대어 서 있었다. 집에 가고 싶은 기색이 역력했다.
"언덕에 올라갈까요?" 브렛이 말했다. "참 멋진 파티였죠?"
백작이 환하게 웃었다. 그는 매우 행복했다.
"당신들은 굉장히 좋은 사람들입니다." 그가 말했다. 그는 다시 시가를 피웠다. "두 분은 왜 결혼하지 않으십니까?"

"각자의 삶을 살고 싶거든요." 내가 말했다.

"각자의 일이 있고요." 브렛이 말했다. "이봐요, 이 이야기는 그만해요."

"브랜디 더 드십시오." 백작이 말했다.

"언덕 위에서 마셔요."

"아니. 조용한 이곳에서 마십시다."

"그 조용한 곳 타령." 브렛이 말했다. "남자들이 말하는 조용함이란 뭐죠?"

"우린 조용한 걸 좋아합니다." 백작이 말했다. "당신이 시끄러운 걸 좋아하는 것처럼."

"좋아요." 브렛이 말했다. "한 잔 해요."

"소믈리에!" 백작이 불렀다.

"네, 손님."

"여기 브랜디 중에서 가장 오래된 게 뭡니까?"

"1811년산입니다."

"한 병 가져와요."

"과시하지 마요. 취소시켜, 제이크."

"들어봐요. 전 다른 어떤 골동품보다도 오래 묵은 브랜디에 돈을 쓰는 게 더 가치 있다고 생각합니다."

"골동품을 많이 가지고 계세요?"

"집 안 가득 있지요."

마침내 우리는 몽마르트르에 올라갔다. 젤리 안은 사람들과 담배 연기로 그득했고 몹시 시끄러웠다. 들어서는 순간 음악이 귀를 때렸다. 브렛과 나는 춤을 췄다. 얼마나 사람이 많은지 거의 움직일 수조차 없었다. 흑인 드러머가 브렛에게 손을 흔들었다. 우리는 즉흥 연주에 취해 드러머 앞에서 춤을 췄다.

"요즘 어때요?"

"좋아요."

"잘됐네요."

그는 두꺼운 입술을 열고 온통 이를 드러내며 웃었다.

"내 친구야." 브렛이 말했다. "끝내주는 드러머지."

음악이 멈추자 우리는 백작이 앉아 있는 테이블로 걸음을 옮겼다. 그때 음악이 다시 시작됐고 우리는 춤을 췄다. 나는 백작을 쳐다보았다. 그는 시가를 피우며 테이블에 앉아 있었다. 음악이 다시 멈췄다.

"가자."

브렛이 테이블 쪽을 향해 갔다. 하지만 음악이 다시 시작됐고 우리는 다시 사람들 사이에 끼어 춤을 췄다.

"당신 춤 솜씨는 형편없어, 제이크. 내가 아는 한 최고의 춤꾼은 마이크야."

"그 친구는 굉장하지."

"자기만의 특징이 있어."

"난 그 친구가 좋아." 내가 말했다. "엄청나게 마음에 들어."

"난 그와 결혼할 거야." 브렛이 말했다. "웃기지. 일주일 동안 그 사람 생각조차 안 해놓고."

"편지 안 써?"

"난 안 써. 편지 써본 적 없어."

"그는 분명 편지를 쓰겠지."

"물론이지. 엄청나게 훌륭한 편지들을 보내."

"언제 결혼할 거야?"

"내가 어떻게 알겠어? 이혼이 마무리되자마자. 마이클은 어머니를 설득하려고 애쓰고 있어."

"도와줄까?"

"쓸데없는 짓 하지 마. 마이클네 집안사람들은 돈이 한정 없이 많아."

음악이 멈췄다. 우리는 테이블로 걸어갔다. 백작이 자리에서 일어났다.

"훌륭합니다." 그가 말했다. "매우, 매우 멋졌습니다."

"백작께서는 춤 안 추십니까?" 내가 물었다.

"아뇨. 전 너무 나이가 많습니다."

"말도 안 되는 소리." 브렛이 말했다.

"즐길 수 있다면 저도 출 겁니다. 하지만 전 그냥 당신들이 춤추는 걸 보는 게 더 좋군요."

"좋아요." 브렛이 말했다. "언젠가 당신을 위해 다시 춤을 추죠. 당신 친구 지지는 어때요?"

"솔직히 말씀드리죠. 전 그 친구를 후원하고 있기는 하지만, 같이 어울리고 싶진 않아요."

"좀 힘든 사람이죠."

"그 친구는 장래성이 있어요. 하지만 개인적으로 그 친구와 어울리고 싶지는 않습니다."

"제이크도 비슷한 의견이에요."

"도무지 불편하고 음침해서요."

"뭐." 백작이 어깨를 으쓱했다. "그 친구 장래가 어떨지는 누구도 모릅니다. 어쨌거나 그 친구 아버님과 제 아버님은 막역한 친구 사이셨습니다."

"이리 와. 춤추자." 브렛이 말했다.

우리는 춤을 췄다. 복잡하고 답답했다.

"아, 자기." 브렛이 말했다. "난 너무 비참해."

전에 일어났던 일을 다시 겪는 기분이었다. "조금 전만 해도 행복했잖아."

드러머가 외쳤다. "당신은 배반할 수 없······."

"그 기분은 다 사라졌어."

"뭐가 문제야?"

"몰라. 그냥 끔찍해."

"······." 드러머가 노래를 불렀다. 그러고는 다시 드럼스틱을 잡았다.

"나가고 싶어?"

나는 모든 것이 반복된다는, 이미 다 끝낸 일을 다시 겪어야만 하는 악몽을 꾸는 듯한 느낌이 들었다.

"······." 드러머가 부드럽게 노래했다.

"가자." 브렛이 말했다. "신경 쓰지 마."

"······." 드러머는 소리치며 브렛을 향해 싱긋 웃었다.

"좋아." 내가 말했다. 우리는 사람들 사이에서 나왔다. 브렛은 드레싱룸에 갔다.

"브렛이 가고 싶어 하는군요." 나는 백작에게 말했다. 그가 고개를 끄덕였다. "그래요? 좋아요. 제 차를 쓰세요. 전 여기 좀 더 있을 테니까, 반스 씨."

우리는 악수했다.

"즐거웠습니다." 내가 말했다. "계산은 제가 하게 해주십시오." 나는 주머니에서 수표책을 꺼냈다.

"반스 씨, 말도 안 되는 짓 하지 말아요." 백작이 말했다.

브렛이 숄을 두르고 나왔다. 그녀는 백작에게 키스하며 그의 어깨를 눌러 일어나지 못하게 막았다. 문을 나오면서 돌아보니 그의 테이블에는 세 명의 여자가 앉아 있었다. 우리는 커다란 차에 탔다. 브렛은 운전사에게 자기 호텔의 주소를 줬다.

"아니, 올라오지 마." 그녀가 호텔에서 말했다. 벨을 울리자 문의 빗장이 풀렸다.

"정말?"

"응, 제발."

"잘 자, 브렛." 내가 말했다. "당신 기분이 안 좋아서 유감이야."

"잘 가, 제이크. 잘 자, 자기. 다시는 보지 않을 거야." 우리는 문간에 서서 키스했다. 그녀가 나를 떠밀었다. 우리는 다시 키스했다. "아, 하지 마!" 브렛이 말했다.

그녀는 재빨리 돌아서서 호텔 안으로 들어갔다. 운전사가 나를 내 아파트까지 데려다 줬다. 내가 20프랑을 주자, 그는 모자를 살짝 잡으며 "안녕히 계십시오"라고 말하고는 차를 몰고 갔다. 나는 벨을 울렸다. 문이 열렸고, 나는 2층으로 올라가 잠자리에 들었다.

2부

## 8장

브렛이 산세바스티안에서 돌아오기 전까지 나는 그녀를 다시 보지 못했다. 그곳에서 엽서가 한 장 왔을 뿐이다. 엽서에는 콘차 해변의 그림이 있었고, 이런 말이 적혀 있었다. "자기. 굉장히 조용하고 건강에 좋은 곳이야. 모두에게 사랑한다고 전해 줘. 브렛."

로버트 콘도 역시 보지 못했다. 프랜시스가 영국으로 떠났다는 소식을 들었고, 콘으로부터는 어디가 될지는 모르겠지만 몇 주 동안 시골에 가 있을 거라는 편지를 받았다. 하지만 지난 겨울 이야기했던 스페인 낚시 여행은 꼭 같이 가고 싶다고 했다. 은행 직원을 통하면 언제든 자기와 연락할 수 있다고 적혀 있었다.

브렛은 가버렸고, 콘의 문제는 내가 신경 쓸 일이 아니었다. 할 일도 많은데 오히려 테니스를 안 쳐도 되니 좋았다. 나는 간혹 경마장에 갔고, 친구들과 저녁을 먹고, 빌 고턴과 내가 6월 말에 스페인으로 떠날 때 비서에게 맡기고 갈 수 있도록 야근을 해서 일을 미리미리 해뒀다. 빌 고턴이 도착해서 며칠 내 아파트에서 머물다 빈으로 갔다. 그는 매우 쾌활했고 미국은 근사하다고 말했다. 뉴욕이 굉장하다고 했다. 대규모의 연극 주간이 벌어졌고, 젊은 라이트헤비급 선수들이 속속들이 나왔다. 성장해서 체중을 불리면 뎀프시*를 무찌를 가능성이 충분한 선수들이었다. 빌은 굉장히 행복했다. 그는 지난번 책으로 돈을 많이 벌었고, 앞으로 더 많이 벌 예정이었다. 우리는 그가 파리에 있는 동안 함께 즐거운 시간을 보냈고, 그 후 그는 빈으로 갔다. 3주 후에 그가 돌아오면 같이 스페인에 가서 낚시를 하고 팜플로나 축제에 갈 계획이었다. 그에게서 빈이 굉장하다는 편지가 왔다. 그러고는 부다페스트에서 엽서가 왔다. "제이크, 부다페스트는 굉장해." 그러고는 전보가 왔다. "월요일 돌아갈 예정."

그는 월요일 저녁 아파트에 나타났다. 나는 택시가 멈추는 소리를 듣고 창문으로 가서 그를 불렀다. 그는 손을 흔들더니 가방을 들고 계단을 올라왔다. 나는 계단 중간에서 그를 맞아 가방 하나를 받아 들었다.

"어때, 여행이 굉장했다며?"

"굉장했지." 그가 말했다. "부다페스트는 진짜 굉장해."

---

*잭 뎀프시(1895~1983). 1919년 세계 헤비급 챔피언이 된 미국의 프로 권투선수.

"빈은 어땠어?"

"별로, 제이크. 별로였어. 보기보다 안 좋았어."

"무슨 뜻이야?" 나는 잔과 소다수 병을 가져오며 물었다.

"취했었어, 제이크. 난 취했었다고."

"그거 이상하군. 한잔하는 게 좋겠어."

빌이 이마를 문질렀다. "놀라운 일이야. 어떻게 된 일인지 나도 모르겠어. 갑자기 그렇게 됐으니까."

"얼마나 취해 있던 거야?"

"나흘 동안, 제이크. 딱 나흘간이었어."

"어딜 갔는데?"

"기억이 안 나. 내가 자네한테 엽서 썼잖아. 그건 분명히 기억하는데."

"다른 건?"

"별로 기억이 안 나. 뭔가 하기는 했겠지만."

"계속해. 이야기해봐."

"기억이 안 나. 기억나는 건 뭐든 이야기할 텐데."

"계속해. 그 술 마시면서 생각해봐."

"조금은 기억날지도 모르겠군." 빌이 말했다. "돈이 걸렸던 권투 경기가 생각나. 빈에서 큰 현상 권투 경기가 있었거든. 검둥이가 하나 있었고. 그 검둥이는 똑똑히 기억나."

"계속해."

"굉장한 검둥이였어. 타이거 플라워스*처럼 생겼는데, 덩치는 네 배는 더 될 거야. 갑자기 사람들이 다들 물건을 집어던지기 시작했어. 나만 빼고. 검둥이가 그 지방 선수를 때려눕혔거든. 검둥이는 글러브를 높이 쳐들고는 한마디 하려고 했어. 엄청 고상하게 생긴 검둥이더라고. 그러고는 연설을 시작했지. 그런데 그때 그 지방 백인 선수가 그를 친 거야. 그러자 그가 백인 선수를 완전히 때려눕혀버렸지. 그러자 모두 의자를 집어 던지고 난리가 난 거야. 검둥이는 우리 차를 타고 함께 집으로 갔어. 옷도 챙길 겨를이 없어서 내 코트를 입었지. 이제 모든 게 다 기억나네. 굉장한 밤이었어."
"그래서 어떻게 됐어?"
"검둥이에게 옷을 빌려주고는 함께 돌아가서 그의 돈을 받으려고 했지. 그런데 경기장을 망가뜨렸으니 오히려 검둥이 쪽에서 배상을 해야 한다는 거야. 그때 누가 통역을 했는지 모르겠네. 내가 했나?"
"아마 자네는 아니었을걸."
"맞아. 나는 분명 아니었어. 다른 사람이 하나 있었어. 우리가 빈의 '하버드맨'이라고 불렀던 친구. 이제 기억나네. 음악 공부를 하던 친구였어."
"그래서 어떻게 됐는데?"
"신통찮았지, 제이크. 사방에 부정이 널렸어. 프로모터 말이 그 지방 선수는 탈락하지 않게 하겠다고 검둥이와 미리 약속을 했다는 거야. 검둥이가 계약을 위반했다는 거지. 빈에서 빈 사

\*시어도어 플라워스(1895~1927). 미들급 최초의 흑인 챔피언.

람을 때려눕힐 수는 없다나. '아이고, 고턴 씨.' 검둥이가 그러더군. '전 그 녀석을 탈락시키지 않으려고 링 위에서 40분 동안 아무 짓도 안 했어요. 그 백인 애송이가 저한테 팔을 휘두르다가 제바람에 나가떨어진 거죠. 전 절대 안 때렸어요.'"
"돈은 받았어?"
"한 푼도 못 받았어, 제이크. 검둥이의 옷만 겨우 챙겨 나왔지. 게다가 누군가 시계도 가져가버렸더라고. 훌륭한 검둥이였는데. 빈에 온 게 실수였어. 별로였어, 제이크. 별로더라고."
"검둥이는 어떻게 됐어?"
"쾰른으로 돌아갔어. 거기서 산대. 결혼해서 가족도 있고. 내가 빌려준 돈은 편지로 보내주겠다더군. 굉장한 흑인이야. 정확한 주소를 줬는지 모르겠네."
"아마 그랬을 거야."
"음, 어쨌건 간에 식사나 하지." 빌이 말했다. "여행 이야기를 더 듣고 싶은 게 아니라면."
"계속해."
"우선 먹으러 가자."
우리는 아래층으로 내려가 후덥지근한 6월 밤의 생미셸 대로로 나왔다.
"어디로 갈까?"
"섬에 가서 먹을까?"
"좋아."
우리는 대로를 걸어 내려왔다. 대로와 당페르로슈로 거리가 만나는 지점에 관복을 입은 두 남자의 동상이 있었다.
"저 사람들 누군지 알아." 빌이 기념비를 쳐다봤다. "약학을 발명한 사람들이야. 파리에 대해 날 속일 생각 마."
우리는 계속 걸어갔다.
"어, 여기 박제상이 있네." 빌이 말했다. "뭐 하나 살까? 멋진 박제 개 같은 거 어때?"
"가자." 내가 말했다. "자넨 취했어."
"멋진 박제 개라고. 아파트 분위기가 확 밝아질 거야."
"그냥 가자."
"딱 하나만. 자네가 하자는 대로 할게. 하지만 들어봐, 제이크. 박제 개 딱 하나만 사자."
"그러지 마."
"일단 사고 나면 자네에게 세상에 둘도 없는 존재가 될 거야. 간단한 가치 교환이잖아. 자넨 돈을 주고, 저 사람들은 자네한테 박제 개를 주고."
"오는 길에 사자."
"좋아. 자네 하고 싶은 대로 해. 지옥 가는 길에 자네가 사지 않은 박제 개들이 즐비하게 깔려 있을 테니. 그래도 내 잘못은 아냐."
우리는 계속 걸어갔다.
"갑자기 웬 개 타령이야?"
"난 항상 개를 좋아했어. 늘 박제 동물들을 굉장히 좋아했다고."

우리는 걸음을 멈추고 술을 한잔했다.

"술 마시는 건 참 좋아." 빌이 말했다. "자네도 언젠가 해봐, 제이크."

"자네가 나보다 144잔 정도 앞서 있지."

"자네 기를 죽여서야 안 되지. 절대 기죽지 마. 그게 내 성공의 비결이야. 난 한 번도 기죽은 적 없어. 사람들 앞에서는."

"어디서 마신 거야?"

"크리용에 들렀어. 조르주가 잭로즈를 두 잔 주더군. 조르주는 참 대단한 친구야. 그의 성공 비결을 아나? 절대 기죽지 않는 거야."

"페르노를 세 잔 정도 마시고 나면 기가 죽게 될걸."

"사람들 앞에서는 아니야. 만약 기가 죽는 기분이 들면, 혼자 몰래 사라질 거야. 그런 점에서 난 고양이랑 비슷해."

"하비 스톤은 언제 봤어?"

"크리용에서. 하비는 약간 기가 죽어 있더군. 사흘 동안 아무것도 못 먹었대. 먹지도 않아. 그냥 고양이처럼 사라져버리지. 딱한 일이야."

"하비는 걱정 마."

"좋아. 하지만 계속 고양이처럼 사라져버리지만 않았으면 좋겠어. 그럼 불안하거든."

"오늘 밤엔 뭐 할 거야?"

"아무려면 어때. 그저 기나 죽지 말자고. 여기는 완숙 계란이 있나? 완숙 계란이 있으면 멀리 섬까지 가서 밥 먹을 필요가 없을 텐데."

"싫어." 내가 말했다. "정식으로 먹을 거야."

"그냥 해본 말이야." 빌이 말했다. "이제 갈까?"

"그래."

우리는 다시 대로를 따라 걷기 시작했다. 마차가 우리를 지나쳤다. 빌이 마차를 쳐다봤다.

"저 마차 보여? 크리스마스 선물로 저 마차를 박제해줄게. 친구들에게는 모두 박제 동물을 주고. 난 자연을 그리는 작가니까."

택시 한 대가 지나갔다. 그 안에 타고 있던 승객이 손을 흔들더니, 택시를 탕탕 두드리며 운전사에게 멈추라고 했다. 택시가 후진하다가 연석 옆에 멈추어 섰다. 택시에는 브렛이 타고 있었다.

"아름다운 숙녀분." 빌이 말했다. "우리를 납치하려고요?"

"안녕!" 브렛이 말했다. "안녕하세요!"

"여긴 빌 고턴. 이쪽은 레이디 애슐리."

브렛이 빌에게 미소 지었다. "나 방금 돌아왔어. 아직 씻지도 못했어. 마이클은 오늘 밤에 오고."

"잘됐네. 우리랑 같이 식사해. 그리고 모두 함께 마이클을 만나는 거야."

"먼저 좀 씻고."

"아, 허튼소리! 같이 가자."

"목욕부터 해야 해. 마이크는 9시는 돼야 올 거야."

"그럼 씻기 전에 한잔해."

"그건 괜찮을지도. 이제 허튼소리 안 하는 거야."

우리는 택시에 탔다. 운전사가 뒤를 돌아보았다.

"가장 가까운 술집에 세워주십시오." 내가 말했다.

"클로즈리에 가는 게 좋겠어." 브렛이 말했다. "이 근처의 저질 브랜디들은 마실 수 없어."

"클로즈리 데 릴라로 갑시다."

브렛이 빌을 돌아봤다.

"이 유해한 도시에 계신 지 오래되셨나요?"

"부다페스트에서 오늘 막 도착했습니다."

"부다페스트는 어때요?"

"근사해요. 부다페스트는 근사해요."

"빈에 대해 물어봐."

"빈은, 이상한 도시예요."

"파리와 굉장히 비슷하죠." 브렛이 눈웃음을 치며 그를 향해 미소 지었다.

"맞습니다." 빌이 말했다. "지금 이 순간의 파리와 정말 비슷하죠."

"시작이 좋은데."

브렛은 릴라의 테라스에 앉아 위스키소다를 주문했고, 나도 한 잔 주문했다. 빌은 페르노를 한 잔 더 마셨다.

"잘 지내, 제이크?"

"그럼." 내가 말했다. "잘 지냈어."

브렛이 나를 처다봤다. "여행은 바보 같은 짓이었어." 그녀가 말했다. "파리를 떠나는 사람은 바보야."

"당신은 즐거웠어?"

"아, 괜찮았어. 재미도 있었고. 미치게 재미있지는 않았지만."

"누구 좀 만났어?"

"아니. 거의 아무도 안 만났어. 밖에 안 나갔거든."

"수영도 안 했어?"

"안 했어. 아무것도 안 했어."

"빈 같군요." 빌이 말했다.

브렛이 그를 향해 눈웃음을 지었다.

"빈에선 그런 식이군요."

"빈과 완전히 똑같아요."

브렛이 다시 그에게 미소 지었다.

"친구분이 멋지시네, 제이크."

"괜찮은 친구야." 내가 말했다. "박제사지."

"그건 다른 나라에 있을 때 이야기입니다." 빌이 말했다. "게다가 동물들도 다 죽어버렸어요."

"한 잔 더." 브렛이 말했다. "나 가야겠어. 웨이터에게 택시 좀 불러달라고 해줘."

"저기 줄지어 있어. 바로 앞에."

"좋아."

우리는 술을 마시고 브렛을 택시에 태웠다.

"10시쯤 셀렉트에 올 수 있어? 친구분도 오시라 하고. 마이클은 거기 있을 거야."

"우린 갈 겁니다." 빌이 말했다. 택시가 출발했고, 브렛이 손을 흔들었다.

"대단한 여자군." 빌이 말했다. "엄청나게 멋져. 마이클은 누구야?"

"저 여자랑 결혼할 남자."

"음, 음." 빌이 말했다. "내가 만나는 사람들은 왜 항상 그 단계에 있는 거지? 뭘 보내줘야 할까? 박제 경주마 두 마리를 주면 좋아할까?"

"식사나 하자."

"저 여자가 정말로 레이디나 뭐 그런 거야?" 빌이 생루이 섬으로 가는 택시 안에서 물었다.

"아, 그럼. 혈통기록부*와 사방에 다 적혀 있어."

"그렇군."

우리는 섬의 건너편에 있는 마담 르콩트 레스토랑에서 식사를 했다. 레스토랑은 미국 사람들로 북적대서 자리가 날 때까지 서서 기다려야만 했다. 누군가가 미국여성클럽 리스트에 이곳을 아직 미국인들의 손길이 닿지 않은, 파리 선창의 색다른 레스토랑이라고 올리는 바람에 우리는 자리가 날 때까지 45분이나 기다려야만 했다. 빌은 1918년과 휴전 직후에 이 레스토

---

*말이나 개 등의 혈통을 기록하는 문서.

랑에서 식사를 한 적 있었다. 마담 르콩트는 그를 보자 반색을 했다.

"그래도 테이블을 주지는 않네." 빌이 말했다. "그래도 굉장한 여자야."

우리는 구운 닭요리와 껍질콩, 으깬 감자, 샐러드, 사과파이와 치즈로 훌륭한 식사를 했다.

"세상 사람들이 다 여기 모였군요." 빌이 마담 르콩트에게 말했다. 그녀가 손을 들어 올렸다. "어머, 세상에!"

"부자가 되시겠어요."

"그러면 얼마나 좋겠어요."

커피와 코냑을 마신 후 우리는 여느 때와 다름없이 석판 위에 분필로 쓴 계산서를 받았다. 이는 분명 그 '색다른' 특징 중 하나였다. 우리는 계산을 하고 악수를 한 다음 밖으로 나왔다.

"요즘은 통 오시지를 않네요, 무슈 반스." 마담 르콩트가 말했다.

"동포들이 너무 많아서요."

"점심때 오세요. 그때는 여유 있어요."

"좋습니다. 조만간 들르죠."

우리는 오를레앙 선창 쪽 강 위로 자라 나온 나무들 밑을 걸었다. 강 건너에는 철거 중인 낡은 집들의 부서진 벽이 보였다.

"저길 뚫고 길을 내려고 한다는군."

"그러겠지." 빌이 말했다.

우리는 계속 걸어 섬을 한 바퀴 돌았다. 강은 어두웠고 바토

무슈*가 불을 환히 밝힌 채 조용하면서도 빠르게 미끄러져 다리 아래로 사라졌다. 강 아래쪽에는 노트르담이 밤하늘을 배경으로 웅크리고 있었다. 베튄 선창에서 나무 인도교를 건너 센 강 왼쪽 제방으로 넘어가다가, 우리는 다리 위에서 걸음을 멈추고 강 아래 노트르담을 바라보았다. 다리 위에 서서 보니 어두운 섬 위에 집들이 하늘을 배경으로 높이 솟아 있었고 나무들은 그림자처럼 보였다.
"장엄하군." 빌이 말했다. "돌아오니 좋구나."
우리는 다리의 나무 난간에 기대어 상류 큰 다리들의 불빛을 바라보았다. 발아래에는 검은 물이 부드럽게 흐르고 있었다. 물살은 다리 난간에 부딪혀도 아무 소리도 내지 않았다. 한 쌍의 남녀가 우리 옆을 지나갔다. 그들은 서로 꼭 안은 채 걸어가고 있었다.
우리는 다리를 건너 카르디날르무안 거리를 걸어 올라갔다. 길은 가파른 오르막이었고, 우리는 콩트르스카르프 광장까지 올라갔다. 광장의 나무들 사이로 아크등 불빛이 비쳤고, 나무 밑에서는 S 버스가 출발 준비를 하고 있었다. 카페 네그르 주 아유에서 음악이 흘러나왔다. 카페 오 아마퇴르 창문 너머로 기다란 바가 보였다. 바깥 테라스에는 노동자들이 술을 마시고 있었다. 아마퇴르의 개방형 부엌에서는 한 소녀가 감자칩을 튀기고 있었다. 스튜가 담긴 쇠 냄비도 하나 있었다. 소녀는 한

*파리의 야경을 감상하는 센 강 유람선.

손에 레드와인 병을 들고 서 있는 노인의 접시에 스튜를 퍼주었다.
"한잔하고 싶어?"
"아니." 빌이 말했다. "필요 없어."
우리는 콩트르스카르프 광장에서 오른쪽으로 방향을 틀어 양쪽에 오래된 높은 집들이 있는 평평하고 좁은 골목길을 따라 걸어갔다. 몇몇 집들은 길 쪽으로 튀어나와 있었고, 길에서 움푹 들어간 집들도 있었다. 우리는 포드페르 거리로 나온 다음 그 길을 따라 걸어 똑바로 남북으로 뻗어 있는 생자크 거리에 다다랐다. 거기서 남쪽으로 걸어가 철제 울타리에 둘러싸인 안마당 깊숙이 자리 잡은 발드그라스 육군병원을 지나 포르루아얄 대로까지 갔다.
"어떻게 할까?" 내가 물었다. "카페에 가서 브렛과 마이크를 만날까?"
"그럴까?"
우리는 포르루아얄을 따라 몽파르나스까지 걸었고, 릴라와 라비뉴, 그 외 조그만 카페들과 다무아 앞을 지나 로통드 쪽으로 길을 건넌 다음 그 불빛과 테이블들을 지나 셀렉트에 도착했다.
마이클이 테이블 저쪽에서 우리에게 다가왔다. 그는 햇볕에 그을렸고 건강해 보였다.
"자알 지냈나, 제이크?" 그가 말했다. "반가워! 반가워! 어떻게 지냈어, 친구?"

"자네 아주 건강해 보이는데, 마이크."

"아, 맞아. 무지막지하게 건강해. 걷기 외엔 아무것도 안 했거든. 하루 종일 걸어. 술은 어머니와 차를 마실 때 하루 한 잔만 마시고."

빌은 바 안으로 사라졌다. 그는 높은 의자에 다리를 꼬고 앉은 브렛과 이야기하며 서 있었다. 그녀는 스타킹을 신고 있지 않았다.

"자넬 보니 좋군, 제이크." 마이클이 말했다. "난 조금 취했어. 놀라워, 안 그래? 내 코 봤나?"

콧잔등에 말라붙은 피딱지가 있었다.

"웬 노부인의 가방에 맞았지 뭐야." 마이크가 말했다. "도와주려고 손을 뻗었는데 그 가방들이 내 위로 쏟아진 거야."

브렛이 바에서 파이프를 들고 그에게 손짓을 하며 눈웃음을 쳤다.

"어떤 노부인 말이야." 마이크가 말했다. "그 부인 가방들이 내 위로 떨어졌다니까. 들어가서 브렛을 만나. 대단한 여자지. 브렛, 당신은 정말 아름답군. 그 모자는 어디서 났어?"

"누가 사줬어. 마음에 안 들어?"

"끔찍한 모자야. 좋은 모자를 사."

"아, 우린 이제 돈이 많지." 브렛이 말했다. "당신 아직 빌이랑 인사 안 했어? 제이크, 접대 역할을 아주 제대로 하네."

그녀는 마이크를 돌아봤다. "여긴 빌 고턴. 저 주정뱅이는 마이크 캠벨이에요. 캠벨 씨는 채무 변제를 받지 않은 파산자죠."

"그런가? 그건 그렇고, 어제 런던에서 예전 동업자를 만났어. 날 파산시킨 녀석 말이야."
"뭐라고 해?"
"술을 한잔 사주더군. 받아들이는 게 낫겠다 생각했지. 브렛, 당신은 정말 아름다워. 아름답지 않아?"
"아름답다고? 이 코로?"
"아름다운 코야. 계속해, 날 봐. 아름답지 않아?"
"저 남자를 스코틀랜드에 왜 못 가둬뒀을까?"
"브렛, 일찍 자러 가자."
"점잖게 굴어, 마이클. 이 바에는 숙녀분들도 있다는 걸 잊지 마."
"아름답지 않아? 그렇게 생각 안 해, 제이크?"
"오늘 밤 권투 시합이 있는데." 빌이 말했다. "갈 마음 있어요?"
"권투라." 마이크가 말했다. "누가 붙는데요?"
"르두랑 누구라는데."
"르두는 훌륭한 선수죠, 르두." 마이크가 말했다. "보고 싶어요, 물론." 그는 정신을 차리려고 애쓰고 있었다. "하지만 못 가요. 난 여기 이 사람이랑 데이트가 있거든. 다시 말하지만, 브렛, 새 모자를 사."
브렛은 한쪽 눈이 가려지도록 펠트 모자를 깊숙이 눌러쓰고 미소를 지었다. "당신 둘은 권투 구경하러 가요. 난 캠벨 씨를 곧장 집에 데려가야겠으니까."

"난 안 취했어." 마이크가 말했다. "어쩌면 아주 조금. 정말이야, 브렛, 당신 정말 아름다워."

"권투 보러 가." 브렛이 말했다. "캠벨 씨는 점점 다루기 힘들어지고 있으니까. 이 폭발적인 애정은 다 뭐지, 마이클?"

"정말이지, 당신은 너무 미인이야."

우리는 작별 인사를 했다. "같이 못 가서 유감이군." 마이크가 말했다. 브렛은 웃음을 터뜨렸다. 나는 문을 나서며 뒤돌아봤다. 마이크는 한 손을 바에 올려놓고 브렛에게 몸을 숙인 채 이야기하고 있었다. 브렛은 쌀쌀맞은 표정으로 그를 쳐다보고 있었지만, 눈가는 웃고 있었다.

보도에 나와서 내가 말했다. "권투 시합 보러 가고 싶어?"

"물론이야." 빌이 말했다. "걸어가야 하지만 않으면."

"마이크는 애인 때문에 상당히 흥분해 있군." 나는 택시 안에서 말했다.

"글쎄." 빌이 말했다. "그걸 누가 비난할 수 있겠어?"

# 9장

르두와 키드 프랜시스의 시합은 6월 20일 밤에 열렸다. 멋진 시합이었다. 다음 날 아침 앙다예에서 로버트 콘이 보낸 편지를 받았다. 그는 수영을 하고 골프를 약간 치고 브리지 게임을 엄청나게 하며 매우 조용한 나날을 보내고 있다고 했다. 앙다예의 해변은 근사했지만 그는 얼른 낚시 여행 가기를 고대하고 있었다. 그는 내가 언제 올 것인지 물었고, 더블테이퍼라인*을 사 오면 돈을 주겠다고 적었다.

그날 아침 나는 사무실에서 콘에게 편지를 썼다. 따로 전보를 치지 않으면 빌과 나는 25일에 파리를 떠날 것이고, 바욘에서 그와 합류하여 버스를 타고 산을 넘어 팜플로나로 갈 거라고 썼다. 그날 밤 7시경 나는 마이클과 브렛을 만나기 위해 셀

*굵은 줄이 점차 가늘어지도록 만든 특수 낚싯줄.

렉트에 들렀다. 그들이 보이지 않기에 딩고에 가봤다. 두 사람은 안쪽의 바에 앉아 있었다.

"안녕, 자기." 브렛이 손을 내밀었다.

"어이, 제이크." 마이크가 말했다. "어젯밤에는 내가 취했던 것 같아."

"그랬고말고." 브렛이 말했다. "아주 꼴사나웠어."

"이봐." 마이크가 말했다. "언제 스페인에 가? 우리도 같이 가도 돼?"

"대환영이야."

"정말 괜찮은 거지? 알다시피 난 팜플로나에 가본 적 있어. 그런데 브렛이 굉장히 가고 싶어 해서 말이야. 정말 우리가 가도 폐가 되는 건 아니겠지?"

"그런 말이 어디 있어."

"내가 약간 취해서 말이야, 알잖아. 안 그러면 이런 부탁 하지 않을 거야. 정말 괜찮은 거지?"

"아, 그만해, 마이클." 브렛이 말했다. "이제 와서 싫다고 어떻게 말하겠어? 내가 나중에 물어볼게."

"정말 괜찮은 거지?"

"날 화나게 할 작정이 아니라면 다시는 묻지 마. 빌과 나는 25일 아침에 출발할 거야."

"그건 그렇고 빌은 어디 있어?" 브렛이 물었다.

"사람들이랑 샹티이에서 저녁 먹고 있어."

"좋은 사람이야."

"멋진 친구야." 마이크가 말했다. "정말 그래."

"당신은 기억도 못 하면서." 브렛이 말했다.

"기억해. 똑똑히 기억한다고. 봐, 제이크. 우린 25일 밤에 갈게. 브렛은 아침에 못 일어나니까."

"절대 못 일어나지!"

"우리 돈이 오고, 자네가 개의치만 않는다면."

"돈은 올 거야. 내가 알아서 할게."

"낚시도구는 어떤 걸 가져가야 하는 거야?"

"낚싯대 두세 개와 릴, 낚싯줄, 낚싯밥을 가져오면 돼."

"난 낚시 안 할 거야." 브렛이 끼어들었다.

"그럼 낚싯대 두 개만 가져와. 그럼 빌이 안 사도 되니까."

"좋아." 마이크가 말했다. "관리인에게 전보를 칠게."

"근사해." 브렛이 말했다. "스페인이라니! 정말 재미있을 거야."

"25일. 그게 언제지?"

"토요일."

"그럼 준비해야겠다."

"그럼, 난 이발을 해야겠어." 마이크가 말했다.

"난 목욕을 해야겠어." 브렛이 말했다. "나랑 호텔까지 걸어가, 제이크. 그래 줄 거지?"

"우린 아주 멋진 호텔을 잡았어." 마이크가 말했다. "내 생각엔 유곽인 것 같아!"

"우리 가방들을 여기 딩고에 맡겨두고 갔더니, 그 호텔에서 우리더러 낮 동안만 있다 갈 거냐고 묻는 거야. 우리가 밤새 있을 거라고 하니 엄청나게 기뻐하는 것 같더라고."
"난 거기가 유곽이라고 확신해." 마이크가 말했다. "그리고 난 알아야겠어."
"아, 그런 소린 그만하고 가서 이발이나 해."
마이크는 나가고, 브렛과 나는 바에 앉았다.
"한 잔 더 할래?"
"어쩌면."
"그 대답을 원했어." 브렛이 말했다.
우리는 들랑브르 거리를 걸어 올라갔다.
"돌아온 이후에 당신을 본 적이 없네." 브렛이 말했다.
"그러게."
"어떻게 지내, 제이크?"
"좋아."
브렛이 나를 바라봤다. "로버트 콘도 가?" 그녀가 말했다.
"응. 왜?"
"그 사람에게 좀 괴로운 일일 거라고 생각하지 않아?"
"왜 그래야 하지?"
"내가 산세바스티안에 누구랑 같이 갔다고 생각했어?"
"축하해." 내가 말했다.
우리는 계속 걸었다.
"왜 그런 말을 해?"
"몰라. 내가 뭐라고 했으면 좋겠어?"

우리는 계속 걸어서 모퉁이를 돌았다.

"그 사람은 점잖게 행동했지만, 좀 따분해지더라."

"그래?"

"난 그러는 게 그 사람에게 좋을 거라 생각했어."

"사회복지사업을 하지그래."

"심술궂게 굴지 마."

"안 그럴게."

"정말 몰랐어?"

"몰랐어." 내가 말했다. "생각 안 해봤거든."

"그 사람에게 너무 괴로운 일이 되지 않을까?"

"콘에게 달렸지." 내가 말했다. "당신이 갈 거라고 콘에게 말해. 그러면 언제든 빠질 수 있으니까."

"편지를 써서 빠질 기회를 줘야겠어."

나는 6월 24일 밤에야 브렛을 다시 만났다.

"콘에게서 소식 들었어?"

"물론. 아주 기대하고 있던데."

"맙소사!"

"나도 이상하다고 생각했어."

"날 만나기를 고대하고 있대."

"당신이 혼자 온다고 생각하는 걸까?"

"아니. 우리 모두 같이 간다고 말했어. 마이클이랑 모두."

"놀랍군."

"그렇지?"

그들의 돈은 다음 날 송금될 예정이었다. 우리는 팜플로나에서 만나기로 약속했다. 그들은 곧장 산세바스티안으로 가서 거기서 기차를 탈 것이다. 우리는 모두 팜플로나의 몬토야에서 만나기로 했다. 그들이 월요일까지도 도착하지 않으면 우리는 먼저 산속에 있는 부르게테로 가서 낚시를 하기로 했다. 부르게테까지는 버스가 있었다. 나는 그들이 따라올 수 있도록 일정을 적어두었다.

빌과 나는 오르세 역에서 아침 기차를 탔다. 너무 덥지 않은 딱 좋은 날씨였고, 시골 풍경은 출발부터 아름다웠다. 우리는 식당차로 가서 아침을 먹었다. 식당차에서 나오면서 나는 차장에게 1회차 식사 티켓에 대해 물었다.

"5회차까지는 하나도 없습니다."

"이건 뭐죠?"

그 기차는 점심이 2회차를 넘는 법이 없었고, 두 번 다 늘 자리는 넉넉했다.

"모두 예약되어 있습니다." 식당차 차장이 말했다. "5회차 서비스는 3시 반에 있을 겁니다."

"이거 심각한데." 내가 빌에게 말했다.

"10프랑을 줘봐."

"여기." 내가 말했다. "우리는 1회차에 먹고 싶습니다."

차장은 10프랑을 주머니에 넣었다.

"감사합니다." 그가 말했다. "신사분들께는 샌드위치를 좀 드시라고 권하겠습니다. 처음 4회분까지 자리는 모두 회사 사무실에서 이미 예약되었습니다."

"당신 성공하겠어." 빌이 그에게 영어로 말했다. "5프랑만 줬으면 우리보고 기차에서 뛰어내리라고 권했을 기세인데."

"코망?(뭐라고 하셨습니까?)"

"꺼져버려!" 빌이 말했다. "샌드위치나 만들고 와인 한 병 가져와. 자네가 말해, 제이크."

"그리고 옆 칸으로 보내줘요." 나는 우리 자리를 설명해줬다. 우리 칸에는 한 남자와 그의 아내, 어린 아들이 있었다.

"미국인들이신 것 같은데, 그렇죠?" 남자가 물었다. "여행은 즐거우신가요?"

"멋집니다." 빌이 말했다.

"그래야죠. 여행은 젊을 때 하는 겁니다. 아내와 저도 항상 가고 싶었지만, 우리는 한참 기다려야만 했습니다."

"10년 전에 올 수도 있었어요. 당신이 원했으면 말이에요." 아내가 말했다. "당신이 항상 '미국부터 먼저 봐야 해!' 하고 말했잖아요. 어떻게 생각하면 많이 보기야 했죠."

"이 차에는 미국인들이 많이 탔더군요." 남편이 말했다. "오하이오 데이턴에서 온 사람들이 차량을 일곱 개나 차지하고 있어요. 로마 순례여행을 왔는데, 지금은 비아리츠와 루르드로 가는 길이라더군요."

"그러니까, 그 사람들 때문이로군. 순례자들. 빌어먹을 청교도들 같으니." 빌이 말했다.

"두 분은 미국 어디서 오셨습니까?"

"캔자스시티에서요." 내가 말했다. "이 친구는 시카고에서 왔고요."

"두 분 다 비아리츠로 가십니까?"

"아니요. 저흰 스페인에 낚시하러 갑니다."

"음, 전 낚시는 취미가 안 맞더군요. 하지만 제 고향에서는 낚시를 많이들 합니다. 우리 몬태나에는 최고의 낚시터들이 있죠. 저도 친구들과 가보기는 했지만, 그래도 좋아지지는 않더군요."

"퍽도 낚시를 안 하셨구려." 아내가 말했다.

그가 우리에게 눈을 찡긋했다.

"여자들은 저런 식이죠. 맥주 한 조끼나 상자가 보이면, 지옥이니 파멸이니 하며 호들갑을 떨잖아요."

"남자들이 딱 그러면서." 아내가 우리에게 말했다. 그녀는 무릎 부분의 주름을 폈다. "전 저 사람 좋으라고 금주법에 반대했거든요. 저도 집에서 맥주를 조금 하는 걸 좋아하기도 하고. 그런데 저 사람이 저렇게 말하는 거예요. 그러고도 남자들이 결혼할 상대를 구하는 게 용하다니까요."

"그건 그렇고." 빌이 말했다. "저 순례자 일당들이 오늘 오후 3시 반까지 식당차를 독점했다는 거 아십니까?"

"그게 무슨 소리입니까? 그런 짓은 할 수 없잖아요."

"가서 한번 자리를 구해보세요."

"음, 여보, 가서 아침을 한 번 더 먹어두는 게 좋을 것 같군."

그녀는 일어나서 옷 주름을 폈다.

"우리 짐 좀 봐주시겠어요? 가자, 휴버트."

세 사람은 모두 식당차로 갔다. 그들이 간 지 얼마 안 되어 사환이 식사 1회차를 외치며 지나갔고, 순례자들과 그들의 신부들이 줄지어 통로를 지나갔다. 우리의 친구와 그 가족들은 돌아오지 않았다. 웨이터가 우리 샌드위치와 샤블리 한 병을 들고 통로를 지나가는 걸 보고 그를 불러 세웠다.

"오늘 고생 좀 하겠군요." 내가 말했다.

그가 고개를 끄덕였다. "지금 시작이죠, 10시 반에."

"우린 언제 먹을 수 있습니까?"

"허! 전 언제 먹을 수 있을까요?"

그는 병과 잔을 두 개 내려놓았다. 우리는 샌드위치 값을 지불하고 팁을 줬다.

"접시를 가지러 오죠." 그가 말했다. "아니면 갖다주셔도 되고요."

우리는 샌드위치를 먹고 샤블리를 마시며 창밖의 시골을 바라봤다. 곡식이 이제 막 익기 시작했고 들판에는 양귀비가 만발했다. 목초지는 푸르렀고, 잘생긴 나무들이 서 있었다. 나무들 사이로 때로는 넓은 강과 성이 보였다.

투르에서 우리는 잠깐 내려 와인을 한 병 더 샀다. 객차로 돌아오자 몬태나에서 온 신사와 그의 아내, 아들 휴버트가 편안하게 앉아 있었다.

"비아리츠에는 수영하기 좋은 곳이 있나요?" 휴버트가 물었다.

"쟤는 물에 들어가고 싶어서 아주 안달이 났어요." 어머니가 말했다. "어린애들에게는 여행이 꽤 힘든 일이거든요."
"좋은 곳이 있지." 내가 말했다. "하지만 파도가 험할 때는 위험하단다."
"식사는 하셨습니까?" 빌이 물었다.
"물론이죠. 우리가 앉자마자 그 사람들이 들어오기 시작하는 거예요. 그런데 우리를 그 사람들 일행으로 본 모양이에요. 웨이터 하나가 우리한테 프랑스어로 뭐라고 말하더니 세 사람을 돌려보냈거든요."
"동작이 날랜 사람들이라고 생각한 겁니다. 좋은 일이지요." 남자가 말했다. "이건 분명 가톨릭교회의 권능을 보여주는 일입니다. 두 분이 가톨릭교도가 아니라니 유감이군요. 그럼 식사를 할 수 있었을 텐데."
"전 가톨릭입니다." 내가 말했다. "그렇기 때문에 더 화가 나는군요."
마침내 우리는 4시 15분에 점심을 먹었다. 빌은 마지막에는 몹시 화가 났다. 그는 회귀하는 순례자 무리 중 한 사람과 돌아오고 있던 신부를 붙들고 긴 이야기를 늘어놨다.
"우리 신교도는 언제 먹을 기회가 생기나요, 신부님?"
"전 아무것도 모릅니다. 티켓이 없습니까?"
"이러다간 클랜*이라도 들어가겠네." 빌이 말했다. 신부가

*쿠클럭스클랜. 일명 KKK단. 가톨릭, 유대인, 흑인 등을 배척하고 백인 우월주의를 내세우는 미국의 극우비밀결사단체.

그를 돌아보았다.

식당차 안에서는 웨이터들이 5회 연속으로 정식을 내놓고 있었다. 우리 시중을 드는 웨이터는 땀으로 흠뻑 젖어 있었다. 그의 흰 재킷 겨드랑이 부분은 보라색이었다.

"와인을 엄청 마신 게 틀림없어."

"아니면 보라색 속옷을 입었거나."

"물어보자."

"안 돼. 기진맥진해 있다고."

기차는 보르도에서 30분간 정차했고 우리는 역 밖으로 나와 잠시 산책했다. 마을에 들어갈 시간은 없었다. 그러고 나서 랑드를 지나갔다. 우리는 석양을 구경했다. 소나무들 사이로 산불 확산 저지용 공터가 보였는데, 그걸 대로처럼 따라가면 그 너머 멀리 숲이 우거진 언덕들이 보였다. 우리는 7시 반쯤 저녁을 먹고, 식당차의 열린 창문 너머로 시골 풍경을 바라보았다. 온통 히스가 무성하고 소나무가 우거진 모래땅이었다. 조그만 개간지 곳곳에 집들이 자리 잡고 있었고, 이따금 제재소를 지나쳤다. 바깥이 어두워졌다. 차창 밖으로 뜨겁고 어둡고 모래투성이인 시골이 느껴졌다. 9시경 우리는 바욘에 들어섰다. 남자와 그의 아내, 휴버트는 우리와 악수를 나눴다. 그들은 라네그르스로 가서 비아리츠로 가는 차로 갈아탈 예정이었다.

"자, 행운을 빌겠습니다." 그가 말했다.

"투우 조심하십시오."

"어쩌면 비아리츠에서 만날지도 모르죠." 휴버트가 말했다.

우리는 가방과 낚싯대 케이스를 들고 내려 어두운 역을 지나 택시와 호텔 버스들이 줄지어 선 환한 장소로 나왔다. 거기 호텔 호객꾼들 사이에 로버트 콘이 서 있었다. 그는 처음에는 우리를 보지 못했다. 잠시 후 그가 우리 쪽으로 걸어왔다.

"안녕, 제이크. 여행은 즐거웠어?"

"좋았어." 내가 말했다. "여긴 빌 고턴이야."

"안녕하십니까?"

"이리 와." 로버트가 말했다. "마차를 잡아뒀어." 그는 약간 근시였다. 전에는 그걸 전혀 눈치 채지 못했다. 그는 빌이 누군지 알아보려고 애쓰며 그를 쳐다보고 있었다. 그는 수줍음도 많았다.

"내가 있는 호텔로 가자. 괜찮아. 꽤 좋은 곳이야."

우리는 마차에 탔고, 마부는 우리 가방들을 들어 자기 옆자리에 놓더니 올라타서 채찍을 갈겼다. 우리는 어두운 다리를 건너 마을로 들어섰다.

"만나서 정말 반갑습니다." 로버트가 빌에게 말했다. "제이크한테서 이야기 아주 많이 들었습니다. 당신 책도 읽었고요. 내 낚싯대 가지고 왔어, 제이크?"

마차가 호텔 앞에 멈춰 서자 우리는 모두 내려서 안으로 들어갔다. 근사한 호텔이었고 데스크의 직원들은 매우 유쾌했다. 우리는 조그맣고 괜찮은 방을 하나씩 차지했다.

# 10장

아침이 밝았다. 사람들이 거리에 물을 뿌리고 있었다. 우리는 카페에서 아침을 먹었다. 바욘은 멋진 마을이었다. 굉장히 깨끗한 스페인 마을 같았고, 커다란 강을 끼고 있었다. 이른 아침인데도 다리 위는 벌써 굉장히 뜨거웠다. 우리는 다리를 건너 마을을 한 바퀴 산책했다.

마이크의 낚싯대가 스코틀랜드에서 제때 올지 알 수가 없어서 우리는 낚시용품 가게를 찾아다녔고, 마침내 포목상 위층에서 빌이 쓸 낚싯대를 하나 샀다. 주인이 외출하고 없어서 그가 돌아올 때까지 기다려야만 했다. 마침내 주인이 돌아왔고, 우리는 꽤 좋은 낚싯대와 사내끼 두 개를 싸게 샀다.

우리는 다시 거리로 나와 성당을 구경했다. 콘은 그 성당이 뭔가의 전형적인 예라면서 설명을 했지만, 난 잊어버렸다. 멋진 성당 같았다. 스페인 교회처럼 멋지고 어두컴컴했다. 그러고는 오래된 요새를 지나 올라가서 관광안내소로 갔다. 그곳이 버스가 출발하는 장소였다. 하지만 안내소에서는, 버스는 7월 1일까지는 운행하지 않는다고 말했다. 우리는 그곳에서 팜플로나까지 자동차를 빌리려면 얼마나 지불해야 하는지를 알아본 다음, 시립극장에서 모퉁이만 돌면 있는 커다란 차고에서 400프랑을 주고 차를 한 대 빌렸다. 차는 40분 뒤 호텔 앞에서 우리를 태우기로 했다. 우리는 아침을 먹었던 광장의 카페에 들러 맥주를 마셨다. 날씨는 더웠지만, 마을에서는 차갑고 신선한 이른 아침의 냄새가 났고, 카페에 앉아 있으니 기분이 상쾌했다. 미풍이 불기 시작하자 바다의 공기가 느껴졌다. 광장에는 비둘기들이 있었고, 집들은 햇볕에 바랜 노란색이었다. 나는 카페를 떠나고 싶지 않았다. 하지만 짐을 싸고 계산을 하러 호텔에 가야 했다. 우리는 맥주 값을 지불했다. 동전을 던져서 누가 낼지 결정했는데, 아마 콘이 냈던 것 같다. 그리고 호텔로 올라갔다. 빌과 나의 술값은 팁 10퍼센트를 합쳐서 각각 16프랑밖에 되지 않았다. 우리는 짐을 가져가게 한 다음 로버트 콘을 기다렸다. 기다리는 동안 모자이크 나뭇바닥 위에서 길이가 족히 3인치는 될 것 같은 바퀴벌레가 기어가는 걸 봤다. 나는 빌에게 벌레를 가리키고는 신발로 밟았다. 우린 녀석이 방금 정원에서 들어온 게 틀림없다고 동의했다. 굉장히 깨끗한 호텔이었으니까.

마침내 콘이 내려오자 우린 모두 밖으로 나가 차로 갔다. 뚜껑이 달린 커다란 차였고, 운전사는 파란 칼라와 커프스를 단

흰옷을 입고 있었다. 우리는 그에게 차 뒷문을 열어달라고 했다. 그가 가방들을 다 쌓자, 우리는 출발했고 길을 올라가 마을에서 나왔다. 예쁜 정원을 몇 개 지나고 마을을 한참 돌아보고 있으려니 녹음이 우거지고 기복이 심한 시골길이 나왔다. 길은 여전히 오르막이었다. 소나 말, 수레를 끌고 가는 바스크 사람들과 나지막한 지붕에 온통 흰 회반죽을 바른 깨끗한 농가들이 우리 옆을 스쳐 지나갔다. 바스크 지방은 토지가 매우 비옥하고 푸르렀고, 집과 마을들은 넉넉하고 깨끗해 보였다. 어느 마을에나 펠로타* 코트가 있었는데, 몇몇 코트에서는 아이들이 뜨거운 태양 아래 공놀이를 하고 있었다. 교회 벽에는 벽에다 대고 펠로타를 하면 안 된다는 공지가 쓰여 있었다. 마을 집들은 붉은 기와지붕을 하고 있었다. 거기서부터 차는 방향을 틀어 오르막을 오르기 시작하더니 언덕 허리를 따라 바싹 붙어 올라갔다. 아래로는 골짜기가 펼쳐지고, 뒤로는 언덕들이 바다를 향해 뻗어 있었다. 바다는 너무 멀어서 보이지 않았다. 보이는 것이라곤 언덕, 또 언덕뿐이었고, 바다는 그저 위치만 짐작할 수 있었다.

우리는 스페인 국경을 넘었다. 국경에는 작은 시내와 다리가 하나 있었는데, 한쪽에는 에나멜가죽 보나파르트 모자를 쓰고 등에 짧은 총을 멘 스페인 기총병들이 서 있었고, 반대쪽에는 케피 모자**를 쓰고 콧수염을 기른 뚱뚱한 프랑스인들이 있

*벽에 튕기며 하는, 핸드볼 비슷한 공놀이.
**프랑스 군모.

었다. 그들은 가방은 하나만 열어보고 여권을 가져가서 살폈다. 양쪽에는 잡화상을 겸하는 여인숙이 있었다. 운전사가 들어가서 차에 대해 서류 몇 장을 작성했고, 우리는 송어가 있는지 보려고 차에서 내려 개울 쪽으로 갔다. 빌은 기총병 하나를 붙들고 스페인어를 해보려 했지만 별로 말이 통하지 않았다. 로버트 콘이 손짓으로 개울에 송어가 있냐고 물어보자, 기총병은 있긴 하지만 많지는 않다고 말했다.

내가 그에게 낚시하느냐고 묻자, 그는 아니라며 좋아하지 않는다고 대답했다.

바로 그때 볕에 바랜 긴 머리와 수염을 하고 마대 자루로 만든 것 같은 옷을 입은 노인이 다리까지 성큼성큼 걸어왔다. 그는 기다란 지팡이를 들고 있었고, 등에는 네발이 묶인 채 머리를 축 늘어뜨린 새끼 염소를 들쳐 메고 있었다.

기총병이 칼을 흔들며 물러서라고 신호했다. 남자는 아무 말 없이 돌아서서 스페인 쪽으로 난 흰 언덕길을 되짚어가기 시작했다.

"저 노인은 무슨 문제가 있습니까?" 내가 물었다.

"여권이 없거든요."

나는 위병에게 담배를 내밀었다. 그는 받아 들고 고맙다고 했다.

"저 노인은 이제 어떻게 할까요?" 내가 물었다.

위병은 땅바닥에 침을 뱉었다.

"아, 그냥 개울을 건너갈 겁니다."

"밀수가 많습니까?"

"네." 그가 말했다. "잘들 빠져나가요."

운전사가 나오더니 서류를 접어 코트 안주머니에 넣었다. 우리는 모두 차에 타고 하얀 흙먼지가 이는 길을 달려 올라가 스페인으로 들어갔다. 잠시 동안은 전과 다름없는 풍경이 계속되었지만, 이리저리 구부러진 길을 내내 올라가 꼭대기를 넘자 진짜 스페인다운 풍경이 펼쳐졌다. 갈색의 산들이 길게 이어졌고, 몇 그루의 소나무, 그리고 멀리 산 중턱에는 너도밤나무 숲이 보였다. 길은 고개 꼭대기까지 올라갔다가 급하게 내리막으로 변했다. 길에서 잠자고 있던 당나귀 두 마리를 피하느라 운전사는 경적을 울리며 속도를 늦추고 방향을 틀어야 했다. 산에서 내려와 참나무 숲을 통과했다. 숲 속에서는 흰 소들이 풀을 뜯고 있었다. 그 아래에는 목초지가 있었고 깨끗한 시내가 흘렀다. 차는 시내를 건너 조그맣고 우중충한 마을을 지나 다시 언덕길을 오르기 시작했다. 오르고 올라 높은 언덕을 하나 더 끼고 돌자 길이 오른쪽으로 구부러지며 내리막으로 변했다. 남쪽에는 완전히 새로운 산줄기들이 보였다. 온통 햇볕에 탄 듯한 갈색에 이상한 모양으로 주름이 져 있었다.

잠시 후 산에서 나오자, 길 양쪽에는 나무들이 늘어서 있었고 작은 시내와 무르익은 밀밭이 나왔다. 하얀 길은 앞으로 쭉 뻗으며 계속 이어지다가 약간 오르막으로 변하더니 왼쪽 편에 오래된 성이 있는 언덕이 나타났다. 건물들이 성을 바싹 에워싸고 있었고, 성벽 바로 밑까지 올라간 밀밭이 바람에 흔들리고 있었다. 나는 운전사 옆자리에 앉아 있다가 뒤를 돌아보았다. 로버트 콘은 잠들어 있었지만, 빌은 나를 보더니 고개를 끄덕였다. 넓은 평야를 가로지르자, 줄지어 선 나무들 사이로 비치는 햇살을 받아 반짝이는 커다란 강이 오른쪽에 나타났다. 저 멀리 팜플로나 고원이 평야 위로 솟아올랐고, 도시의 성벽과 커다란 갈색 성당, 다른 교회들의 윤곽선이 띄엄띄엄 이어지며 보였다. 고원 뒤로도, 그 외 어디를 둘러봐도 산들밖에 보이지 않았다. 눈앞에는 하얀 길이 평야를 가로질러 팜플로나를 향해 뻗어 있었다.

우리는 고원 반대편에서 시내로 들어왔다. 햇볕을 막기 위한 가로수들이 양쪽에 늘어선 흙길은 가파르게 올라가다가 옛 성벽 바깥에 짓고 있는 신시가지를 통과하며 평탄해졌다. 우리는 햇볕을 받아 높고 하얗고 굳건해 보이는 투우장을 지나 골목을 통과해서 커다란 광장으로 나왔고 마침내 몬토야 호텔 앞에 멈췄다.

운전사가 우리를 도와 가방을 내려줬다. 아이들이 몰려와 차를 구경했다. 광장은 뜨거웠고, 나무들은 초록색이었고, 깃대에는 깃발들이 매달려 있었다. 햇볕을 피해 광장 주위를 둘러싸고 있는 아케이드의 그늘로 들어가니 기분이 좋았다. 몬토야는 우리를 반기며 악수를 청했고 광장으로 향한 좋은 방들을 내주었다. 우리는 씻은 다음 아래층 식당으로 내려가 점심을 먹었다. 운전사도 남아서 점심을 먹은 후 돈을 받고 바욘으로 돌아갔다.

몬토야 호텔에는 식당이 두 개 있었다. 하나는 2층에 있는 식당으로 광장이 내려다보였다. 나머지 하나는 광장의 지면보다 낮은 아래층에 있었는데, 아침 일찍 투우장으로 가는 소들이 지나가는 뒷골목 쪽으로 문이 나 있었다. 아래층 식당은 늘 시원했고, 점심식사는 매우 만족스러웠다. 스페인에서의 첫 식사는 항상 충격적이다. 전채와 달걀 코스, 두 개의 육류 요리, 채소, 샐러드, 디저트와 과일로 구성되는 식사는 양이 엄청나서 그걸 다 먹으려면 와인을 많이 마셔야 한다. 로버트 콘은 두 번째 육류 요리는 필요 없다고 말하려 했지만, 우리가 통역을 해주지 않자 웨이트리스는 그 대신 콜드미트 한 접시를 내왔다. 콘은 바욘에서 만난 이후 계속 약간 안절부절못했다. 그는 우리가 그와 브렛의 산세바스티안 여행에 대해 아는지 모르는지 몰랐고, 그래서 약간 어색하게 굴었다.

"브렛이랑 마이크가 오늘 밤에 와야 하는데." 내가 말했다.

"올 수 있을 것 같지 않아." 콘이 말했다.

"왜지?" 빌이 말했다. "물론 올 거야."

"그 친구들, 항상 늦으니까." 내가 말했다.

"난 안 올 거라고 생각해." 로버트 콘이 말했다.

콘이 자기가 더 잘 안다는 듯이 말했고, 그 태도에 우리 둘 다 기분이 상했다.

"오늘 밤 온다는 데 50페세타 걸지." 빌이 말했다. 그는 화가 나면 항상 내기를 하고, 그래서 주로 어리석은 내기를 한다.

"좋아." 콘이 말했다. "기억해, 제이크. 50페세타야."

"내가 기억하지." 빌이 말했다. 그는 화가 나 있었고, 나는 기분을 가라앉혀주고 싶었다.
"오는 건 확실해." 내가 말했다. "하지만 오늘 밤은 아닐지도 몰라."
"물리고 싶나?" 콘이 물었다.
"아니. 내가 왜 그래야 하지? 괜찮다면 100으로 올리자고."
"좋아. 그렇게 하지."
"그만해." 내가 말했다. "아니면 장부를 만들어서 나한테도 좀 내놔야 할 거야."
"난 좋아." 콘이 말했다. 그는 미소 지었다. "어쨌거나 그 돈은 자네가 브리지 게임에서 다시 따게 될 테니."
"아직 자네가 이긴 거 아니야." 빌이 말했다.
우리는 아케이드에 산책하러 나갔다가 카페 이루냐에서 커피를 마셨다. 콘은 면도를 하러 가겠다고 했다.
"이봐." 빌이 내게 말했다. "내가 그 내기에서 이길 승산 있는 거야?"
"승산 없어. 그 사람들 어디건 제시간에 온 적 없어. 돈이 안 오면 오늘 밤엔 분명히 안 올 거야."
"입을 열자마자 후회했지만, 내기를 걸지 않을 수가 없었어. 그 친구 말이 맞을지도 모르지. 하지만 그런 내막을 어디서 들은 거지? 마이크랑 브렛이 여기 오는 일정은 우리랑 정했는데."
콘이 광장을 가로질러 오고 있었다.
"콘이 오고 있어."

"흠, 잘난 척하는 유대인 꼴이라니."

"이발소가 문을 닫았어." 콘이 말했다. "4시까지는 안 연다는군."

우리는 이루냐의 편안한 등나무 의자에 앉아 커피를 마시며 서늘한 아케이드에서 넓은 광장을 내다보았다. 잠시 후 빌은 편지를 쓰러 호텔로 돌아갔고, 콘은 이발소에 갔다. 이발소는 여전히 닫혀 있어서 그는 호텔에 가서 목욕을 하기로 했다. 나는 카페 앞에 앉아 있다가 시내로 산책하러 갔다. 찌는 듯한 날씨였지만 그늘로만 다니며 시장을 거쳐서 다시 한 번 시내를 구경했다. 시청에 가서 해마다 나를 위해 투우 티켓을 예약해주는 노신사를 만났다. 그는 내가 파리에서 보낸 돈을 받아서 예약을 갱신해두었다. 모든 준비가 다 된 것이다. 그는 기록보관인으로, 그 마을의 모든 문서는 그의 사무실에 있었다. 그건 이 이야기와 아무 상관이 없다. 어쨌거나 그의 사무실에는 초록색 베이즈 천으로 된 문과 커다란 나무 문이 있었는데, 나오면서 보니 그는 벽을 온통 다 뒤덮은 문서들 사이에 앉아 있었다. 나는 두 개의 문을 다 닫았다. 건물을 나오는데 수위가 나를 멈춰 세우더니 코트 먼지를 털어주었다.

"자동차를 타고 오셨군요." 그가 말했다.

칼라 뒤와 어깨 윗부분이 먼지로 온통 뿌옇게 되어 있었다.

"바욘에서 왔습니다."

"자, 자, 먼지를 보고는 자동차를 타고 오신 줄 금방 알았죠." 나는 그에게 구리 동전 두 개를 줬다.

거리 끝에 성당이 보여 그쪽으로 걸어갔다. 처음 봤을 때는 정면이 흉측하다고 생각했지만, 이제는 마음에 들었다. 나는 안으로 들어갔다. 안은 어두컴컴하고 어둡고 기둥이 높이 솟아 있었다. 사람들이 기도하고 있었고, 향냄새가 났고, 커다랗고 아름다운 창들이 있었다. 나는 무릎을 꿇고 기도하기 시작했다. 내가 아는 모든 사람들, 브렛과 마이크와 빌과 로버트 콘과 나 자신, 그리고 모든 투우사들을 위해 기도했다. 그러고는 좋아하는 사람들을 위해 따로 기도하고 나머지를 모두 묶어 기도한 뒤, 다시 나 자신을 위해 기도했다. 나를 위해 기도를 하고 있자니 졸음이 몰려와서 투우사들이 잘하기를, 멋진 축제가 되기를, 고기를 좀 낚기를 기도했다. 기도할 거리가 더 있나 생각해보다가 돈을 좀 벌면 좋겠다는 생각이 들어서 돈을 많이 벌게 해달라고 기도했다. 그러다가 돈을 어떻게 벌지 생각하기 시작했고, 돈 벌 생각을 하다보니 백작이 떠올랐고, 그는 어디 있을지 궁금해하다보니 몽파르나스에서의 밤 이후 그를 못 본 게 후회되기 시작했고, 브렛이 그에 대해 들려준 웃긴 이야기들이 생각났다. 그러는 내내 나는 무릎을 꿇은 채 앞의 나무에 이마를 대고 기도 자세로 앉아 있었고, 스스로 기도하고 있다고 생각하고 있었다. 나는 약간 부끄러웠고 이렇게 형편없는 가톨릭 신자라는 게 유감스러웠지만, 어쩔 도리가 없다는 걸 깨달았다. 적어도 잠시 동안은, 아니 어쩌면 영원히 도리가 없겠지. 하지만 어쨌든 간에 가톨릭은 장엄한 종교였고, 나는 그저 독실한 마음이 들기를 바랐다. 어쩌면 다음번에는 그럴지도 모르지. 그러고 나서 나는 뜨거운 태양이 내리쬐는 성당 계단으로 나왔다. 내 오른손 집게손가락과 엄지손가락은 여전히 축축했다. 태양 아래서 손가락들이 마르는 게 느껴졌다. 햇볕은 뜨겁고 혹독했다. 나는 건물 옆에 붙어 길을 건너간 다음, 골목길을 따라 호텔로 돌아왔다.

그날 밤 저녁식사 시간에 보니 로버트 콘은 목욕을 하고 면도와 이발과 샴푸를 한 뒤 머리가 뜨지 않도록 뭔가를 바르기까지 했다. 그는 초조해하고 있었고, 나는 그를 도와줄 생각이 없었다. 기차는 산세바스티안에서 9시에 도착할 예정이었고, 브렛과 마이크가 온다면 그 기차에 타고 있을 것이다. 9시 20분 전 우리는 식사를 반도 마치지 않은 상태였다. 로버트 콘이 일어나더니 역에 가겠다고 말했다. 나는 그를 괴롭히려고 같이 가겠다고 했다. 빌은 식사를 도중에 그만두면 자기는 천벌을 받을 거라고 말했다. 나는 금세 돌아오겠다고 했다.

우리는 역으로 걸어갔다. 나는 콘의 불안을 즐기고 있었다. 브렛이 역에 있기를 바랐다. 역에 가보니 기차가 연착이어서 우리는 어두운 바깥의 화물운반차 위에 앉아 기다렸다. 제대한 이후 로버트 콘처럼 초조해하는 사람은 본 적이 없었다. 그렇게 간절한 사람도 못 봤다. 나는 그걸 즐기고 있었다. 그런 일을 즐기는 건 비열한 짓이었지만, 난 비열한 마음이 들었다. 콘은 사람에게서 최악의 자질을 끌어내는 탁월한 재주가 있었다.

잠시 후 멀리 고원 반대편 아래서 기차 경적이 들렸고, 다음 순간 언덕을 올라오는 헤드라이트가 보였다. 우리는 역 안으로 들어가 문 바로 뒤 군중 틈에 섰다. 기차가 들어와서 멈추자 모두가 문을 지나 밖으로 나갔다.

사람들 틈에 그 두 사람의 모습은 보이지 않았다. 우리는 모든 사람들이 역에서 나와 버스나 승합마차에 타거나 친구 또는 친척과 함께 어둠 속을 지나 시내로 걸어갈 때까지 기다렸다.

"안 올 줄 알았어." 콘이 말했다. 우리는 호텔로 돌아오고 있었다.

"난 올지도 모른다고 생각했어." 내가 말했다.

우리가 갔을 때 빌은 과일을 먹고 있었고 와인 한 병을 거의 다 비워가고 있었다.

"안 왔어?"

"응."

"100페세타는 아침에 줘도 되겠어, 콘?" 빌이 말했다. "아직 여기서 환전을 안 했거든."

"아, 그만둬." 로버트 콘이 말했다. "다른 걸로 내기를 하자고. 투우에 걸까?"

"그래도 되지만." 빌이 말했다. "뭐, 그럴 필요 없는데."

"그건 전쟁에 내기를 거는 것하고 같은 짓이야." 내가 말했다. "경제적 이득 같은 건 필요 없다고."

"얼른 보고 싶어." 로버트가 말했다.

몬토야가 테이블로 왔다. 손에 전보를 들고 있었다. "손님께 온 겁니다." 그가 전보를 내게 내밀었다.

거기에는 이렇게 쓰여 있었다. "산세바스티안에서 잘 예정."

"그 친구들에게서 온 거야." 내가 말했다. 나는 주머니에 전보를 집어넣었다. 평소라면 나는 전보를 보여줬을 것이다.
"산세바스티안에서 하룻밤 묵는대." 내가 이어서 말했다. "자네한테 안부 전하는데."
왜 그를 골리려는 충동이 들었는지 모르겠다. 물론 나는 잘 알고 있다. 그에게 일어난 일에 대해 맹목적인, 용서할 수 없는 질투를 느꼈기 때문이었다. 당연하게 받아들이고 있긴 했지만 그렇다고 해서 그 마음이 바뀌지는 않았다. 그가 미워 죽을 지경이었다. 점심때 그가 잠깐 그렇게 우월한 티를 내기 전에는, 그리고 그렇게 야단스럽게 단장을 하기 전까지는 그를 정말로 미워하지는 않았다. 그래서 주머니에 전보를 집어넣은 것이다. 어쨌든 내게 온 전보니까.
"자." 내가 말했다. "우린 정오에 부르게테행 버스를 타고 떠나야 해. 그 친구들은 내일 밤에 도착해서 따라올 수 있을 거야."
산세바스티안에서 오는 기차는 딱 두 대뿐이었다. 이른 아침 기차와 방금 우리가 본 기차였다.
"그게 좋을 것 같아." 콘이 말했다.
"빨리 갈수록 더 좋지."
"언제 출발하든 나는 상관없어." 빌이 말했다. "빠를수록 더 좋고."
우리는 이루냐에 잠시 앉아 커피를 마신 후 산책을 했다. 투우장을 지나고 들판을 가로질러 절벽 가장자리에 있는 나무 밑까지 간 다음 어둠 속에서 강을 내려다보았다. 나는 일찍 돌아왔다. 빌과 콘은 카페에 꽤 늦게까지 머물렀던 것 같다. 그들이 들어왔을 때 나는 이미 잠들어 있었다.

아침에 나는 부르게테행 버스표를 세 장 샀다. 버스는 2시에 출발할 예정이었다. 더 빨리 출발하는 건 없었다. 이루냐에 앉아 신문을 읽고 있자니 콘이 광장을 건너왔다. 그는 테이블로 와서 등나무 의자에 앉았다.

"참 편안한 카페야." 그가 말했다. "잘 잤나, 제이크?"

"세상모르고 잤어."

"난 별로 못 잤어. 빌과 늦게까지 있기도 했고."

"어디 있었는데?"

"여기. 이곳이 닫힌 뒤에는 다른 카페로 건너갔고. 거기 주인은 독일어와 영어를 하더군."

"카페 수이조 말이군."

"응 거기. 괜찮은 노인 같더라고. 거기가 여기보다 더 나은 것 같아."

"낮에는 별로 안 좋아. 너무 덥거든. 그건 그렇고, 버스표를 샀어."

"난 오늘 안 갈 거야. 빌이랑 먼저 가."

"자네 표까지 샀는데."

"이리 줘. 내가 환불받을게."

"5페세타야."

로버트 콘은 5페세타 은화를 꺼내 내게 건넸다.

"난 여기 있어야 해." 그가 말했다. "일이 좀 꼬인 것 같아."
"무슨 일인데?" 내가 말했다. "산세바스티안에서 파티라도 시작하면 그 친구들 앞으로 삼사일은 여기 안 올 텐데."
"바로 그거야." 로버트가 말했다. "그 친구들이 산세바스티안에서 나랑 만난다고 생각하고 있던 게 아닌가 싶어. 그래서 거기 머문 거야."
"왜 그렇게 생각해?"
"음, 내가 그런 말을 편지에 써서 브렛에게 보냈거든."
"그럼 도대체 왜 거기서 기다려서 만나지 않았어?" 나는 그렇게 말하려다가 입을 다물었다. 혼자서도 그 정도 생각은 할 수 있을 거라고 생각했지만, 그런 것 같지 않다.

그는 이제 속사정을 터놓고 이야기하기 시작했다. 자신과 브렛 사이에 뭔가가 있다는 걸 내가 안다는 걸 알고 이야기할 수 있어서 기쁜 눈치였다.

"나랑 빌은 점심 먹자마자 올라갈 거야." 내가 말했다.
"나도 갈 수 있다면 좋을 텐데. 우리가 이 낚시 여행을 겨울 내내 얼마나 고대했었어." 그는 이제 감상적으로 굴고 있었다. "하지만 난 남아 있어야 해. 정말이야. 그 친구들이 오자마자 내가 데리고 갈게."
"빌을 찾으러 가자."
"난 이발소에 가고 싶어."
"점심때 봐."

빌은 방에 있었다. 그는 면도를 하고 있었다.

"아, 그래. 어젯밤에 나한테 다 이야기했어." 빌이 말했다. "다 털어놓더라고. 산세바스티안에서 브렛이랑 만나기로 약속했대."

"거짓말쟁이 개자식!"

"아니야." 빌이 말했다. "화내지 마. 막 여행을 시작하려는데 화를 내면 안 되지. 어쨌거나 이 친구는 도대체 어쩌다가 알게 된 거야?"

"약 올리지 마."

빌은 반쯤 면도한 채 이리저리 살펴보더니 거울을 보고 얼굴에 거품을 바르면서 계속 이야기했다.

"작년 겨울에 뉴욕에 있는 나한테 그를 보내지 않았나, 소개 편지와 함께? 내가 돌아다니는 사람이기에 망정이지. 더 데려올 유대인 친구들은 없어?" 그는 엄지손가락으로 뺨을 문지르며 살펴보더니 다시 면도하기 시작했다.

"멋진 친구들이야 자네도 좀 있지."

"아, 물론. 굉장한 놈들이 좀 있지. 하지만 이 로버트 콘에 비하면 어림도 없어. 웃기는 건 그 친구가 괜찮은 사람이기도 하다는 거야. 마음에 들어. 하지만 너무 끔찍해."

"더럽게 좋은 사람일 수도 있지."

"알아. 그게 끔찍한 점이야."

나는 웃음을 터뜨렸다.

"그래, 웃으라고." 빌이 말했다. "어젯밤 그 친구랑 2시까지 있던 건 나니까."

"그렇게 심했어?"

"끔찍했어. 어쨌거나 그 녀석과 브렛은 도대체 어떻게 된 거야? 무슨 일이 있었던 거야?"

그는 턱을 치켜들고 양옆으로 잡아당겼다.

"응. 브렛이 콘이랑 산세바스티안에 갔었거든."

"거 무슨 바보짓이야. 그 여잔 왜 그랬대?"

"파리에서 벗어나고 싶은데 혼자서는 아무 데도 못 가거든. 그 친구한테 좋을 것 같다고 생각했대."

"사람들은 도대체 무슨 천치 같은 짓거리들을 하는 건지. 왜 자기 식구나 친구들이랑 가지 않았대? 아니면 자네라거나?" 그는 말을 얼버무렸다. "아니면 나라거나? 왜 난 아닌 거야?" 그는 거울에 얼굴을 세심하게 비춰본 다음 양쪽 광대뼈에 거품을 잔뜩 발랐다. "정직한 얼굴이잖아. 어떤 여자라도 안심할 수 있는 얼굴이라고."

"브렛은 본 적 없었지."

"봤어야 했어. 모든 여자들이 다 봐야 해. 전국의 스크린에서 다 보여줘야 하는 얼굴이야. 모든 여자들이 제단을 떠날 때 이 얼굴 사진을 하나씩 받아야 해. 어머니는 딸들에게 이 얼굴에 대해 이야기해줘야 하고. 아들아." 그는 면도기로 나를 가리켰다. "이 얼굴을 가지고 서부로 가서 국가와 함께 성장하여라."

그는 얼굴을 세면대에 박고 차가운 물로 씻은 다음 알코올로 닦고 윗입술을 잡아당기면서 자기 얼굴을 세심하게 들여다봤다.

"세상에!" 그가 말했다. "정말 끔찍한 얼굴 아니야?"

그는 거울을 들여다봤다.

"로버트 콘 이 친구는 말이야." 빌이 말했다. "아주 짜증 나. 지옥에나 가버리라 그래. 그 친구가 여기 남아 있을 거라니 기쁘기가 한량없어. 우리끼리 낚시를 할 수 있을 테니."

"옳으신 말씀."

"우린 송어 낚시하러 가자고. 이라티 강에 송어 낚시를 하러 가는 거야. 그리고 점심때 이 나라 와인을 마시고 취한 다음, 멋진 버스 여행을 하는 거지"

"가자." 내가 말했다. "이루냐에 가서 식사하고 출발하자."

# 11장

우리는 점심을 먹고 부르게테로 가려고 가방과 낚싯대 케이스를 들고 나왔다. 광장은 타는 듯이 뜨거웠다. 버스 지붕 위에 올라가 있는 사람들도 있었고, 사다리를 올라가고 있는 사람들도 있었다. 빌은 올라갔고 내 자리를 맡아주느라 로버트가 빌 옆에 앉았다. 나는 호텔로 돌아와 가져갈 와인을 두 병 챙겼다. 내가 나왔을 때 버스는 이미 몹시 붐볐다. 남자들과 여자들이 지붕 위의 온갖 가방과 상자들 위에 앉아 있었다. 여자들은 햇볕을 받으며 부채질을 했다. 정말로 더웠다. 로버트가 내려오고, 그가 맡아둔, 지붕 위를 가로질러 놓인 나무 의자에 내가 앉았다.

로버트 콘은 그늘진 아케이드에 서서 우리가 출발하기를 기다렸다. 커다란 와인 가죽부대를 든 바스크인 하나가 우리 자리 앞에 가로누워서 우리 다리에 기대고 있었다. 그가 가죽부대를 빌과 내게 내밀었다. 내가 마시려고 부대를 기울이는 순간 갑자기 그가 자동차 경적 소리를 기막히게 흉내 냈고, 그 바람에 나는 와인을 좀 흘려버렸다. 모두가 웃음을 터뜨렸다. 그는 사과하며 내게 한 번 더 마시라고 권했다. 잠시 후 그는 또다시 경적 소리를 냈고, 나는 두 번째에도 여전히 속았다. 정말 훌륭한 솜씨였다. 바스크인들이 즐거워했다. 빌 옆에 앉은 남자가 그에게 스페인어로 말을 걸었지만 빌은 알아듣지 못했다. 그래서 그는 남자에게 와인 병 하나를 내밀었다. 남자는 손사래를 쳤다. 너무 덥고 점심때 많이 마셨다는 것이다. 빌이 두 번째로 권하자 그는 길게 한 모금 들이켰고, 병은 그 주위 사람들을 한 바퀴 돌았다. 모두 매우 예의바르게 한 모금씩 마시더니, 우리더러 코르크를 막아 병을 치워두라고 했다. 그러고는 모두 자기들 가죽부대를 내밀며 우리더러 마시라고 권했다. 그들은 언덕 지대로 올라가는 농부들이었다.

버스는 가짜 경적 소리를 몇 번 더 낸 후에야 마침내 출발했다. 로버트 콘이 손을 흔들며 인사하자, 바스크인들도 모두 그에게 손을 흔들며 작별 인사를 했다. 출발해서 시내를 벗어나자마자 길이 시원해졌다. 높은 곳에 앉아 나무들 바로 밑을 스치며 달려가니 기분이 상쾌했다. 버스는 꽤 빨리 달렸고 기분 좋은 바람이 불었다. 버스는 나무에 뿌연 먼지를 뒤집어씌우며 길을 따라 달려 언덕을 내려갔다. 우리 뒤 나무들 사이로 강 위 절벽 위로 솟아오른 마을의 풍경이 펼쳐졌다. 내 무릎에 기대 누운 바스크인이 가죽부대 주둥이로 그 광경을 가리키며 눈을 찡긋했다. 그러고는 고개를 끄덕였다.

"멋지지 않습니까?"

"이 바스크인들 멋진 사람들이야." 빌이 말했다.

내 무릎에 기댄 바스크인은 햇볕에 그을려 피부가 말안장 색이었다. 그는 다른 사람들과 마찬가지로 작업복을 입고 있었다. 볕에 그을린 목에는 주름이 져 있었다. 그가 뒤돌아보더니 빌에게 와인 부대를 내밀었다. 빌도 우리 와인 병 하나를 건넸다. 바스크인은 그를 향해 집게손가락을 까딱거리더니 코르크를 손바닥으로 쳐서 막은 후 병을 돌려줬다. 그가 와인 부대를 쑥 들이밀었다.

"아리바!(위로!) 아리바!" 그가 말했다. "높이 들어 올려요."

빌은 와인 부대를 들어 올려 고개를 젖힌 채 입안으로 와인을 콸콸 들이부었다. 다 마시고 가죽부대를 내리자 와인 몇 방울이 턱에 흘러내렸다.

"아니! 아니!" 바스크인들 몇 명이 외쳤다. "그렇게 말고." 부대 주인이 막 시범을 보여주려는데 한 사람이 가죽부대를 낚아챘다. 그 젊은 친구는 팔을 죽 뻗어서 와인 부대를 잡고 높이 들어 올리더니 가죽부대를 손으로 꾹 눌렀다. 와인 줄기가 쉿 소리를 내며 그의 입안으로 흘러 들어갔다. 그는 주머니를 멀찌감치 잡고 있었고, 와인은 한결같이 매끄러운 궤적을 그리며 그의 입안으로 흘러들었다. 그는 부드럽고 규칙적으로 와인을 꿀꺽꿀꺽 삼켰다.

"이봐!" 병 주인이 외쳤다. "그게 누구 와인인데?"

청년은 그를 향해 새끼손가락을 흔들며 우리에게 눈웃음을 쳤다. 그러고는 갑자기 와인 줄기를 딱 끊고는 와인 부대를 재빨리 들어 올렸다가 내려 주인에게 돌려줬다. 그는 우리에게 윙크했다. 주인은 슬픈 얼굴로 와인 부대를 흔들었다.

버스는 어떤 마을로 들어가 한 여관 앞에 섰다. 운전사는 가방 몇 개를 받은 후 다시 출발했다. 마을을 벗어나자 길은 오르막으로 변했다. 우리는 바위투성이 언덕이 경사를 이루며 들판과 맞붙어 있는 농촌을 지나고 있었다. 밀밭은 언덕 기슭까지 올라가 있었다. 더 높이 올라가자 곡식들이 불어오는 바람에 일렁거렸다. 뽀얀 먼짓길을 달리자, 바퀴 밑에서 피어오른 먼지가 차 뒤에 매달려 따라왔다. 버스는 비옥한 밀밭을 뒤로하고 언덕을 올라갔다. 황량한 언덕 기슭과 수로 양쪽에는 조그만 밀밭들밖에 없었다. 버스는 길게 줄지어 가는 여섯 마리의 노새를 피하기 위해 갑자기 길가로 바싹 붙었다. 노새들은 한 줄로 서서 짐을 잔뜩 실은 높은 짐마차를 끌고 가고 있었다. 그 뒤로 또 일렬로 선 노새와 짐마차가 바싹 따라왔다. 이번 마차에는 목재가 잔뜩 실려 있었다. 노새를 모는 마부는 우리가 지나가는 동안 뒤로 몸을 젖혀 굵은 나무 브레이크를 당겼다. 이 고지대는 몹시 메말랐고, 언덕은 바위투성이였다. 딱딱하게 마른 진흙땅에는 비 왔을 때의 바큇자국이 이랑져 있었다.

커브를 돌아 마을로 들어서자, 양쪽에 갑자기 푸른 골짜기가 나타났다. 마을 복판에는 개울이 흘렀고 포도밭이 집들을 둘러싸고 있었다.

버스가 여관 앞에 서자 많은 승객들이 내렸다. 방수포 밑에 묶여 있던 짐 꾸러미들이 끌려져 내려왔다. 빌과 나도 내려서 여관 안으로 들어갔다. 나지막하고 어두컴컴한 방 안에는 안장과 마구, 하얀 나무로 만든 건초용 쇠스랑과 밧줄로 밑창을 댄 신발 무더기가 놓여 있었고, 천장에는 햄, 베이컨 조각, 하얀 마늘, 기다란 소시지들이 매달려 있었다. 방 안은 서늘했고 먼지투성이였다. 우리는 여자 둘이 마실 것을 팔고 있는 기다란 나무 카운터 앞에 섰다. 그 뒤에는 식료품과 물건들이 쌓여 있는 시렁이 있었다.

우리는 아구아르디엔테\*를 한 잔씩 마시고 두 잔에 40상팀을 지불했다. 팁을 포함해서 50상팀을 주자, 여자는 내가 가격을 잘못 알았다고 생각하고 잔돈을 내줬다.

함께 버스를 타고 온 바스크인 두 명이 들어오더니 한 잔 사겠다고 고집을 부렸다. 그래서 그들이 한 잔 사고 다음에는 우리가 한 잔 샀다. 그러자 그들이 우리 등을 철썩 치더니 또 한 잔을 샀다. 그다음에는 또 우리가 샀다. 그러고는 모두 태양이 내리쬐는 무더운 바깥으로 나와 다시 버스에 올라탔다. 이제 모두가 앉을 만큼 자리가 충분해져서, 양철 지붕 위에 누워 있던 바스크인도 우리 사이에 앉았다. 마실 것을 팔던 여자가 앞치마에 손을 닦으며 나와 버스 안에 있는 누군가와 이야기했다. 곧 운전사가 두 개의 납작한 가죽 우편행낭을 휘두르며 나

---

\*중남미에서 즐겨 마시는 도수 높은 증류주.

와 차에 올라타자, 모두가 손을 흔들며 출발했다.

버스는 곧 푸른 계곡을 벗어나 다시 언덕을 올라갔다. 빌과 술자루 바스크인은 대화를 하고 있었다. 맞은편 자리에서 한 남자가 몸을 쭉 빼더니 영어로 물었다. "미국 사람들입니까?"

"그렇습니다."

"나도 거기 있었습니다." 그가 말했다. "40년 전의 일입니다."

그는 나이가 많았고 다른 사람들처럼 갈색 피부에 흰 수염을 짧게 깎고 있었다.

"어땠습니까?"

"뭐라고요?"

"미국이 어떠셨냐고요?"

"아, 나는 캘리포니아에 있었습니다. 참 좋았습니다."

"왜 떠나셨습니까?"

"뭐라고요?"

"왜 여기로 다시 돌아왔느냐고요?"

"아! 결혼하려고 돌아왔습니다. 다시 돌아가려고 했는데 마누라가 여행하는 걸 안 좋아합니다. 당신들은 어디서 왔습니까?"

"캔자스시티에서요."

"거기 가본 적 있습니다." 그가 말했다. "시카고, 세인트루이스, 캔자스시티, 덴버, 로스앤젤레스, 솔트레이크시티에 가본 적 있습니다."

그는 그 이름들을 하나하나 주의 깊게 말했다.

"얼마나 오래 계셨습니까?"
"15년. 그리고 돌아와서 결혼했습니다."
"한 잔 하시겠습니까?"
"좋죠." 그가 말했다. "미국에서는 이런 거 못 구합니다, 안 그래요?"
"돈만 낼 수 있으면 많죠."
"여긴 왜 왔습니까?"
"팜플로나 축제에 가려고요."
"투우를 좋아합니까?"
"물론입니다. 좋아하세요?"
"그래요." 그가 말했다. "좋아하는 것 같습니다."
그리고 조금 후에 말했다.
"지금 어디 가는 겁니까?"
"부르게테에 낚시하러 갑니다."
"음." 그가 말했다. "고기 많이 낚으십시오."
그는 악수를 하고 뒷자리로 다시 돌아갔다. 다른 바스크인들이 감탄했다. 그는 편안하게 자리에 기대앉았다. 내가 시골 풍경을 보느라 돌아보면 그는 미소를 지었다. 하지만 미국인들과 이야기하느라 애를 써서 지쳤는지, 그 이후에는 아무 말도 하지 않았다.

버스는 줄기차게 오르막을 달려 올라갔다. 풍경은 황량했고 바위들이 진흙땅 위로 튀어나와 있었다. 길가에는 풀 한 포기 없었다. 뒤를 돌아보자 아래쪽으로 시골 풍경이 펼쳐졌다.

저 멀리 언덕 사면에는 밭들이 초록색과 갈색으로 바둑판무늬를 그리고 있었다. 이상한 모양의 갈색 산들이 지평선을 이루고 있었다. 높이 올라갈수록 지평선은 계속해서 바뀌었다. 버스가 삐걱거리며 천천히 길을 오르자 남쪽에서 다른 산들이 나타났다. 꼭대기를 넘자 길은 평탄해지며 숲 속으로 들어갔다. 코르크나무 숲이었다. 햇빛이 나무들 사이로 조각조각 들어왔고, 나무 아래에선 소들이 풀을 뜯고 있었다. 숲을 통과하자 길은 오르막을 따라 휘어졌고 우리 앞에는 굽이치는 녹색 평원과 그 너머 짙은 산이 펼쳐졌다. 이 산들은 앞서 지나온, 열기에 바싹 탄 듯한 갈색 산이 아니었다. 산림은 우거졌고, 구름이 걸려 있었다. 멀리 펼쳐진 녹색 평원은 울타리로 구분되어 있었고, 북쪽 방향으로 평원을 가로지르는 두 줄의 가로수 사이로 하얀 길이 보였다. 고개 기슭에 다가가자 저 앞 들판 위로 부르게테의 빨간 지붕과 하얀 집들이 보였다. 저 멀리 보이는 첫 번째 검은 산마루 위에 론세스바예스 수도원의 회색 금속 지붕이 보였다.

"저게 롱스보\*야." 내가 말했다.

"어디?"

"산줄기가 시작되는 저 앞에."

"이 위는 제법 춥네." 빌이 말했다.

"고지대니까." 내가 말했다. "1,200미터는 될 거야."

---

\*론세스바예스의 프랑스식 이름. 스페인 마을이지만 프랑스 국경에 접해 있다.

"지독하게 춥군." 빌이 말했다.

버스는 부르게테로 가는 일직선 도로로 내려섰다. 우리는 사거리를 지나고 개울 위에 놓인 다리를 건넜다. 부르게테의 집들이 길 양쪽에 줄지어 있었다. 골목은 없었다. 버스는 교회를 지나고 학교 운동장을 지나 멈췄다. 우리가 내리자 운전사가 가방과 낚싯대 케이스를 내려줬다. 모자를 젖혀 쓰고 노란 가죽 줄을 교차해 맨 기총병이 다가왔다.

"여긴 뭐가 들었습니까?" 그가 낚싯대 케이스를 가리켰다.

나는 케이스를 열어서 보여줬다. 낚시 허가증을 보자고 해서 꺼내 보여줬다. 그는 날짜를 보더니 손짓하며 가라고 했다.

"가도 괜찮습니까?" 내가 물었다.

"네, 물론입니다."

우리는 거리를 걸어 올라가 여관으로 갔다. 회반죽을 바른 돌집에서는 가족들이 문간에 앉아 우리를 쳐다보고 있었다.

여관을 운영하는 뚱뚱한 여자가 부엌에서 나와 우리에게 손을 흔들었다. 그녀는 안경을 벗어 닦고 다시 꼈다. 여관 안은 추웠고 바깥에는 바람이 불기 시작했다. 주인은 소녀를 시켜 우리를 2층으로 안내해 방을 보여줬다. 방 안에는 침대 두 개와 세면대, 옷장, 액자에 넣은 론세스바예스 대성당의 강판 인화가 있었다. 바람이 불어 덧문을 쳤다. 방은 여관의 북쪽에 있었다. 우리는 씻고 스웨터를 입은 다음 아래층으로 내려가 식당에 들어갔다. 돌바닥에 천장이 낮고 참나무 판자로 벽을 댄 방이었다. 덧문은 모두 닫혀 있었지만, 너무 추워서 입김이 나왔다.

"세상에!" 빌이 말했다. "내일은 이 정도로 춥지는 않겠지. 난 이런 날씨에는 개울에 안 들어갈 거야."

목재 테이블 너머 방 저쪽 구석에 업라이트 피아노가 놓여 있었다. 빌이 가더니 연주하기 시작했다.

"몸을 덥혀야겠어." 그가 말했다.

나는 주인여자를 찾으러 나가서 방값과 식사비가 얼마냐고 물었다. 그녀는 앞치마 밑에 손을 집어넣고 딴 곳을 쳐다봤다.

"12페세타예요."

"세상에, 팜플로나에서도 그렇게 냈는데."

그녀는 아무 말도 하지 않고 그저 안경을 벗어 앞치마에 닦았다.

"너무 비싸요." 내가 말했다. "큰 호텔에서도 그 이상 내지는 않았습니다."

"욕실이 딸려 있잖아요."

"더 싼 방은 없습니까?"

"여름엔 없어요. 지금이 한창때라."

그 여관에 손님이라고는 우리밖에 없었다. 어쩌겠는가. 하는 수 없었다. 겨우 며칠만 있을 거니까.

"와인 포함해서요?"

"아, 물론이에요."

"알았어요. 좋습니다."

나는 빌에게 돌아갔다. 그는 얼마나 추운지 보여주려고 내게 입김을 불더니 계속해서 연주했다. 나는 테이블에 앉아 벽의 그림들을 쳐다보았다. 죽은 토끼 그림 하나, 마찬가지로 죽은 농부 그림 하나, 죽은 오리 그림이 하나 있었다. 그림들은 모두 어둡고 연기에 그을린 듯한 모양새였다. 술병이 잔뜩 든 찬장이 하나 있었다. 나는 그것들을 하나하나 눈여겨보았다. 빌은 여전히 피아노를 치고 있었다. "뜨거운 럼펀치 한 잔 어때?" 그가 말했다. "이런다고 해서 몸이 계속 따뜻해질 것 같지는 않아."

나는 나가서 주인여자에게 럼펀치가 무엇이며 어떻게 만드는지 설명했다. 몇 분 후 젊은 여자가 김이 무럭무럭 나는 돌주전자를 가져왔다. 빌은 피아노에서 내려왔고, 우리는 뜨거운 펀치를 마시며 바람 소리를 들었다.

"럼이 충분히 안 들어갔어."

나는 찬장에 가서 럼 병을 꺼내 큰 컵 반 잔 정도 분량을 주전자에 부었다.

"직접 행동이라니." 빌이 말했다. "그건 법률 위반이야."

젊은 여자가 들어와서 테이블에 저녁식사를 차렸다.

"이 위쪽은 바람이 지독하게 부는군." 빌이 말했다.

여자가 뜨거운 야채수프 한 사발과 와인을 가져왔다. 그러고 나서 튀긴 송어와 뭔지 모를 스튜, 커다란 사발에 수북이 담긴 산딸기를 먹었다. 우리는 와인 값으로 돈을 잃지 않았고, 여자는 수줍어했지만 친절하게 음식을 가져왔다. 주인여자가 한번 들여다보더니 빈 병들을 셌다.

저녁식사 후에 우리는 위층에 올라가 담배를 피우고, 몸을 따뜻하게 하려고 침대에 누워 책을 읽었다. 나는 밤중에 잠깐 잠이 깨서 바람 소리를 들었다. 침대에 따뜻하게 누워 있으니 기분이 좋았다.

# 12장

아침에 잠이 깨자 나는 창문으로 가서 밖을 내다보았다. 날씨가 개어 산에는 구름 한 점 없었다. 창문 아래에는 수레 몇 개와 낡은 승합마차가 있었는데, 마차 지붕의 나무는 풍상에 찌들어 금이 가고 쪼개져 있었다. 버스가 다니기 전 시절의 유물임이 틀림없었다. 염소가 한 수레 위로 폴짝 뛰어오르더니 마차 지붕 위로 올라갔다. 녀석은 아래에 있는 다른 염소들에게 고개를 까딱거렸고, 내가 손을 흔들자 뛰어 내려갔다.

빌은 아직 자고 있어서, 나는 옷을 입은 다음 복도에 나가 신발을 신고 아래층으로 내려갔다. 아래층에는 기척이 없었다. 나는 문을 열고 밖으로 나갔다. 이른 아침의 바깥 날씨는 서늘했고, 바람이 잦아들었을 때 내린 이슬이 아직 햇볕에 마르지 않았다. 나는 여관 뒤쪽 헛간 주변을 뒤져 곡괭이 비슷한 것을 찾아낸 다음 낚싯밥으로 쓸 지렁이를 파헤쳐볼 요량으로 개울

쪽으로 내려갔다. 개울은 맑고 얕았지만 송어가 있을 것 같지는 않았다. 수풀이 우거진 축축한 강둑 위에서 나는 곡괭이로 땅을 파헤쳐 잔디 한 덩어리를 들어냈다. 그 아래 지렁이들이 있었다. 잔디를 들어 올리자 지렁이들은 미끄러져 사라졌지만 나는 조심스레 흙을 파고 제법 많은 지렁이를 잡았다. 축축한 땅 가장자리를 파헤치며 양철 담배통 두 개에 지렁이를 채웠고 그 위에는 흙을 뿌렸다. 땅을 파고 있는 내 모습을 염소들이 지켜보았다.

여관에 돌아오자 주인여자가 부엌에 내려와 있어서 나는 커피를 달라고 하고 점심 도시락도 부탁했다. 빌은 일어나서 침대 가장자리에 앉아 있었다.

"창문으로 자넬 봤어." 그가 말했다. "방해하고 싶지 않았어. 뭘 하고 있었어? 돈이라도 묻었나?"

"이 게으름뱅이 녀석!"

"공동의 이익을 위해 일하고 있었어? 멋지군. 매일 아침 그래 줬으면 좋겠어."

"자, 일어나라고."

"뭐? 일어나라고? 난 안 일어나."

그는 침대로 기어 들어가 이불을 뺨까지 끌어올렸다.

"내가 일어나도록 설득해보시지."

나는 낚시도구를 찾아서 모두 가방에 집어넣었다.

"흥미 없어?" 빌이 물었다.

"난 내려가서 아침 먹을 거야."

"아침이라고? 왜 진작 그 소리를 안 했어? 난 그냥 자네가 재미로 일어나라는 줄 알았지. 아침이라고? 좋아. 이제 말이 되는 소리를 하는군. 자네는 나가서 지렁이를 좀 더 파내고 있어. 내가 곧 내려갈 테니."

"아, 지옥에나 가셔!"

"모두의 이익을 위해 일하는 거야." 빌이 내의를 꿰어 입었다. "반어와 동정을 보여줘."

나는 낚시도구 가방과 그물, 낚싯대 케이스를 들고 방을 나가기 시작했다.

"이봐! 돌아와!"

나는 문 안으로 고개를 들이밀었다.

"약간의 반어와 동정을 안 보여줄 거야?"

나는 코에 엄지손가락을 대고 조롱하는 제스처를 했다.

"그건 반어가 아니지."

아래층으로 내려가는데, 빌의 노랫소리가 들렸다. "반어와 동정. 기분이 내키면…… 오, 그들을 비꼬고 그들을 동정해. 오, 그들을 비꼬아. 기분이 내키면…… 약간의 반어. 약간의 동정……." 그는 다 내려올 때까지 계속 노래했다. 〈나와 그대를 위해 종이 울리네〉의 곡조에 맞춘 노래였다. 나는 일주일 지난 스페인 신문을 읽고 있었다.

"반어니 동정이니 그게 다 뭐야?"

"뭐라고? '반어와 동정'을 모르나?"

"몰라. 누가 그런 걸 하는 거야?"

"모두 다. 뉴욕에서는 다들 여기에 미쳐 있다고. 프라텔리니 형제들*의 인기에 버금가는걸."

젊은 여자가 커피와 버터를 발라 구운 토스트를 가지고 들어왔다. 아니, 그렇다기보다는 구워서 버터를 바른 빵이었다.

"잼 있는지 물어봐." 빌이 말했다. "반어적으로 말해봐."

"잼 좀 있습니까?"

"그건 반어적인 게 아니지. 내가 스페인어를 할 수 있으면 좋을 텐데."

커피는 훌륭했고 우리는 커다란 사발로 커피를 마셨다. 여자가 라즈베리 잼을 유리 접시에 담아서 들여왔다.

"고마워요."

"이봐! 그건 아니지." 빌이 말했다. "반어적으로 말하라니까. 프리모 데 리베라** 이야기를 꺼내보든지."

"리프***에서 어떤 궁지에 빠지게 되었느냐고 물어봐줄 수 있어."

"딱하군." 빌이 말했다. "정말 딱해. 자넨 못 해. 그런 거지. 자넨 반어를 이해 못 해. 자넨 동정심이라곤 없어. 불쌍한 이야기나 하나 해봐."

"로버트 콘."

---

*1차 세계대전 후 파리의 지식인들 사이에서 선풍적인 인기를 끌었던 형제 서커스단.
**당시 스페인을 통치한 군인 출신의 군사독재자.
***모로코 북쪽 산악 지대이자 그곳에 사는 부족. 1차 세계대전 후 독립운동을 일으켜 스페인과 맞서 싸웠다. '잼(jam)'에는 '곤란, 궁지'라는 의미도 있다.

"나쁘지 않은데. 훨씬 낫네. 자 그럼 왜 콘이 불쌍하지? 반어적으로 말해봐."

그는 커피를 한 모금 꿀꺽 삼켰다.

"아, 젠장!" 내가 말했다. "지금은 이른 아침이라고."

"거 봐. 그러고선 작가가 되고 싶다고 말하다니. 자넨 그냥 신문기자야. 국외인 신문기자. 자넨 침대에서 나오자마자 반어적이 되어야 해. 입속에 동정심을 잔뜩 물고 일어나야 되는 거라고."

"계속해봐. 그런 소리는 누구한테 들었어?"

"모두한테. 자넨 책도 안 읽나? 다른 사람 책은 하나도 안 읽어? 자네가 뭔지 알아? 국외자야. 자넨 왜 뉴욕에 안 살지? 그럼 이런 것들을 알 텐데. 나보고 어쩌라는 거야? 매년 여기 와서 자네한테 알려주기라도 할까?"

"커피 더 마셔." 내가 말했다.

"좋아. 커피는 자네한테 좋아. 여긴 카페인이 들어 있거든. 카페인이여, 우리가 여기 왔노라. 카페인은 남자를 여자의 말에 타게 하고, 여자를 남자의 무덤에 집어넣지. 자네 문제가 뭔지 알아? 자넨 국외자라는 거야. 그것도 최악의 유형으로. 그런 말 들어본 적 없어? 자기 나라를 버린 사람치고 인쇄할 만한 가치가 있는 글을 쓴 사람은 아무도 없다. 신문에조차도."

그는 커피를 마셨다. "자넨 국외자야. 국토와의 접촉을 잃어버렸어. 자넨 까다로워졌어. 가짜 유럽 기준이 자네를 망쳐놨다고. 죽어라고 술이나 마셔대고, 온통 섹스 생각에 사로잡혀 있지. 일이 아니라 이야기하느라 시간을 다 보내고. 자넨 국외 자야, 알겠어? 카페나 어슬렁거리며 살잖아."

"근사한 인생처럼 들리는데." 내가 말했다. "난 언제 일하지?"

"자넨 일 안 해. 어떤 작자들은 여자들이 자넬 먹여 살린다고 하고, 또 어떤 사람들은 자네가 불능이래."

"아니. 난 사고를 당했을 뿐이야."

"그런 말은 하지 마. 그런 건 이야기해선 안 돼. 신비주의로 만들어야 해. 헨리*의 자전거처럼 말이야."

그는 신이 나서 떠들다가 갑자기 입을 꾹 다물었다. 자기가 불능 이야기를 꺼내는 바람에 내가 마음이 상했다고 생각한 모양이었다. 나는 그가 계속 이야기를 했으면 했다.

"그건 자전거가 아니었어." 내가 말했다. "헨리는 말을 타고 있었어."

"난 세발자전거라고 들었는데."

"뭐, 비행기도 일종의 세발자전거이긴 하지. 조종간 움직이는 건 마찬가지니까."

"하지만 그건 페달은 안 밟잖아."

"그렇지. 페달은 안 밟는 것 같아."

"이 이야기는 그만두자." 빌이 말했다.

"좋아. 난 그저 세발자전거 편을 들었을 뿐이야."

---

*헨리 제임스(1843~1916). 미국의 소설가이자 비평가. 말년에 영국으로 귀화했다.

"그 사람도 좋은 작가라고 생각해. 그리고 자넨 엄청나게 좋은 사람이고. 자네한테 좋은 사람이라고 말한 사람 없나?"
"난 좋은 사람이 아니야."
"이봐. 자넨 정말 좋은 사람이야. 그리고 난 세상 누구보다 자네를 더 좋아해. 뉴욕에서는 이런 이야기는 할 수가 없었어. 그럼 나를 호모라고 생각할 테니까. 남북전쟁이 일어난 것도 바로 그 때문이야. 에이브러햄 링컨이 호모였고, 그랜트 장군을 사랑했거든. 그런데 제퍼슨 데이비스도 그랬던 거야. 링컨이 노예들을 해방시킨 건 알고 보면 그저 도박이었던 거지. 드레드 스콧 사건*은 주류판매반대연맹이 날조한 거고. 모든 일은 다 섹스로 설명이 돼. 대령 부인과 주디 오그래디도 알고 보면 레즈비언이었어.\*\*"
그가 말을 멈췄다.
"더 듣고 싶어?"
"해봐." 내가 말했다.
"더 이상은 없어. 점심때 더 이야기해줄게."
"이런 허풍쟁이." 내가 말했다.
"이 룸펜!"
우리는 도시락과 와인 두 병을 배낭에 넣었고, 배낭은 빌이

---

*1857년 흑인 드레드 스콧이 시민권을 제소했으나, 최고재판소에서 미합중국 헌법은 흑인을 시민으로 인정하지 않으므로 소송을 할 권리가 없다고 판결 내린 사건.
\*\*러디어드 키플링의 시 〈숙녀들(The Ladies)〉 중 "대령 부인과 주디 오그래디는 알고 보면 똑같은 여자"라는 구절을 비튼 말. 주디 오그래디는 당시의 창녀였다.

짊어졌다. 나는 낚싯대 케이스와 사내끼를 어깨에 걸쳤다. 우리는 길을 따라 올라가 목초지를 가로질렀다. 그러고는 들판을 가로지르는 소로를 발견해 첫 번째 언덕 사면에 있는 숲으로 갔다. 그리고 모래투성이 길을 따라 들판을 가로질러 걸어갔다. 들판은 울퉁불퉁했고 풀이 우거져 있었다. 양들이 뜯어서 풀이 짧았다. 언덕 위에는 소들이 있었다. 숲 속에서 소들이 매단 방울 소리가 들렸다.

좁은 길을 지나니 개울이 나왔고, 우리는 통나무 다리로 개울을 건넜다. 통나무는 윗면이 깎여 있었고 난간 대용으로 굽은 묘목 하나가 있었다. 개울 옆 얕은 웅덩이의 모랫바닥 위로 올챙이들이 반점처럼 헤엄치고 있었다. 우리는 가파른 강둑을 올라가 울퉁불퉁한 들판을 가로질렀다. 뒤를 돌아보자 부르게테의 하얀 집들과 빨간 지붕, 하얀 길이 보였다. 트럭 한 대가 먼지를 일으키며 길을 달려가고 있었다.

우리는 들판을 지나 급류가 흐르는 시내를 하나 더 건넜다. 모래투성이 길은 얕은 여울 쪽으로 내려왔다가 다시 숲 속으로 들어갔다. 좁은 길은 여울 아래쪽에 있는 또 하나의 통나무 다리 쪽으로 이어졌다가 시내를 건너고 나면 다시 모랫길과 합쳐졌다. 우리는 숲 속으로 들어갔다.

아주 오래된 나무들이 있는 너도밤나무 숲이었다. 나무뿌리들이 땅 위로 튀어나와 있었고 가지들은 뒤틀려 얽혀 있었다. 오래된 굵은 너도밤나무들 사이로 난 길을 걸어가자 잎사귀들 틈으로 들어온 햇살이 풀밭에 밝은 얼룩무늬를 만들었다. 나무들은 컸고 잎은 무성했지만 음침하지는 않았다. 나무 밑에는 덤불이 없었고 그냥 싱싱하고 반들반들한 풀들만 자라고 있었다. 커다란 회색 나무들이 공원처럼 적당한 간격으로 심어져 있었다.

"이런 게 바로 시골이지." 빌이 말했다.

길은 언덕으로 올라갔고 우리는 울창한 숲 속으로 들어갔다. 길은 계속해서 오르막이었다. 간혹 잠깐씩 내리막이 되긴 했지만 곧 다시 가파르게 올라갔다. 숲 속에서는 내내 소들의 방울 소리가 들렸다. 마침내 길이 언덕 꼭대기로 나왔다. 우리는 부르게테에서 본 우거진 산줄기 중 가장 높은 산꼭대기에 서 있었다. 산마루 위의 나무들 사이 조그만 공터에는 햇살이 드는 구석에 산딸기들이 열려 있었다.

길은 숲에서 나와 산마루 아랫부분으로 이어졌다. 저 앞 고개들에는 나무가 없었고, 넓은 들판에는 노란 가시금작화들만 무성했다. 저 멀리 나무들이 빽빽하게 우거지고 회색 바위가 튀어나온 가파른 절벽이 보였다. 이라티 강이 있는 곳이었다.

"능선 옆으로 난 길을 따라가서 이 고개들을 넘고 저 멀리 고개들 위의 숲을 지나 이라티 계곡으로 내려가야 해." 나는 빌에게 가리켰다.

"끔찍한 등산이네."

"편안하게 당일치기로 가서 낚시하고 돌아오기엔 너무 멀지."

"편안하게라. 그거 멋진 말이군. 저기까지 왕복하고 낚시까지 하자면 죽어라고 가야겠어."

긴 등산이었다. 경치는 근사했지만, 나무가 무성한 고개에서 리오데라파브리카 계곡으로 이어지는 가파른 길을 내려왔을 때 우리는 기진맥진해 있었다.

길은 그늘진 숲에서 나와 뜨거운 태양 아래 놓였다. 앞쪽에는 강이 흐르는 계곡이 있었고, 그 너머에는 가파른 고개가, 그 고개 위에는 메밀밭이 있었다. 언덕 중턱 몇몇 나무 아래 하얀 집이 보였다. 날씨는 매우 무더웠다. 우리는 강을 가로지르는 댐 옆에 선 나무들 밑에서 잠시 발을 멈췄다.

빌은 나무 밑에 가방을 기대어놓았고, 우리는 낚싯대를 조립하고 릴을 달고 찌를 묶어 낚시 준비를 마쳤다.

"여기 정말 송어가 있는 거지?" 빌이 물었다.

"우글우글해."

"난 플라이낚시*를 해야겠어. 맥긴티 미끼 가진 거 있나?"

"저기 안에 좀 있어."

"자넨 먹이로 잡으려고?"

"응. 난 여기 댐에서 할 거야."

"좋아. 그럼 미끼통은 내가 가져갈게." 그가 미끼를 달았다. "난 어디로 가는 게 좋을까? 위 아니면 아래?"

"아래쪽이 최고야. 위에도 많지만."

빌이 둑을 내려갔다.

---

*진짜 벌레 대신 벌레 모양의 가짜 미끼를 달아서 고기를 잡는 것으로, 낚시꾼들이 미끼를 직접 만들기도 한다.

"지렁이 깡통 가져가."

"아니, 필요 없어. 녀석들이 미끼를 안 물면 낚싯대를 사방에 휘둘러댈 테니까."

빌은 물살을 바라보며 아래쪽에 서 있었다.

"어이." 그가 댐 소리에 묻히지 않으려고 큰 소리로 외쳤다. "와인을 길 위쪽 샘에다 담가두는 게 어때?"

"좋아." 내가 외쳤다. 빌은 손을 흔들고 강을 따라 내려가기 시작했다. 나는 가방에서 와인 두 병을 찾아 들고 쇠파이프에서 샘물이 흘러나오고 있는 곳으로 올라갔다. 샘 위에 널빤지가 덮여 있어서 그걸 들어 젖히고 병의 코르크 마개를 단단히 밀어 넣은 다음 물속에 담갔다. 물이 너무 차가워서 손과 손목이 얼얼했다. 나는 널빤지를 원래대로 해놓고 아무도 와인 병을 발견하지 않기를 빌었다.

나는 나무에 기대놓았던 낚싯대와 지렁이 깡통과 사내끼를 가지고 댐 위로 올라갔다. 이곳은 통나무를 떠내려 보낼 수 있는 낙차를 만들기 위해 만들어진 댐이었다. 수문은 열려 있었고, 나는 정사각형으로 가지런히 정돈된 목재 위에 앉아서 폭포가 되어 떨어지기 전 잔잔히 흘러가는 물살을 지켜보았다. 낚싯밥을 달고 있는데, 송어 한 마리가 떨어지는 하얀 물살 속에서 뛰쳐나와 폭포 속으로 뛰어 들어갔다가 다시 쓸려 내려갔다. 낚싯밥을 다 끼우기도 전에 또 한 마리가 폭포를 향해 도약했다가 우레 같은 소리를 내며 떨어지는 물속으로 아름다운 호를 그리며 사라졌다. 나는 낚시에 제법 큰 봉돌을 달아서 댐의 목재 가장자리 가까이의 흰 물살 속으로 떨어뜨렸다.

처음 송어가 입질을 했을 때는 알아차리지 못했다. 낚싯대를 잡아당기기 시작했을 때 한 놈 낚았다는 느낌이 왔다. 나는 낚싯대가 거의 반으로 휘어질 정도로 사투를 벌여 녀석을 폭포 아래 거친 물살 속에서 휙 끌어올려 댐 위에 올려놓았다. 멋진 송어였다. 머리를 목재에 대고 후려쳤더니 부르르 떨다가 뻗어 버렸다. 나는 송어를 가방에 넣었다.

녀석을 잡는 동안에도 몇 마리가 더 폭포 속으로 뛰어들었다. 나는 낚싯줄에 먹이를 달아 물속에 던졌고 한 마리를 더 낚아 같은 식으로 끌어올렸다. 잠깐 사이에 여섯 마리를 낚았다. 모두 크기는 얼추 비슷했다. 나는 송어들의 머리를 한 방향으로 해서 나란히 놓고 바라보았다. 색깔이 아름다웠고, 차가운 물에서 나와서 단단하고 여물었다. 날씨가 무더웠기 때문에 나는 송어들의 배를 갈라 아가미에서부터 내장까지를 몽땅 끄집어내 멀리 강 저쪽 편으로 집어 던졌다. 그리고 송어를 물가로 가져가 댐 위의 차갑고 잔잔한 물에 씻었다. 고사리를 뜯어서 깔고 세 마리를 올린 뒤 그 위에 다시 고사리를 깔고 송어 세 마리를 올려 가방에 넣은 다음 그 위에 다시 고사리를 덮었다. 고사리로 싸놓으니 보기 좋았다. 나는 불룩해진 가방을 나무 그늘에 갖다 놓았다.

댐 위는 찌는 듯이 더워서 지렁이 깡통을 가방과 함께 나무 그늘에 둔 뒤, 배낭에서 책을 꺼내 빌이 점심 먹으러 올 때까지 읽으려고 나무 그늘에 앉았다.

정오가 조금 지난 시간이라 그늘이 별로 없었다. 하지만 나는 바싹 붙어 함께 자란 나무 두 그루에 기대앉아 책을 읽기 시작했다. A. E. W. 메이슨의 책이었는데, 알프스 산중에서 얼어 죽어 빙하 속으로 떨어진 뒤 행방불명된 남자에 대한 흥미진진한 이야기였다. 그의 신부는 남편의 시체가 빙퇴석 위에 나타날 때까지 24년을 기다리게 되는데, 그녀의 진정한 사랑 또한 그녀를 기다리고 있었다. 그들이 아직도 기다리고 있는데, 빌이 나타났다.

"좀 잡았어?" 그가 물었다. 그는 한 손에 낚싯대와 가방, 그물을 모두 든 채 땀을 뻘뻘 흘리고 있었다. 댐의 시끄러운 물소리 때문에 빌이 올라오는 소리를 듣지 못했다.

"여섯 마리. 자넨?"

빌은 앉아서 가방을 열고 커다란 송어를 풀밭 위에 내려놓았다. 그리고 세 마리를 더 꺼냈다. 모두가 앞서 꺼낸 송어보다 조금씩 더 컸다. 그러고는 나무 그늘 아래 송어들을 나란히 늘어놓았다. 그는 땀을 흘리며 행복한 표정을 짓고 있었다.

"자네 건 어때?"

"더 작아."

"보여줘."

"다 싸뒀어."

"정말로 얼마나 큰데?"

"자네가 잡은 것 중 가장 작은 것만 해."

"감추는 거 아니지?"

"그랬으면 좋겠네."

"모두 지렁이로 잡은 거야?"

"응."

"이런 게으름뱅이!"

빌은 송어를 가방에 넣고 빈 가방을 휘두르며 강 쪽으로 걸어갔다. 허리 아래가 다 젖어 있는 걸 보니 물속에 들어갔던 게 분명했다.

나는 위쪽으로 가서 와인 두 병을 꺼냈다. 차가웠다. 나무 그늘로 돌아오는 데 병에 물방울이 맺혔다. 신문지 위에 도시락을 꺼내놓고 와인 한 병은 따고 나머지 한 병은 나무에 기대어놓았다. 빌이 손을 닦으며 다가왔다. 그의 가방은 고사리로 불룩해져 있었다.

"어디 한번 볼까." 그가 말했다. 그는 코르크를 뽑고 병을 기울여 와인을 마셨다. "와아! 눈이 아플 지경이군."

"나도 좀 마셔보자."

와인은 얼음처럼 차가웠고 녹슨 듯한 맛이 희미하게 났다.

"아주 형편없지는 않군." 빌이 말했다.

"차가우니까 낫네." 내가 말했다.

우리는 조그만 도시락 꾸러미를 풀었다.

"닭고기군."

"삶은 달걀도 있어."

"소금은 있어?"

"우선 달걀부터 먹지." 빌이 말했다. "그러고 나서 닭고기야. 브라이언\*도 그 정도는 알지."

"그 사람 죽었어. 어제 신문에서 읽었어."

"그럴 리가. 정말이야?"

"맞아. 정말이야."

빌은 껍질을 까다가 달걀을 내려놓았다.

"신사 여러분." 그는 닭다리를 싼 신문지를 풀었다. "순서를 바꾸겠습니다. 브라이언을 위해서. 위대한 평민에 대한 존경의 뜻으로 먼저 닭고기를, 그다음에 달걀을 먹는 겁니다."

"하느님이 며칠째 되는 날 닭을 창조했지?"

"아." 빌이 닭다리를 빨며 말했다. "그걸 우리가 어떻게 알겠어? 의문을 가져선 안 돼. 우리가 지상에 머물 날은 길지 않아. 기뻐하고 믿고 감사드리자고."

"달걀이나 먹어."

빌이 한 손에는 닭다리, 다른 손에는 와인 병을 든 채 손짓했다.

"우리가 누리는 축복에 감사합시다. 나는 새를 이용하게 하소서. 포도나무의 산물을 이용하게 하소서. 자네도 조금 이용하겠나, 형제?"

"자네 먼저 하게, 형제."

빌이 길게 한 모금 마셨다.

---

\*윌리엄 제닝스 브라이언(1860~1925). 미국의 민주당 정치인으로, 평민들의 미덕에 대한 믿음을 가져서 '위대한 평민'이라는 별명을 얻었다. 종교적 이유로 다윈의 진화론에 반대했다.

"조금 이용하게, 형제." 그는 내게 병을 건넸다. "의심해선 안 되네, 형제. 닭장의 숭고한 신비를 원숭이의 손가락으로 파헤쳐서는 안 되는 걸세. 믿음을 받아들이고 그저 이렇게 말해야 하네. 함께 말하세. 뭐라고 하지? 형제여?" 그는 닭다리를 들고 내게 삿대질하며 계속해서 말했다. "자, 말하도록 하지. 같이 말하는 걸세. 난 자랑스럽게 말할 걸세. 무릎을 꿇고 나와 같이 말하세, 형제. 여기 이 위대한 자연에서 무릎을 꿇는 것을 누구도 부끄러워해서는 안 되네. 숲은 하느님의 최초의 교회당이었다는 걸 잊지 말게. 자, 무릎을 꿇고 말하는 거야. '그건 먹지 마시오, 부인. 그건 멘켄*이오.'"

"자." 내가 말했다. "이걸 좀 이용해."

우리는 와인을 또 한 병 땄다.

"뭐가 문제야?" 내가 말했다. "브라이언 좋아하지 않았어?"

"좋아했지." 빌이 말했다. "우린 형제 같은 사이였어."

"어디서 알게 된 거야?"

"브라이언과 멘켄, 나는 모두 홀리크로스 대학 동문이야."

"프랭키 프리치**도?"

"그건 거짓말이야. 프랭키 프리치는 포덤***에 다녔어."

"그렇군." 내가 말했다. "난 매닝 주교와 로욜라에 다녔는데."

---

*멘켄은 공립학교에서 진화론을 가르치는 것을 금지하는 테네시 주법에 저항했다는 이유로 기소된 교사 존 스콥스를 두고 벌어진 '스콥스 재판'을 '원숭이 재판'이라고 신랄하게 풍자하며 이러한 반지성주의를 강력히 비판했다.
**프랜시스 프리치(1898~1973). 미국의 메이저리그 야구선수.
***뉴욕에 있는 가톨릭계 대학.

"거짓말." 빌이 말했다. "매닝 주교와 로욜라에 다닌 건 바로 나야."

"자네 취했군." 내가 말했다.

"와인에?"

"안 될 것 있어?"

"습도 때문이야." 빌이 말했다. "이 젠장맞을 습기를 없애야 해."

"한 잔 더 해."

"이것밖에 안 가져왔어?"

"두 병밖에 없어."

"자네가 어떤 인간인지 알아?" 빌이 애정 어린 눈길로 병을 바라봤다.

"몰라." 내가 말했다.

"자넨 주류판매반대연맹의 앞잡이야."

"난 웨인 B. 윌러*와 노트르담에 다녔어."

"거짓말." 빌이 말했다. "난 웨인 B. 윌러랑 오스틴 비즈니스 대학에 다녔어. 웨인이 과대표였다고."

"어쨌건." 내가 말했다. "술집은 사라져야 해."

"옳으신 말씀이오, 친애하는 동창." 빌이 말했다. "술집은 사라져야 해. 난 그렇게 믿어."

"자네 취했어."

---

*웨인 비드웰 윌러(1869~1927). 미국의 법조인이자 주류판매 금지론자.

"와인에?"

"와인에."

"어, 그런 거 같아."

"낮잠이나 잘까?"

"좋아."

우리는 그늘에 머리를 놓고 누워 나무를 올려다봤다.

"자?"

"아니." 빌이 말했다. "생각하고 있어."

나는 눈을 감았다. 땅바닥에 누워 있으니 기분이 좋았다.

"이봐." 빌이 말했다. "브렛 일은 어떻게 된 거야?"

"뭐가?"

"자네 그 여자 사랑한 적 있어?"

"물론."

"얼마 동안?"

"그러다가 아니다가 하면서 지독하게 오랫동안."

"아, 젠장!" 빌이 말했다. "미안해, 친구."

"괜찮아." 내가 말했다. "이젠 전혀 신경 안 써."

"정말?"

"정말이야. 다만 그 이야기는 더 이상 하고 싶지 않아."

"내가 물어봐서 기분 나쁜 건 아니지?"

"그럴 이유가 뭐 있어?"

"난 잘 거야." 빌이 말했다. 그는 얼굴에 신문을 덮었다.

"이봐, 제이크." 그가 말했다. "자네 정말 가톨릭이야?"

"엄밀히 따지자면 그렇지."

"그게 무슨 소리야?"

"나도 몰라."

"좋아. 이제 잘 거야." 그가 말했다. "계속 떠들어서 방해하지 마."

나도 잠이 들었다. 잠이 깼을 때 빌은 배낭을 싸고 있었다. 늦은 오후여서 나무 그림자가 길게 댐 위로 뻗어 있었다. 땅바닥에서 자서 온몸이 뻐근했다.

"뭘 한 거야? 깼냐?" 빌이 물었다. "아예 밤새 자지 그랬어?" 나는 기지개를 켜고 눈을 비볐다.

"난 멋진 꿈을 꿨어." 빌이 말했다. "내용은 기억이 안 나지만 멋진 꿈이었어."

"난 안 꾼 것 같은데."

"자넨 꿈을 꿔야 해." 빌이 말했다. "우리나라의 큰 사업가들은 모두 몽상가들이었다고. 포드를 봐. 쿨리지 대통령을 봐. 록펠러를 봐. 조 데이비슨을 보라고."

나는 내 낚싯대와 빌의 낚싯대를 분해해서 케이스에 챙겼다. 릴은 낚시도구 가방에 넣었다. 빌은 배낭을 챙겼고 송어를 넣은 가방도 하나 집어넣었다. 다른 하나는 내가 들었다.

"자, 다 챙겼지?" 빌이 말했다.

"지렁이가 남았어."

"자네 지렁이지. 저기 안에 넣어."

그가 등에 배낭을 메고 있어서, 나는 바깥 주머니 중 하나에 지렁이 깡통을 넣었다.

"이제 다 챙겼지?"

나는 느릅나무 아래 풀밭을 둘러봤다.

"그래."

우리는 길을 걸어 올라가 숲 속으로 들어갔다. 부르게테로 돌아가는 길은 멀었고, 들판을 가로질러 길로 나왔을 때는 이미 날이 어두워져 있었다. 우리는 창문에 불이 켜진 마을의 집들 사이로 난 길을 따라 여관으로 돌아왔다.

우리는 부르게테에서 닷새 동안 머무르며 마음껏 낚시를 즐겼다. 밤에는 춥고 낮에는 더웠지만, 가장 찌는 듯한 대낮에도 항상 산들바람이 불었다. 날씨가 더워서 차가운 개울을 건너는 것이 기분 좋았고 나와서 둑에 앉아 있으면 햇볕이 잘 말려줬다. 우리는 수영할 정도로 깊은 웅덩이가 있는 개울을 발견했다. 밤이면 해리스라는 영국인과 셋이서 브리지 게임을 했다. 그는 생장피에드포르에서 걸어와서 이 여관에 머물며 낚시를 하고 있었다. 그는 매우 유쾌한 사람이었고 우리와 이라티 강에 두 번 갔다. 로버트 콘에게서는 아무 소식이 없었다. 브렛과 마이크도 마찬가지였다.

# 13장

 하루는 아침을 먹으러 내려갔더니 영국인 해리스가 벌써 식사를 하고 있었다. 그는 안경을 끼고 신문을 읽고 있었다. 그가 고개를 들고 미소 지었다.
 "좋은 아침입니다." 그가 말했다. "선생께 온 편지입니다. 우체국에 들렀더니 제 편지와 같이 주더군요."
 편지는 테이블의 내 자리 커피 잔에 기대어 놓여 있었다. 해리스는 다시 신문을 읽었다. 나는 편지를 뜯었다. 팜플로나에서 전송되어 온 것이었다. "산세바스티안, 일요일"이라고 적혀 있었다.

 제이크에게
 우린 금요일에 여기 도착했어. 브렛이 기차에서 정신을 잃는 바람에 여기 있는 우리 옛 친구들의 집에서 사흘 동안 쉬기로 했어. 팜플로나 몬토야 호텔에는 화요일에 갈 예정인데, 도착 시간은 모르겠어. 수요일에 자네들과 다시 만나려면 어떻게 해야 하는지 버스 편으로 메모를 보내주겠나? 늦어서 미안하지만 브렛이 완전히 녹초가 되어버려서 말이야. 화요일까지는 괜찮아질 거야. 사실 지금도 거의 그래. 그녀를 너무 잘 알기 때문에 돌봐주려고 하긴 하지만 쉽진 않아. 모두에게 안부 전해주게.

마이클

"오늘이 무슨 요일이죠?" 난 해리스에게 물었다.

"수요일 같은데. 네, 맞아요. 수요일. 놀랍지 않습니까? 여기 산중에 있으니까 날짜 가는 걸 모르겠네요."

"네. 여기 거의 일주일을 있었죠."

"설마 떠나시려는 건 아니죠?"

"맞아요. 오후 버스로 갈 것 같습니다."

"이런 일이 있나. 이라티 강에 다시 한 번 다 같이 가기를 바랐는데."

"팜플로나에 가야 해서요. 거기서 친구들을 만나거든요."

"전 운도 지지리 없군요. 두 분 덕에 여기 부르게테에서 정말 재미있게 지냈는데."

"팜플로나로 와요. 거기서 브리지 게임을 할 수도 있고. 거기 굉장한 축제가 열리거든요."

"그러고 싶네요. 청해주셔서 고맙습니다. 그래도 전 여기 있는 게 좋겠어요. 낚시할 시간이 많지 않으니까."

"이라티 강의 큰 송어들을 잡고 싶은 거군요."

"네, 정말로요. 거긴 엄청난 크기의 송어들이 있거든요."

"저도 한 번 더 가보고 싶군요."

"그러세요. 하루 더 계세요. 정말로요."

"우린 꼭 가야 해요." 내가 말했다.

"유감이네요."

아침식사 후에 빌과 나는 여관 앞에 놓인 벤치에 앉아 햇볕을 쬐며 의논했다. 한 소녀가 시내 중심가 쪽에서 올라오는 것이 보였다. 소녀는 우리 앞에서 멈추더니 치마에 매달려 있는 가죽 주머니에서 전보 한 통을 꺼냈다.

"포르 우스테데스?(선생님들 전보죠?)"

나는 전보를 살폈다. 주소가 "반스, 부르게테"라고 적혀 있었다.

"맞구나."

나는 소녀가 꺼내는 장부에 서명하고 동전을 두어 개 줬다. 전보는 스페인어였다. "벵고 후에베스 콘.(목요일에 감 콘.)"

나는 전보를 빌에게 건넸다.

"콘이라는 단어는 무슨 뜻이야?" 그가 물었다.

"무슨 이따위 전보가 다 있어!" 내가 말했다. "같은 돈으로 열 단어도 보낼 수 있는데. '목요일에 감.' 퍽도 자세히 알려주는군, 안 그래?"

"콘이 관심 있어 하는 정보는 다 알려주지."

"어쨌든 우리도 가." 내가 말했다. "브렛과 마이크를 여기까지 오게 했다가 축제 전에 돌아가는 건 무리야. 답장 보내야 할까?"

"그러는 게 좋겠지." 빌이 말했다. "우리까지 무뚝뚝하게 굴 필요는 없으니까."

우리는 우체국까지 걸어가서 전보 용지를 달라고 했다.

"뭐라고 쓰지?" 빌이 물었다.

"'오늘 밤 도착.' 그거면 충분해."

우리는 전보 요금을 치르고 여관으로 돌아왔다. 해리스가 거기 있어서, 셋이서 론세스바예스까지 걸어갔다. 우리는 수도원 안을 둘러보았다.

"굉장한 곳이군요." 나오면서 해리스가 말했다. "하지만 전 이런 곳들에는 별로 흥미가 없어요."

"저도 그렇습니다." 빌이 말했다.

"하지만 굉장한 곳이네요." 해리스가 말했다. "안 보지는 않았을 겁니다. 매일매일 와봐야지 생각했으니까."

"그래도 낚시와는 다르죠, 안 그래요?" 빌이 물었다. 그는 해리스를 좋아했다.

"그렇죠."

우리는 수도원의 오래된 예배당 앞에 서 있었다.

"저기 건너에 있는 게 술집 아닌가요?" 해리스가 물었다. "아니면 내 눈이 잘못된 건가?"

"술집같이 생겼는데요." 빌이 말했다.

"제가 보기에도 술집 같네요." 내가 말했다.

"자." 해리스가 말했다. "이용해봅시다." 그는 빌의 영향으로 이용한다는 말이 입에 붙었다.

우리는 각자 와인 한 병을 마셨다. 해리스는 기어코 우리에게 술값을 못 내게 했다.

그는 스페인어를 꽤 잘했고, 그래서 여관 주인은 우리 돈을 받으려 하지 않았다.

"말씀드리지만, 두 분이 여기 계셔서 얼마나 좋았는지 모르실 겁니다."

"우리도 정말 즐거웠어요, 해리스."

해리스는 약간 취해 있었다.

"다시 말하지만, 여기서 두 분을 만나서 제가 얼마나 좋았는지 정말 모르실 겁니다. 전쟁 이후로 재밌게 지내본 적이 없거든요."

"나중에 언제 또 같이 낚시합시다. 잊지 말아요, 해리스."

"꼭입니다. 정말로 즐거웠어요."

"한 병 더 하는 게 어때요?"

"아, 좋습니다." 해리스가 말했다.

"이건 제가 내는 겁니다." 빌이 말했다. "아니면 안 마실 거예요."

"제가 내게 해주세요. 그래야 제 기분이 좋다니까요."

"제 기분도 좋아질 겁니다." 빌이 말했다.

주인이 네 번째 병을 가져왔다. 우리는 같은 잔으로 계속 마셨다. 해리스가 잔을 들어 올렸다.

"보세요, 이거 정말 잘 이용되지 않습니까."

빌이 그의 등을 철썩 때렸다.

"해리스 이 친구."

"사실, 제 이름은 해리스가 아니에요. 윌슨해리습니다. 합쳐서 하나로요. 하이픈을 넣어서 쓰죠."

"윌슨-해리스 이 친구." 빌이 말했다. "우린 당신이 정말 마음에 드니까 해리스라고 부를게요."

"이봐요, 반스. 이 모든 게 나한테 어떤 의미인지 당신은 모를 겁니다."

"자, 한 잔 더 이용하죠." 내가 말했다.

"반스. 정말이지, 반스, 당신은 몰라요. 그렇다고요."

"쭉 들이켜요, 해리스."

우리는 해리스를 가운데 두고 론세스바예스에서 걸어서 돌아왔다. 여관에서 점심을 먹은 후 해리스는 버스 타는 곳까지 우리를 따라왔다. 그는 우리에게 런던 주소와 자신이 속한 클럽, 사무실 주소가 적힌 명함을 줬고, 우리가 버스에 오르자 봉투를 하나씩 줬다. 봉투를 열어보니 플라이 미끼가 한 다스 들어 있었다. 해리스가 직접 만든 것이었다. 그는 자기 플라이 미끼를 모두 직접 만들었다.

"아니, 해리스……." 내가 입을 열었다.

"아닙니다, 아니에요!" 그가 말했다. 그는 버스에서 내리고 있었다. "전혀 대단한 거 아니에요. 그냥 언젠가 그걸로 낚시를 하게 되면 우리가 함께했던 즐거운 시간을 떠올려주십사 해서요."

버스가 출발했다. 해리스는 우체국 앞에 서 있었다. 그가 손을 흔들었다. 버스가 길을 따라 달리자, 그는 돌아서서 여관 쪽으로 걸어갔다.

"저 해리스란 친구, 참 좋은 사람 같아." 빌이 말했다.

"정말로 즐거웠던 모양이야."

"해리스 말이야? 물론이고말고."

"팜플로나에 오면 좋을 텐데."

"저 친구는 낚시를 하고 싶어 했어."

"그래. 어쨌거나 영국인들이 서로 어떻게 어울릴지는 알 수 없으니까."

"그러게."

버스는 오후 늦게 팜플로나에 도착해 몬토야 호텔 앞에 멈췄다. 광장에서는 사람들이 축제 때 광장을 밝힐 전구줄을 달고 있었다. 버스가 멈추자 아이들 몇 명이 다가왔고, 마을의 세관 직원이 모든 사람들을 버스에서 내리게 한 다음 보도 위에 짐을 펼치게 했다. 우리는 호텔로 들어갔고, 계단 위에서 몬토야를 만났다. 그는 특유의 난처한 미소를 띠며 우리와 악수했다.

"친구분들이 와 계십니다." 그가 말했다.

"캠벨 씨가요?"

"네. 콘 씨와 캠벨 씨, 그리고 레이디 애슐리요."

그는 내가 관심 가질 이야기라도 있다는 듯이 미소 지었다.

"언제 왔습니까?"

"어제요. 두 분께서 쓰시던 방들은 그대로 됐습니다."

"고맙습니다. 캠벨 씨에게 광장 쪽 방을 주었나요?"

"네. 우리가 본 방은 다 드렸습니다."

"그 친구들은 지금 어디 있습니까?"

"펠로타를 하러 가신 것 같습니다."

"소들은 어떻습니까?"

몬토야가 미소 지었다. "오늘 밤이죠. 오늘 밤 7시에 비야르 황소들이 오고 내일은 미우라 소들이 옵니다. 모두 함께 가십니까?"

"아, 네. 그 친구들은 데센카호나다*를 본 적이 없거든요."

몬토야는 내 어깨에 손을 얹었다.

"거기서 뵙죠."

그는 다시 미소 지었다. 그는 항상 투우가 우리 둘 사이의 굉장히 특별한 비밀이라도 되는 것처럼 미소를 지었다. 상당히 충격적이지만 굉장히 깊은 비밀인 것처럼 말이다. 그리고 제삼자가 보면 그 비밀에 뭔가 외설스러운 데라도 있는 것처럼 항상 웃어 보였다. 하지만 우린 그것을 이해했다. 이해하지 못할 사람들에게는 그 비밀을 밝혀봤자 소용없는 일이다.

"친구분도 역시 '아피시오나도'이신가요?" 몬토야가 빌에게 물었다.

"네. 이 친구는 산페르민**을 보자고 뉴욕에서 여기까지 온

---

*상자우리에 든 소를 울타리 안으로 옮겨 넣는 과정.
**팜플로나의 주교인 산페르민 성인을 기리기 위한 축제. 거리에서 소 떼가 질주하는 행사로 유명하다.

걸요."

"그래요?" 몬토야가 정중하게 믿지 못하겠다는 듯이 말했다. "하지만 선생님 같은 아피시오나도는 아니시겠죠."

그는 또다시 난처하다는 듯한 태도로 내 어깨에 손을 올려놓았다.

"맞습니다. 진짜 아피시오나도예요." 내가 말했다.

"하지만 선생님 같은 아피시오나도는 아니시겠죠."

'아피시온'은 정열을 의미한다. '아피시오나도'는 투우에 열정을 가진 사람을 뜻한다. 훌륭한 투우사들은 모두 몬토야의 호텔에 묵었다. 다시 말하자면, 아피시온이 있는 사람들은 거기 머물렀다. 상업적인 투우사들은 한 번은 들를지 몰라도, 다시는 오지 않았다. 훌륭한 투우사들은 매년 왔다. 몬토야의 방에는 그들의 사진이 걸려 있었다. 후아니토 몬토야나 그의 여동생에게 헌정된 사진들이었다. 몬토야가 진정으로 신뢰하는 투우사들의 사진은 액자 속에 끼워져 있었고, 아피시온이 없는 투우사들의 사진들은 책상서랍 속에 보관했다. 간혹 사진들에는 극도의 사탕발림성 헌사들이 적혀 있었다. 하지만 그건 아무 의미가 없었다. 어느 날엔가 몬토야는 그 사진들을 모두 꺼내 휴지통에 버려버렸다. 그는 그 사진들을 원하지 않았다.

우리는 간혹 소와 투우에 대해 이야기했다. 나는 몇 년째 몬토야의 호텔에 오고 있었지만, 한 번에 길게 이야기하는 일은 절대 없었다. 그저 각자가 느낀 바를 발견하는 기쁨 때문에 이야기하는 것이다. 사람들은 먼 마을에서부터 왔고, 팜플로나를 떠나기 전에 잠깐 들러서 몬토야와 소에 대해 몇 분간 이야기하곤 했다. 이 사람들은 아피시오나도였다. 아피시오나도는 호텔이 꽉 찼을 때에도 언제나 방을 얻을 수 있었다. 몬토야는 그들 중 몇몇을 내게 소개해주었다. 그들은 항상 처음에는 굉장히 예의발랐고, 내가 미국인이라는 것을 굉장히 재미있어했다. 어쩐 일인지 미국인은 아피시온을 가질 수 없다는 게 당연한 사실로 간주되고 있었다. 미국인들은 아피시온을 북돋우거나 흥분과 혼동할 수는 있을지 몰라도 진짜로 가질 수는 없다는 것이다. 내가 아피시온을 가졌다는 것을 알면—물론 그걸 알아낼 수 있는 암호나 일정한 질문이 있는 것도 아니며, 오히려 그 과정은 항상 약간 방어적이고 몹시 애매모호한 질문들로 이루어진 일종의 정신적인 구두시험 같은 것이었다—똑같이 난처한 듯한 태도로 어깨에 손을 올리거나 "부엔 옴브레(좋은 분이군요)"라고 말하는 것이었다. 하지만 거의 대부분 실제적인 접촉이 있었다. 마치 그걸 확신하기 위해서 만져보고 싶어 하는 것 같았다.

　몬토야는 아피시온이 있는 투우사라면 뭐든지 용서했다. 신경과민이나 공포, 설명할 수 없는 나쁜 짓, 온갖 종류의 잘못도 다 용서했다. 아피시온이 있는 사람을 위해서는 어떤 일이라도 다 용서해줄 수 있었다. 그는 즉시 내 친구들을 다 용서했다. 그는 한마디도 하지 않았지만, 그들은 우리 사이에서 뭔가 약간 수치스런 존재였다. 투우 경기 중 말의 내장이 쏟아져 나오는 것처럼 말이다.

빌은 들어오자마자 곧장 위층으로 올라갔다. 그는 방에서 씻고 옷을 갈아입고 있었다.

"그래, 스페인어는 많이 했나?" 그가 말했다.

"오늘 밤 오는 황소들에 대해 이야기했어."

"이 친구들 찾으러 가보자고."

"좋아. 아마 카페에 있겠지."

"표는 있어?"

"있지. 소 내리는 걸 다 볼 수 있는 표를 구했지."

"어떤데?" 그는 거울 앞에서 뺨을 잡아당기며 턱 아래 면도가 덜 된 부분이 있는지 살폈다.

"꽤 흥미 있어." 내가 말했다. "황소를 한 번에 한 마리씩 상자우리에서 꺼내고, 울타리 안에는 이 황소들을 맞이해서 싸우지 않게 하려고 거세된 소들을 넣어두는 거야. 그러면 황소들이 거세된 소들을 향해 달려들고, 그럼 거세된 소들은 놈들을 진정시키려고 노처녀들처럼 사방으로 뛰어다니지."

"거세소를 들이받는 일은 없나?"

"당연히 있지. 곧장 달려들어서 죽여버릴 때도 있는걸."

"거세소들은 아무것도 못 하나?"

"못 해. 녀석들은 친구가 되려고 애써."

"왜 녀석들을 그 안에 넣어두는 거야?"

"황소들을 진정시키려고. 돌벽을 받아서 뿔을 부러뜨리거나 서로 죽이지 않게 하려고 그러는 거야."

"거세소들 신세 참 멋들어지는군."

우리는 계단을 내려가 밖으로 나갔고 광장을 가로질러 카페 이루냐로 갔다. 광장에는 고적해 보이는 매표소가 두 개 서 있었다. '솔', '솔 이 솜브라', '솜브라'*라고 표시된 창구들은 모두 닫혀 있었다. 축제 전날까지는 열지 않을 것이다.

광장 저쪽에는 이루냐의 하얀 등나무 테이블과 의자들이 아케이드를 넘어 길가까지 나와 있었다. 나는 브렛과 마이크가 있는지 테이블을 훑어봤다. 거기 있었다, 브렛과 마이크와 로버트 콘이. 브렛은 바스크 베레모를 쓰고 있었고, 마이크도 그랬다. 로버트 콘은 모자 없이 안경만 쓰고 있었다. 우리가 오는 걸 보고 브렛이 손을 흔들었다. 테이블로 다가가자 그녀가 눈웃음을 지었다.

"안녕, 친구들!" 그녀가 외쳤다.

브렛은 행복한 표정이었다. 마이크는 강렬한 감정을 악수로 표현하는 사람이었다. 로버트 콘은 우리가 돌아왔기 때문에 악수를 했다.

"도대체 자넨 어디 있었던 거야?" 내가 물었다.

"이 두 사람을 내가 여기 데려왔지." 콘이 말했다.

"터무니없는 소리!" 브렛이 말했다. "당신이 오지 않았으면 우린 여기 더 일찍 왔을 거라고."

"안 그랬으면 당신들은 여기 절대 안 왔을걸."

"터무니없는 소리! 두 사람은 탔네요. 빌 좀 봐."

---

*'태양', '태양과 그림자', '그림자'라는 뜻의 스페인어로, 투우장에서 '볕이 드는 자리', '볕이 들다 그늘이 지는 자리', '그늘이 지는 자리'를 말한다.

"낚시는 즐거웠나?" 마이크가 물었다. "우리도 같이 가고 싶었는데."

"나쁘지 않았어. 우리도 자네들이 보고 싶었어."

"나도 가고 싶었어." 콘이 말했다. "하지만 이 사람들을 데려와야 할 것 같아서."

"당신이 우릴 데려왔다니. 터무니없는 소리야."

"정말로 좋았나?" 마이크가 물었다. "고기는 많이 잡았고?"

"각자 열두 마리씩 잡은 날도 있어. 거기 영국 사람도 하나 와 있었어."

"해리스라는 사람인데." 빌이 말했다. "혹시 아나, 마이크? 그 사람도 전쟁에 참전했다는데."

"운이 좋은 친구군." 마이크가 말했다. "그땐 굉장했지. 그 좋은 시절이 다시 돌아오면 좋을 텐데."

"말도 안 되는 소리 하지 마."

"전쟁에 나갔었나, 마이크?" 콘이 물었다.

"당연하지."

"아주 훌륭한 군인이었답니다." 브렛이 말했다. "당신 말이 피커딜리에서 질주했을 때 이야기 해줘봐."

"안 할 거야. 벌써 네 번이나 했다고."

"나한테는 한 적 없는데." 로버트 콘이 말했다.

"그 이야기는 안 할 거야. 내 명예만 실추되거든."

"그럼 당신 훈장 이야기를 해."

"싫어. 그 이야기를 하면 더 실추돼."

"무슨 이야기이기에 그래?"

"브렛이 말해줄 거야. 내 명예를 실추시킬 이야기라면 다 하니까."

"자, 해보라고, 브렛."

"내가 해야 해?"

"내가 직접 하지."

"무슨 훈장을 탄 거야, 마이크?"

"아무 훈장도 안 탔어."

"틀림없이 좀 탔겠지."

"흔한 훈장이라면 있는 것도 같아. 하지만 받으러 간 적이 없었어. 한번은 굉장한 만찬이 있었는데, 황태자가 온다는 거야. 초대장에 훈장을 달고 오라고 적혀 있더라고. 당연히 난 훈장이라곤 없었지. 그러다가 재단사한테 들렀는데, 이 사람이 그 초대장을 보고 감탄하는 거야. 그래서 좋은 기회라고 생각하고 말했지. '자네가 훈장을 좀 구해줘야겠어.' 그랬더니, '무슨 훈장 말입니까, 나리?' 그래서 또 말했지. '아, 아무거나. 그냥 몇 개 좀 구해주게.' 그가 그러더군. '어떤 훈장을 갖고 싶으세요, 나리?' 그래서 말했지. '내가 어떻게 알겠나?' 내가 내내 무슨 관보 따위나 읽으면서 사는 줄 아나? '그냥 좋은 걸로 줘. 자네가 고르라고.' 그래서 그 재단사가 훈장을 몇 개 구해줬지. 작은 훈장들로. 나는 그 상자를 받아서 주머니에 넣고 잊어버렸어. 하여간 만찬에 갔는데, 바로 그날 밤에 헨리 윌슨*이 총에 맞은 거야. 그러니 황태자도 안 오고 국왕도 오지 않았지.

아무도 훈장을 안 달았고, 단 녀석들도 떼느라고 정신이 없었고. 난 훈장을 주머니에 넣고 있었고."

그는 우리가 웃을 수 있도록 말을 멈추었다.

"그게 다야?"

"다야. 내가 이야기를 제대로 안 했나보군."

"맞아." 브렛이 말했다. "하지만 상관없어."

우리는 모두 웃음을 터뜨렸다.

"아, 맞다." 마이크가 말했다. "이제 생각났네. 정말 지루한 만찬이었어. 끝까지 있을 수가 없어서 중간에 나와버렸거든. 그런데 그날 밤 늦게 주머니 속에서 상자를 발견한 거야. 이게 뭐지? 훈장이네? 빌어먹을 군인훈장? 그래서 뒤에 붙은 걸 다 떼버리고—왜 있잖아, 훈장들은 헝겊 조각 위에다 붙여놓잖아—다 나눠줘버렸어. 여자들에게 하나씩. 기념품으로 말이야. 그 여자들은 내가 굉장한 군인이라고 생각했을 거야. 나이트클럽에서 훈장을 나눠주다니. 멋진 사람 같으니."

"나머지도 말해줘." 브렛이 말했다.

"웃기지 않아?" 마이크가 물었다. 우린 모두 웃었다. "웃겼어. 정말 웃겼어. 하여간 내 재단사가 편지를 써서 훈장을 돌려달라는 거야. 사람도 보내고, 한 몇 달 줄기차게 편지를 쓰더군. 어떤 녀석이 소제를 하려고 훈장을 맡긴 모양이더라고. 훈장을 애지중지하는 무시무시한 군인 녀석이." 마이크가 말을

---

*헨리 윌슨 경(1864~1922). 1차 세계대전 당시 영국의 야전사령관이었으며 전쟁 후 아일랜드 공화군에게 암살당했다.

멈췄다. "재단사가 재수가 없었던 거지."

"설마." 빌이 말했다. "재단사에게도 멋진 경험이었겠지."

"지독하게 훌륭한 재단사였어. 지금의 날 보면 안 믿겠지만." 마이크가 말했다. "옛날에는 그 사람한테 1년에 100파운드를 줬어. 그냥 계산서 같은 거 안 보내고 조용히 있게 하려고. 그러니 내가 파산했을 때는 그 사람한테도 큰 타격이었지. 훈장 사건 직후였어. 그러니 편지 어투도 꽤나 가차 없었고."

"어떻게 파산한 건가?" 빌이 물었다.

"두 가지 방식으로." 마이크가 말했다. "서서히, 그러고는 갑자기."

"원인은?"

"친구들이지." 마이크가 말했다. "난 친구가 많았어. 가짜 친구들. 그리고 채권자들도 많았지. 영국에서 나보다 채권자가 많은 사람은 없었을걸."

"법원에서의 일도 이야기해줘." 브렛이 말했다.

"기억이 안 나." 마이크가 말했다. "약간 취해 있었거든."

"취해 있었다고!" 브렛이 외쳤다. "인사불성이었으면서!"

"놀라운 건 말이지." 마이크가 말했다. "일전에 옛 동업자를 만난 적이 있는데, 나한테 술을 한잔 사더라는 거야."

"당신의 그 잘난 변호인 이야기도 들려주지그래." 브렛이 말했다.

"안 할 거야." 마이크가 말했다. "내 잘난 변호인도 인사불성이었거든. 이 이야기는 우울해. 가서 소 내리는 거나 보지?"

"가자."

우리는 웨이터를 불러 돈을 내고 시내를 가로질러 걷기 시작했다. 처음에는 내가 브렛과 함께 걸어갔지만, 로버트 콘이 와서 브렛을 데리고 길 건너편으로 갔다. 우리 셋은 함께 걸어갔다. 발코니에 기가 걸려 있는 시청을 지나고 시장을 지나 가파른 길을 내려가 아르가 강을 건너는 다리에 도달했다. 많은 사람들이 황소를 구경하러 걸어가고 있었고, 마차들이 언덕을 내려와서 다리를 건넜다. 거리를 걷는 사람들 머리 위로 마부와 말, 휘두르는 채찍이 보였다. 우리는 다리를 건너 황소 울타리로 가는 길에 접어들었다. 창문에 "좋은 와인, 1리터에 30상팀"이라고 쓰인 와인 가게 앞을 지나갔다.

"돈이 궁해지면 저기 가면 되겠네." 브렛이 말했다.

와인 가게 문 앞에 서 있던 여자가 우리가 지나가는 걸 보더니 집 안에 있는 누군가를 불렀고, 여자 셋이 창문에 붙어 우리를 쳐다봤다. 그들은 뚫어져라 브렛을 쳐다보았다.

울타리 입구에서는 남자 둘이 입장객들에게서 표를 받고 있었다. 우리는 문 안으로 들어갔다. 안에는 나무들과 나지막한 돌집이 있었다. 저쪽 끝에는 울타리의 돌벽이 있었는데, 양쪽 울타리의 벽을 따라 온통 총안처럼 생긴 구멍들이 돌에 나 있었다. 벽에는 위로 올라가는 사다리가 놓여 있었고, 사람들이 사다리를 올라가서 울타리 두 개를 가르고 있는 벽 위에 흩어져 섰다. 나무 아래 풀밭을 가로질러 사다리 쪽으로 가다보니, 황소가 들어 있는 커다란 회색 우리가 있었다. 이 이동식 우리에는 각각 황소가 한 마리씩 들어 있었다. 황소들은 카스티야의 황소 사육 농장에서 기차를 타고 와서 역에서 무개화차로 이곳까지 운송된 다음 상자우리에서 울타리로 들어가게 된다. 각 상자우리에는 사육자의 이름과 도장이 찍혀 있었다.

우리는 올라가서 벽 위에 자리를 잡고 울타리 안을 내려다보았다. 회반죽이 칠해진 돌벽에, 바닥에는 밀짚이 깔려 있었고, 벽 옆에는 나무 사료 상자들과 물통이 놓여 있었다.

"저기 봐." 내가 말했다.

강 건너에는 고원 마을이 솟아 있었다. 옛 성벽과 누벽 위에 사람들이 잔뜩 서 있었다. 세 겹의 요새가 사람들로 이루어진 세 개의 검은 선을 만들었다. 성벽 너머 집의 창문들에도 사람들 머리가 보였다. 고원 저쪽 끝에는 소년들이 나무 위에 올라가 있었다.

"무슨 일이 일어날 거라 생각하나보지." 브렛이 말했다.

"황소를 보고 싶은 거야."

마이크와 빌은 울타리 건너편의 벽 위에 있었다. 그들이 우리에게 손을 흔들었다. 늦게 온 사람들이 우리 뒤에 서 있다가, 다른 사람들이 밀려 들어와 혼잡해지자 우리와 부딪혔다.

"왜 시작하지 않는 거야?" 로버트 콘이 물었다.

사람들이 노새를 상자우리 하나에 맸고, 노새는 상자를 울타리 입구까지 바싹 끌고 왔다. 사람들이 벽 위에 서서 울타리 문을 끌어올려 연 다음 상자우리의 문도 열 준비를 갖추었다. 울타리 건너편 끝에 있는 문이 열리더니 거세된 소 두 마리가 들어왔다. 소들이 머리를 흔들며 종종걸음을 치자 마른 옆구리가 출렁거렸다. 소들은 황소가 들어올 문 쪽을 바라보며 반대쪽에 모여 섰다.

"즐거워 보이지 않는걸." 브렛이 말했다.

벽 위에 선 남자들이 몸을 뒤로 젖히며 울타리의 문을 끌어올렸다. 그러고는 상자우리의 문도 끌어올렸다.

나는 벽 너머로 몸을 한껏 빼서 상자우리 안을 들여다보려고 애썼다. 우리 안은 어두웠다. 누군가 우리를 금속 막대로 두드렸다. 안에서 폭발하는 것 같은 소리가 났다. 황소가 뿔로 이쪽저쪽 나무벽을 치며 엄청난 소리를 냈다. 시커먼 주둥이와 뿔 그림자가 보이더니, 다음 순간 빈 상자가 덜거덕거리는 소리와 함께 황소가 울타리 안으로 돌진해 들어왔다. 황소는 밀짚에 앞발이 미끄러지며 멈추더니 고개를 치켜들고 돌벽 위의 군중을 쳐다봤다. 목 부분의 엄청난 근육 덩어리가 부풀어 올라 팽팽해졌고 온몸의 근육이 떨렸다. 거세소 두 마리는 물러서서 벽에 바싹 붙어 고개를 숙인 채 황소를 쳐다봤다.

황소가 그들을 보더니 돌진했다. 한 남자가 나무 상자 뒤에서 고함을 지르며 모자로 판자를 후려쳤다. 그러자 황소는 거세소들에게 도달하기 전 방향을 틀어 전열을 가다듬더니 남자가 있던 곳을 향해 돌진했다. 녀석은 판자 뒤로 오른쪽 뿔을 이리저리 여섯 번 빠르게 쑤셔 넣어 남자를 찌르려고 했다.

"세상에, 멋지잖아!" 브렛이 말했다. 녀석은 우리들 바로 밑에 있었다.

"녀석이 뿔을 얼마나 잘 쓰는지 잘 봐." 내가 말했다. "권투 선수처럼 왼쪽, 오른쪽을 구분하거든."

"설마?"

"봐봐."

"너무 빨라."

"기다려봐. 곧 한 마리가 더 들어올 거니까."

사람들이 입구에 상자우리를 하나 더 갖다 붙였다. 반대쪽에서 한 남자가 판자 엄호물 뒤에서 황소의 주의를 끌었다. 황소가 문에서 시선을 돌리는 사이에 문이 올라가고 두 번째 황소가 울타리 안으로 들어왔다.

황소가 곧장 거세소들을 향해 돌진하자, 두 남자가 상자 뒤에서 달려나와 고함을 지르며 방향을 돌리려고 했다. 황소가 방향을 바꾸지 않자 남자들이 "하! 하! 토로*!"라고 외치며 팔을 흔들었다. 거세소 두 마리는 돌격을 받아내기 위해 비스듬히 방향을 틀었다. 황소가 그중 한 마리를 들이받았다.

"보지 마." 나는 브렛에게 말했다. 그녀는 홀린 듯이 보고 있었다.

"좋아." 내가 말했다. "충격 안 받으면."

"나 봤어." 그녀가 말했다. "녀석이 왼쪽 뿔에서 오른쪽 뿔로 바꾸는 걸 봤다고."

"대단해!"

---

*황소를 뜻하는 스페인어.

거세소는 뻗어서 목을 죽 빼고 고개가 돌아간 채 쓰러진 그대로 누워 있었다. 갑자기 황소가 돌아서더니 반대쪽에 서서 고개를 흔들며 지켜보고 있던 다른 거세소를 향해 달리기 시작했다. 거세소는 어설프게 도망쳤고, 황소는 녀석을 잡아 옆구리를 가볍게 찔렀다. 그러더니 돌아서서 목덜미 근육을 부풀린 채 벽 위의 군중을 쳐다봤다. 거세소가 다가와서 냄새라도 맡는 듯이 코를 비비자, 황소는 열의 없이 뿔로 쿡 찔렀다. 다음 순간 황소가 거세소의 냄새를 맡았고, 두 녀석은 다른 황소를 향해 총총 다가갔다.

다음 황소가 들어오자 세 마리, 즉 황소 두 마리와 거세소가 다 같이 머리를 나란히 해서 신입을 향해 뿔을 들이민 채 섰다. 몇 분 후 거세소가 새 황소에게 다가가 진정시켜 무리의 일원으로 만들었다. 마지막 황소 두 마리를 내렸을 때, 소 떼는 모두 함께 있었다.

상처 입은 거세소는 일어나서 돌벽에 기대어 서 있었다. 황소들은 아무도 녀석에게 다가가지 않았고, 녀석 역시 무리에 섞이려는 시도도 하지 않았다.

우리는 사람들과 함께 벽에서 내려와서 울타리의 벽 구멍을 통해 마지막으로 황소들을 구경했다. 소들은 이제 모두 고개를 숙인 채 조용히 있었다. 우리는 바깥에서 마차를 잡아타고 카페로 왔다. 마이크와 빌은 30분 뒤에 왔다. 오는 길에 몇 잔 하고 왔기 때문이다.

우리는 카페에 앉아 있었다.

"굉장한 일이야." 브렛이 말했다.

"마지막에 들어간 그 두 마리도 첫 번째 녀석과 마찬가지로 잘 싸울까?" 로버트 콘이 물었다. "그 황소들은 순식간에 얌전해지는 것 같던데."

"모두 서로를 아니까." 내가 말했다. "녀석들은 혼자 있거나 아니면 두셋만 함께 있을 때가 위험해."

"위험하다는 게 무슨 말이야?" 빌이 물었다. "내가 보기엔 다 위험해 보이던데."

"황소들은 혼자 있을 때만 죽이고 싶어 하거든. 물론, 자네가 그 안에 들어간다면 자넨 아마도 그중 하나를 무리에서 떼놓을 거고, 그럼 녀석은 위험해지겠지."

"너무 복잡해." 빌이 말했다. "날 절대 무리에서 떼어내면 안 돼, 마이크."

"있지." 마이크가 말했다. "아주 훌륭한 황소들이었어, 안 그래? 그 뿔 봤어?"

"물론." 브렛이 말했다. "뿔이 그렇게 생긴 줄 전혀 몰랐어."

"거세된 소를 들이받던 녀석 봤어?" 마이크가 물었다. "그놈이 대단했어."

"거세소 처지는 재미없겠어." 로버트 콘이 말했다.

"그렇게 생각해?" 마이크가 말했다. "난 자네가 거세소처럼 구는 걸 좋아하는 줄 알았지, 로버트."

"무슨 소리 하는 거야, 마이크?"

"녀석들은 너무 조용히 살잖아. 아무 말도 안 하고 항상 달라붙어서 맴돌고."

우리는 당황했다. 빌이 웃음을 터뜨렸다. 로버트 콘은 화가 났다. 마이크는 계속 말했다.

"난 자네가 좋아하는 줄 알았지. 아무 말도 안 해도 되고 하니. 자, 로버트. 뭐라고 말 좀 해봐. 거기 그렇게 앉아 있지만 말고."

"나도 말 했어, 마이크. 생각 안 나나? 거세소에 대해서."

"아, 더 말해보라고. 재밌는 걸로. 우리가 다들 재미있게 놀고 있는 거 안 보여?"

"그만해, 마이클. 당신 취했어." 브렛이 말했다.

"난 안 취했어. 심각하다고. 로버트 콘은 거세소처럼 내내 브렛 꽁무니를 쫓아다닐 건가?"

"닥쳐, 마이클. 제대로 된 가문 자식답게 굴어."

"가문 따위 엿 먹으라 그래. 누구한테 가문 같은 게 있는데, 어? 황소들이나 있지. 황소들 멋지지 않아? 정말 멋졌지, 빌? 왜 아무 말도 안 해, 로버트? 무슨 장례식이나 온 것처럼 그렇게 앉아 있지 마. 브렛이 당신이랑 잤으면 뭐, 어쩌라고? 브렛은 자네보다 훨씬 나은 사람들과 수두룩하게 잤거든."

"닥쳐!" 콘이 벌떡 일어나며 외쳤다. "입 닥쳐, 마이크."

"아, 일어나서 날 한 대 칠 것처럼 굴지 마. 그래 봤자 난 아무렇지도 않으니까. 말해봐, 로버트. 왜 불쌍한 거세소처럼 브렛 뒤를 졸졸 따라다니는 거지? 자네를 원하지 않는 거 모르겠나? 난 내가 환영받지 못할 때를 알지. 자넨 왜 그걸 모르지?

반기는 사람도 없는데 왜 산세바스티안에 와서 거세소처럼 브렛 꽁무니를 따라다녔어. 그게 잘한 짓이라고 생각하나?"
"입 다물어. 자넨 취했어."
"취했을지도 모르지. 자넨 왜 안 취하나? 왜 취하는 법이 없어, 로버트? 자넨 산세바스티안에서 하나도 재미없었잖아. 우리 친구들이 아무도 자네를 파티에 초대하려 하지 않았으니까. 그 사람들을 비난할 수 없을 거야, 안 그래? 난 좀 초대하라고 부탁도 했어. 그런데 싫대. 이제 와서 그 친구들을 비난할 수는 없지, 안 그래? 자, 대답해봐. 비난할 수 있겠어?"
"꺼져버려, 마이크."
"난 비난 못 해. 자넨 할 수 있어? 왜 브렛을 쫓아다니는 거야? 자넨 예의도 없나? 내 기분이 어떨 것 같아?"
"당신이 예의를 논하다니 대단하네." 브렛이 말했다. "예의도 바르셔라."
"가지, 로버트." 빌이 말했다.
"왜 브렛 꽁무니를 따라다니는 거지?"
빌이 일어나서 콘을 잡았다.
"가지 마." 마이크가 말했다. "로버트 콘이 한잔 살 건데."
빌은 콘을 데리고 나갔다. 콘의 얼굴은 창백했다. 마이크는 계속해서 말했다. 나는 앉아서 잠시 더 들었다. 브렛은 정떨어진 표정이었다.
"마이클, 당신은 그렇게 나쁜 인간은 아닐 거야." 브렛이 끼어들었다. "저 사람 말이 옳지 않다고 말하는 건 아니야, 알지?" 그녀가 나를 돌아보고 말했다.

마이크의 목소리에는 더 이상 화가 실려 있지 않았다. 우리는 모두 친구였다.

"나 보기보다 안 취했어." 그가 말했다.

"알아." 브렛이 말했다.

"우리 중에 멀쩡한 사람은 아무도 없어." 내가 말했다.

"내 말은 다 진심이었어."

"하지만 당신은 너무 못되게 말했어." 브렛이 웃었다.

"하지만 그 녀석이 나빴어. 아무도 원하지 않는데 산세바스티안까지 온 건 그 인간이라고. 그러고는 브렛 주위를 맴돌면서 계속 쳐다보기만 하는 거야. 얼마나 짜증 났는지 알아."

"아주 형편없이 굴긴 했지." 브렛이 말했다.

"잘 들어. 브렛은 전에도 남자들이랑 연애했어. 나한테 뭐든 다 말하지. 이 콘이라는 작자가 쓴 편지도 읽어보라고 줬어. 난 안 읽었지만."

"퍽이나 고상하셔라."

"아니, 들어봐, 제이크. 브렛은 전에도 남자들이랑 훌쩍 떠나곤 했어. 하지만 유대인은 없었다고. 그리고 나중에 와서 주변을 맴돈 인간도 없었고."

"아주 좋은 사람들이었어." 브렛이 말했다. "이런 이야기 다 바보 같아. 마이클과 나는 서로 이해하니까."

"브렛이 내게 로버트 콘의 편지를 줬어. 난 읽고 싶지 않았고."

"당신은 아무 편지도 안 읽잖아. 내 편지도 안 읽으면서."

"난 편지는 못 읽겠어." 마이크가 말했다. "웃기지, 안 그래?"

"당신은 아무것도 못 읽어."

"아냐. 그건 당신이 잘못 짚었어. 난 꽤 많이 읽는다고. 집에 있을 때면 책을 읽거든."

"다음엔 글이라도 쓸 기세네." 브렛이 말했다. "자, 마이클. 기운 내. 이제 이 일은 끝내야 해. 그 사람이 여기 있잖아. 축제를 망치지 마."

"음, 그럼 그 작자한테 똑바로 행동하라 그래."

"그럴 거야. 내가 말할게."

"자기가 말해, 제이크. 똑바로 행동하든지 가든지 하라고."

"알았어." 내가 말했다. "내가 말하는 게 좋겠군."

"이봐, 브렛. 제이크한테 로버트가 당신을 뭐라고 부르는지 말해줘. 그거 정말 걸작이야."

"안 돼. 난 못 해."

"해봐. 우린 모두 친구잖아. 안 그래, 제이크?"

"난 말 못 해. 너무 우스꽝스러워."

"내가 말할게."

"그러지 마, 마이클. 못되게 굴지 마."

"그 작자는 브렛을 키르케\*라고 불러." 마이크가 말했다. "남자들을 돼지로 만든다고 주장하면서. 멋지잖아. 나도 그런 문필가였으면 좋겠네."

---

\*그리스 신화에 나오는 마녀. 인간을 동물로 바꾸는 마법을 지녀서 오디세우스의 부하들을 모두 돼지로 만들었다.

"이이도 하면 잘할 거야." 브렛이 말했다. "편지를 잘 쓰니까."

"나도 알아." 내가 말했다. "산세바스티안에서 내게 편지를 썼잖아."

"그건 약과야." 브렛이 말했다. "엄청나게 재미있는 편지도 쓸 수 있어."

"그건 브렛 때문에 쓴 편지야. 아픈 걸로 되어 있었거든."

"진짜 아팠어."

"이봐." 내가 말했다. "들어가서 저녁 먹어야 해."

"콘을 만나면 어쩌지?" 마이크가 말했다.

"그냥 아무 일도 없던 척해."

"난 괜찮아." 마이크가 말했다. "난 난처하지 않아."

"콘이 뭐라고 하면 그냥 취했었다고 해."

"좋아. 웃기지만 난 진짜 취했던 것 같아."

"가자." 브렛이 말했다. "이 독극물 값은 치른 거야? 난 저녁 먹기 전에 목욕해야겠어."

우리는 광장을 가로질러 걸었다. 날은 어두워졌지만, 광장 주위는 온통 아케이드 아래 카페에서 나오는 불빛들로 빛났다. 우리는 나무 아래 자갈길을 걸어 호텔로 왔다.

그들은 계단을 올라갔고 나는 몬토야와 이야기하러 잠시 멈추었다.

"황소들은 어땠습니까?" 그가 물었다.

"좋았습니다. 훌륭한 소들이더군요."

"괜찮았어요." 몬토야가 고개를 저었다. "하지만 최상급은 아니었습니다."

"어떤 점이 마음에 안 들었습니까?"

"모르겠습니다. 그냥 굉장히 훌륭하다는 느낌은 안 들었어요."

"무슨 말인지 알겠어요."

"괜찮기는 하지요."

"네. 괜찮죠."

"친구분들은 어땠습니까?"

"좋아했습니다."

"잘됐군요." 몬토야가 말했다.

나는 위층으로 올라갔다. 빌은 자기 방 발코니에서 광장을 바라보고 있었다. 나는 그 옆에 섰다.

"콘은 어디 있어?"

"위층 자기 방에."

"기분은 어때?"

"당연히 엉망이지. 마이크가 너무했어. 그 친구 취하니까 아주 끔찍하더군."

"그렇게 취하지는 않았어."

"무슨 소리. 우리가 카페에 오기 전까지 마신 게 얼만데."

"나중에는 술이 깼어."

"좋아. 하여간 끔찍했어. 나도 콘을 좋아하지는 않아. 하느님이 아시지. 그리고 그 친구가 산세바스티안으로 간 것도 어리석은 짓이라고 생각해. 하지만 마이크처럼 이야기해서는 안 되는 거야."

"황소들은 어땠어?"

"대단하더군. 황소들을 모는 솜씨가 정말 대단했어."

"내일은 미우라 소들이 와."

"축제는 언제 시작하지?"

"모레."

"마이크가 그렇게 취하는 일이 없도록 우리가 막아야 해. 그런 일은 끔찍해."

"저녁 먹기 전에 씻는 게 좋겠어."

"그러지. 즐거운 저녁이 되겠네."

"그렇지?"

사실 저녁식사는 즐거웠다. 브렛은 소매 없는 검은 이브닝드레스를 입었다. 무척이나 아름다웠다. 마이크는 아무 일도 없던 것처럼 행동했다. 나는 올라가서 로버트 콘을 데려와야만 했다. 그는 말없이 딱딱하게 행동했고, 얼굴은 여전히 긴장되고 창백했다. 하지만 결국에는 기분이 풀렸다. 그는 브렛에게서 눈을 떼지 못했다. 그러는 게 행복한 것 같았다. 그렇게 아름다운 모습의 그녀를 바라볼 수 있어서, 또 자신이 그녀와 함께 여행했고 모두가 그 사실을 알고 있어서 아주 기쁜 것 같았다. 아무도 그 사실을 그에게서 빼앗아 갈 수 없었다. 빌은 정말 웃겼고, 마이크도 그랬다. 그들은 죽이 잘 맞았다.

전쟁 중의 어느 날 저녁식사가 생각났다. 그날도 와인이 넘쳤고, 애써 무시한 긴장감이 흘렀고, 막을 수 없는 무엇인가가 닥쳐오고 있다는 느낌이 있었다. 나는 와인에 취해 혐오감을 잊고 행복해졌다. 모두들 너무나 좋은 사람들 같았다.

# 14장

 언제 침대에 들어갔는지 모르겠다. 옷을 벗고 가운을 입고 발코니에 서 있었던 것은 기억난다. 난 꽤나 취했고, 방에 들어와서는 침대 머리맡 등불을 켜고 책을 읽기 시작했다. 투르게네프의 책이었다. 아마 두 페이지를 몇 번이고 다시 읽었던 것 같다. 《사냥꾼의 일기》 중 한 편이었다. 전에 읽은 이야기였지만, 완전히 새로운 느낌이었다. 시골 풍경이 선명하게 다가오면서 머리를 짓누르던 압박감이 줄어드는 것 같았다. 너무나 취해서 눈을 감고 싶지 않았다. 눈을 감으면 방이 빙빙 돌았기 때문이다. 계속 책을 읽으면 어지러운 느낌이 사라질 것 같았다.
 브렛과 로버트 콘이 계단을 올라오는 소리가 들렸다. 콘이 방 밖에서 인사를 하고 위층 자기 방으로 올라갔다. 브렛이 옆방으로 들어가는 소리가 들렸다. 마이크는 벌써 자고 있었다. 그는 한 시간 전 나와 함께 돌아왔다. 그녀가 들어가자 그는 잠이 꼈고, 그들은 함께 이야기를 나누었다. 웃음소리도 들렸다. 나는 불을 끄고 자려고 애썼다. 더 이상 책을 읽을 필요는 없었다. 눈을 감아도 어지럽지 않았다. 하지만 잠이 오지 않았다. 어둡다고 해서 밝을 때와 다르게 사물을 봐야 할 이유는 없다. 정말이지 그럴 이유는 없다!

이 문제에 대한 해답은 전에 다 생각했었다. 그래서 나는 6개월 동안 내내 불을 켜놓고 잤다. 좋은 생각이 또 하나 있었다. 어쨌든 여자들이 다 꺼져버리면 되는 것이다. 당신도 꺼져버려, 브렛 애슐리.

여자들은 굉장히 좋은 친구들이었다. 끔찍하게 좋은. 여자들과 우정의 토대를 쌓으려면 우선 사랑에 빠져야 한다. 나는 브렛을 친구로 두고 있었지만, 그녀 입장에 대해서는 생각해보지 않았다. 나는 공짜로 뭔가를 받고 있었다. 하지만 그건 계산서 제시를 연기할 뿐이었다. 계산서는 어김없이 왔다. 그건 언제나 믿을 수 있는 일이었다.

나는 계산을 다 치렀다고 생각했다. 여자처럼 치르고, 치르고, 또 치르지는 않는다. 보복이나 처벌 같은 생각도 없다. 그냥 가치 교환일 뿐이다. 뭔가를 포기하면 다른 것을 받는다. 아니면 뭔가를 위해 일하는 거다. 조금이라도 가치가 있는 것이라면 다 어떤 식으로든 대가를 치르는 것이다. 나는 대가를 지불하고 내가 좋아하는 것들을 얻었다. 즐겁게 살기 위해서. 대가는 배워서 치르기도 하고, 경험으로 치르기도 하며, 운이나 돈으로 지불하기도 한다. 삶을 즐긴다는 것은 돈을 지불한 만큼의 가치를 얻는 법을 배우고 그걸 언제 얻을 것인지 아는 것이다. 지불한 만큼의 가치는 얻을 수 있다. 세상은 돈으로 사기 좋은 곳이다. 훌륭한 철학 같았다. 하지만 5년만 지나도 전에 가졌던 다른 훌륭한 철학들과 마찬가지로 어리석게 느껴질 것이다.

그러나 어쩌면 그건 사실이 아닐 수도 있다. 어쩌면 살아가면서 진짜로 뭔가를 배울지도 모른다. 그게 뭐든 상관없었다. 그저 세상 속에서 어떻게 살아가야 하는지를 알고 싶을 뿐이다. 어쩌면 어떻게 살아가야 하는지를 알게 되면 그걸 통해 그게 무엇인지 배우게 될지도 모른다.

마이크가 콘에게 그렇게 모질게 굴지 않았더라면 좋았을 거라는 생각이 들었다. 마이크는 술버릇이 고약했다. 브렛은 술버릇이 없었다. 빌도 술버릇이 없었다. 콘은 절대 취하는 법이 없었다. 마이크는 어느 선을 넘어가면 불쾌한 인간이 됐다. 나는 그가 콘에게 상처 주는 것을 좋아하며 봤지만, 그가 그러지 않기를 바랐다. 나중에 나 자신을 혐오하게 되기 때문이다. 그게 도덕이다. 나중에 혐오감을 느끼게 만드는 것들. 아니, 그건 부도덕이어야 한다. 이건 대단한 명제군. 밤에는 왜 이렇게 온갖 허튼소리들을 생각하는지 모르겠다. 터무니없는 소리. 브렛의 목소리가 들리는 것 같았다. 터무니없는 소리! 영국인들과 같이 있다보면 생각 속에서도 영국식 표현을 사용하는 버릇이 생긴다. 영국의 구어—어쨌거나 상류층의 구어—는 분명 에스키모어보다 어휘수가 적을 것이다. 물론 난 에스키모어에 대해서는 아무것도 모른다. 어쩌면 에스키모어는 훌륭한 언어일지도 모른다. 체로키어라고 하자. 그런데 체로키어도 하나도 모르기는 마찬가지군. 영국인들의 말에는 억양이 있다. 하나의 구절로 온갖 의미를 다 전달할 수 있는 것이다. 하지만 난 영국인들을 좋아했다. 그들이 말하는 방식을 좋아했다. 해리스를 예로 들어보자. 하지만 해리스는 상류계급 사람이 아니었다.

나는 다시 불을 켜고 책을 읽었다. 투르게네프를 읽었다. 브랜디를 너무 많이 마셔서 과민해진 상태로 책을 읽으면 그걸 어딘가에 기억해뒀다가 나중에 실제로 겪은 일처럼 여길 수 있다는 것을 이제 나는 알고 있었다. 나는 언제나 그 기억을 가지고 있게 될 것이다. 대가를 치르고 얻은 또 하나의 교훈이었다. 새벽녘이 다 되어서야 나는 겨우 잠이 들었다.

다음 이틀 동안 팜플로나는 평온했고, 더 이상의 소란은 없었다. 마을은 축제 준비로 분주했다. 일꾼들은 황소들이 아침에 울타리에서 풀려나와 거리를 통과해서 투우장으로 질주할 때 골목길을 차단할 문기둥을 세우고 있었다. 그들은 구멍을 파고 지정 장소를 나타내는 번호가 각각 적혀 있는 목재 기둥을 집어넣었다. 시내 저쪽의 높은 언덕 위에는 투우장 직원들이 피카도르\*용 말들을 훈련시키느라, 투우장 뒤의 햇볕에 바싹 마른 단단한 땅 위에서 전속력 질주를 시키고 있었다. 투우장의 커다란 문은 열려 있었고, 내부의 원형 투우장은 청소 중

\*말을 타고 소를 창으로 찌르는 투우사.

이었다. 투우장 바닥을 롤러로 고른 다음 물을 뿌렸고, 목수들은 바레라\*에서 약하거나 깨진 판자를 교체했다. 편평하게 고른 모랫바닥 가장자리에 서서 위의 텅 빈 관람석을 보면 특등석을 청소하는 아주머니들이 보였다.

 투우장 밖에는 마을의 마지막 거리와 투우장 입구를 연결하는 울타리가 이미 세워져서 일종의 기다란 우리가 형성되어 있었다. 투우가 열리는 첫째 날 아침 군중은 이 기다란 길을 따라 황소에게 쫓기며 달려 내려올 것이다. 소시장과 말시장이 서는 들판 너머에는 집시들이 나무 밑에서 야영을 하고 있었다. 와인과 아구아르디엔테를 파는 장사꾼들이 매점을 세우고 있었다. 한 매점에는 "아니스 델 토로"라는 간판이 붙어 있었다. 헝겊 간판이 뜨거운 햇볕 아래 판자벽에 늘어져 있었다. 시내 한복판의 커다란 광장에는 아직 아무런 변화가 없었다. 우리는 카페 테라스의 등나무 의자에 앉아 장을 보려고 시골에서 온 농부들이 버스에서 내리는 모습을 지켜봤다. 버스는 마을에서 산 물건들로 불룩한 안장 주머니를 들고 앉은 농부들을 가득 싣고 다시 떠났다. 호스를 들고 자갈 깔린 광장과 길거리에 물을 뿌리는 남자와 비둘기를 제외하면 광장에서 움직이는 것이라고는 높은 회색 버스뿐이었다.

 밤에는 산책을 했다. 저녁을 먹고 나면 모든 사람들이, 예쁜 처녀들과 수비대의 장교들, 시내의 멋쟁이들 모두가 광장 한쪽

---

\*투우장의 위험 방지용 붉은색 나무 울타리 벽.

에 있는 산책길을 거닐었고, 카페 테이블들은 식사 후면 늘 모이는 무리들로 북적댔다.

나는 오전에는 주로 카페에 앉아 마드리드 신문을 읽었고, 그 후에는 시내나 교외를 산책했다. 빌은 때로는 같이 가고, 때로는 자기 방에서 글을 썼다. 로버트 콘은 스페인어를 공부하거나 이발소에 면도를 하러 가거나 하며 오전 시간을 보냈다. 브렛과 마이크는 정오가 다 되어서야 일어났다. 우리는 모두 카페에서 베르무트*를 마셨다. 평온한 나날이었고 아무도 술에 취하지 않았다. 나는 몇 번 성당에 갔고, 한번은 브렛과 같이 갔다. 그녀는 내가 고해성사하는 걸 듣고 싶다고 했지만, 나는 그건 불가능할 뿐만 아니라 생각만큼 재미있지도 않고, 더구나 그녀가 모르는 말로 할 테니 소용없다고 말했다. 성당에서 나오는 길에 콘을 만났다. 우리를 따라온 게 분명했다. 하지만 그는 유쾌하고 정중하게 행동했고, 우리 세 사람은 함께 집시들의 텐트가 있는 곳으로 산책하러 갔다. 브렛은 점을 봤다.

상쾌한 아침이었고, 산 위에는 하얀 구름이 높이 떠 있었다. 밤에 비가 살짝 내려서 고원 위는 상쾌하고 서늘했다. 전망이기가 막혔다. 우리는 모두 기분이 좋았고 기운이 넘쳤다. 나는 콘에게 꽤 호의적인 기분이 들었다. 이런 날에는 어떤 일에도 기분이 상할 수 없다.

축제가 시작되기 전 마지막 날이었다.

---

*화이트와인에 향초 등을 가미한 술.

# 15장

7월 6일 일요일 정오, 축제가 폭발했다. 다른 식으로는 표현할 길이 없다. 사람들이 하루 종일 시골에서 몰려왔지만 마을에 흡수되어 눈에 띄지도 않았다. 광장은 여느 날처럼 뜨거운 태양 아래 조용했다. 농부들은 변두리의 술집에 있었다. 거기서 술을 마시며 축제의 태세를 갖추었다. 그들은 막 평원과 언덕에서 온 터라 서서히 가치 변화에 적응해나가야 했다. 처음부터 카페의 가격을 지불할 수는 없었다. 그들이 지불한 돈에 합당한 양을 주는 곳은 술집이었다. 돈은 여전히 노동시간과 판 곡식의 양으로 명확하게 환산되었다. 축제 후반이 되면 얼마를 내건 어디서 사건 상관없어질 것이다.

산페르민 축제가 시작되는 날인 지금, 그들은 이른 아침부터 좁은 골목의 술집에 있었다. 아침에 미사를 드리러 성당으로 내려가는 길에, 나는 술집의 열린 문들 사이로 흘러나오는 사람들의 노랫소리를 들었다. 서서히 축제를 즐길 준비를 하는 것이다. 11시 미사에는 사람들이 많았다. 산페르민은 종교 축제이기도 하다.

나는 언덕 위 성당에서 걸어 내려와 광장의 카페로 올라갔다. 정오가 조금 안 된 시간이었다. 로버트 콘과 빌이 테이블에 앉아 있었다. 대리석 상판 테이블과 하얀 등나무 의자들은 사라지고, 그 대신 주철 테이블과 수수한 접이식 의자들이 나와 있었다. 카페는 전투를 위해 의장을 푼 전함 같았다. 오늘 웨이터들은 손님들이 주문도 하지 않은 채 오전 내내 책을 읽고 있도록 내버려두지 않았다. 앉자마자 웨이터가 다가왔다.

"뭘 마시고 있어?" 나는 빌과 로버트에게 물었다.

"셰리." 콘이 말했다.

"헤레스* 주십시오." 내가 웨이터에게 말했다.

웨이터가 셰리를 가져오기 전에 축제를 선언하는 폭죽이 광장에서 올라갔다. 폭죽이 터지자 광장 건너편의 가야레 극장 위로 회색 연기가 피어올랐다. 터진 포탄처럼 연기가 하늘에 걸려 있는 사이에, 또 하나의 폭죽이 밝은 햇살 아래 연기 꼬리를 달고 올라갔다. 폭죽이 터지면서 빛이 번쩍하더니 조그만 연기 더미가 피어올랐다. 두 번째 폭죽이 터질 때쯤이 되자, 비어 있던 아케이드에 사람들이 몰려들어 웨이터는 머리 위로 병을 높이 들고 인파를 헤치고서야 가까스로 우리 테이블까지 올

---

*스페인 서남부의 동명 도시에서 만드는 셰리.

수 있었다. 사람들이 사방에서 광장으로 몰려오고 있었다. 길 아래쪽에서 피리와 피페로*, 북소리가 들려왔다. 그들은 리아우-리아우** 음악을 연주하고 있었다. 날카로운 피리 소리와 둥둥거리는 북소리 뒤로 남자들과 소년들이 춤을 추며 왔다. 피페로 연주자들이 연주를 멈추면 그들은 모두 길바닥에 웅크리고 앉았고, 갈대피리와 피페로가 날카롭게 울고, 단조롭고 무미건조하고 텅 빈 북이 둥둥 울리면 그들은 모두 펄쩍 뛰며 춤을 췄다. 사람들에게 가려져서, 펄쩍펄쩍 뛰는 춤꾼들의 머리와 어깨밖에 보이지 않았다.

광장에서는 허리가 굽은 한 남자가 갈대피리를 불고 있었는데, 한 무리의 아이들이 그 뒤를 따라가며 소리를 지르고 옷을 잡아당겼다. 그는 아이들을 뒤에 매단 채 피리를 불며 광장에서 나가 카페를 지나 골목으로 내려갔다. 옆을 지나갈 때 보니 피리 부는 남자의 얼굴에는 곰보 자국이 가득했다. 아이들은 남자의 뒤에 바싹 붙어 고함을 지르고 옷을 잡아당겼다.

"마을 바보인가봐." 빌이 말했다. "세상에! 저것 봐!"

길 아래쪽에서 사람들이 춤을 추며 다가오고 있었다. 거리는 춤꾼들로 가득했다. 모두 다 남자들이었다. 그들은 자기네 피페로 연주자들과 고수들 뒤에서 박자에 맞춰 춤추고 있었다. 무슨 클럽 사람들이어서, 모두 푸른 작업복을 입고 목에는 빨

---

*플루트와 비슷한 민속 목관악기.
**축제 첫날 열리는 전통 행사. 수많은 시민들이 시청부터 산페르민 성당까지 전통 음악에 맞춰 춤을 추며 느리게 행진한다.

간 손수건을 맨 채 커다란 기를 단 깃대 두 개를 들고 있었다. 군중에 둘러싸여 내려오는 사람들에 맞춰 깃발도 아래위로 춤을 췄다.

깃발에는 "와인 만세! 외국인 만세!"라고 쓰여 있었다.

"외국인들이 어디 있어?" 로버트 콘이 물었다.

"우리가 외국인이잖아." 빌이 말했다.

그러는 내내 폭죽이 쉴 새 없이 올라갔다. 카페 테이블들은 이제 모두 다 찼다. 광장에 몰려 있던 사람들이 흩어지기 시작하면서 카페로 몰려들었다.

"브렛이랑 마이크는 어디 있어?" 빌이 물었다.

"내가 가서 데려올게." 콘이 말했다.

"이리로 데려와."

축제가 진짜로 시작됐다. 축제는 이레 동안 밤낮없이 계속되었다. 춤과 음주와 소음이 계속해서 이어졌다. 축제 기간이 아니면 일어날 수 없는 일들이 벌어졌다. 나중에는 모든 것이 비현실적이 되고, 어떤 것도 중요하지 않은 듯한 기분이 든다. 축제 기간에는 심지어 조용할 때조차 고함을 질러야 남들에게 내 목소리가 들릴 것 같은 느낌이 내내 든다. 어떤 일을 해도 그런 느낌이 들었다. 그게 바로 축제였고, 그 축제는 이레 동안 계속됐다.

그날 오후에는 성대한 종교 행렬이 이어졌다. 산페르민 성인의 유체가 한 교회에서 다른 교회로 옮겨지는 것이다. 행렬에는 속계와 종교계의 모든 고관들이 참가했다. 사람들이 너무 많아서 행렬이 보이지 않았다. 공식 행렬의 앞과 뒤에서는 사람들이 리아우-리아우 춤을 췄다. 군중 속에서 한 무리의 사람들이 노란 셔츠를 입고 펄쩍펄쩍 뛰며 춤을 췄다. 보도와 연석을 가득 메운 사람들 틈으로 커다란 거인, 30피트나 되는 담뱃가게 인디언, 무어인, 왕과 왕비가 리아우-리아우 음악에 맞춰 엄숙하게 선회하며 왈츠를 추는 모습이 겨우 보였다.

사람들은 산페르민 성인의 유체와 고관들이 들어간 예배당 밖에 서 있었다. 밖에는 위병들과 거인들이 남아 있었고, 그 옆에는 그 거인 인형 안에서 춤추던 사람들이 서 있었다. 난쟁이들이 군중 사이로 커다란 풍선을 들고 돌아다녔다. 우리는 성당 안으로 들어갔다. 향냄새가 진동했고 사람들이 저 뒤까지 줄지어 성당 안으로 들어오고 있었다. 하지만 브렛이 모자를 쓰고 있지 않았기 때문에 입구에서 저지당했고 그 바람에 우리도 다시 나와 예배당에서 시내로 걸어갔다. 길 양쪽에는 사람들이 연석에 자리 잡고 앉아 행렬이 돌아오기를 기다리고 있었다. 몇몇 사람들이 브렛을 둘러싸고 원을 그리며 춤추기 시작했다. 그들은 목에 흰 마늘로 만든 커다란 화환을 걸고 있었다. 그들이 빌과 내 팔을 잡더니 원 안으로 끌어넣었다. 빌도 춤을 추기 시작했다. 모두 노래를 불렀다. 브렛도 춤추고 싶어 했지만 그들이 막았다. 그들은 브렛을 우상으로 한가운데에 세워두고 춤추고 싶어 했다. "리아우-리아우!"라는 날카로운 외침과 함께 노래가 끝나자 그들은 우리를 술집 안으로 끌고 들어갔다.

우리는 카운터에 서 있었다. 그들은 브렛을 와인 통 위에 앉혔다. 술집 안은 어두웠고, 거친 목소리로 노래 부르는 사람들로 가득 차 있었다. 카운터 뒤에서는 사람들이 술통에서 와인을 퍼내고 있었다. 내가 술값을 내놓자 그중 한 사람이 돈을 들어 내 주머니에 도로 집어넣었다.
"난 가죽 술부대를 갖고 싶어." 빌이 말했다.
"저 아래 파는 곳이 있어." 내가 말했다. "가서 두 개 사 올게."
춤추던 사람들이 나를 못 나가게 했다. 그중 세 사람은 높은 술통 위에 앉아서 옆에 앉은 브렛에게 가죽부대에서 직접 술 마시는 법을 가르쳐주고 있었다. 브렛의 목에는 마늘 화환이 걸려 있었다. 누군가 그녀에게 잔을 줘야 한다고 우겼다. 또 어떤 사람은 빌에게 노래를 가르치고 있었다. 그는 빌의 귀에 대고 노래를 부르며 그의 등을 두드려 박자를 맞췄다.
나는 그들에게 돌아오겠다고 설명하고 바깥으로 나와 거리를 내려가면서 가죽부대를 만드는 가게를 찾았다. 보도는 사람들로 빽빽했고, 많은 가게들에 덧문이 닫혀 있어서 찾을 수가 없었다. 나는 길 양쪽을 살피며 성당까지 걸어갔다. 길 가던 사람에게 물어보자 그가 내 팔을 잡고 안내해주었다. 덧문은 닫혀 있었지만, 문은 열려 있었다.
가게 안에서는 방금 무두질한 가죽과 뜨거운 타르 냄새가 났다. 한 남자가 완성된 가죽부대에 무늬를 새기고 있었다. 술부대가 천장에 무더기로 매달려 있었다. 그는 하나를 내려 입으로 불어 부풀리더니 주둥이를 단단히 돌려 막고 그 위로 펄쩍 뛰어 올라갔다.

"보세요! 안 샙니다."

"하나 더 주세요. 큰 걸로."

그는 1갤런도 더 들어갈 것 같은 큰 부대를 천장에서 내렸다. 역시 뺨을 한껏 부풀리며 부대를 분 다음 의자를 붙들고 그 위에 올라섰다.

"뭘 하시려고요? 바욘에 가서 파시게요?"

"아뇨. 그걸로 술 마시려고요."

그는 내 등을 철썩 쳤다.

"좋습니다. 두 개에 8페세타 주십시오. 최저가로 드리는 겁니다."

새 부대에 무늬를 새겨서 쌓여 있는 부대들 위로 던지던 남자가 하던 일을 멈추고 말했다.

"정말입니다. 8페세타면 헐값이죠."

나는 돈을 내고 밖으로 나와 술집으로 돌아갔다. 안은 아까보다 더 어두컴컴했고 몹시 복잡했다. 브렛과 빌이 보이지 않았다. 누군가 그 사람들은 뒷방에 있다고 말해줬다. 카운터에 있는 여자가 가죽부대에 술을 채워줬다. 하나에는 2리터, 다른 하나에는 5리터가 들어갔다. 두 개를 다 채운 술값이 3페세타 50상팀이었다. 카운터에 있던 전혀 모르는 사람이 술값을 내려고 우기는 걸 간신히 거절하고 술값을 냈다. 그러자 돈을 내려던 남자는 내게 술을 한 잔 사주었다. 그는 나도 한 잔 사겠다는 걸 막고는 대신 새 가죽부대로 한 모금 마시게 해달라고 했다. 그가 5리터들이 부대를 기울여 들고 짜자 와인이 그의 목구멍으로 쉿 소리를 내며 흘러 들어갔다.

"좋습니다." 그가 말하며 주머니를 돌려줬다.

뒷방에서는 브렛과 빌이 춤꾼들에 둘러싸인 채 술통 위에 앉아 있었다. 그들은 모두 어깨동무를 한 채 노래 부르고 있었다. 마이크는 와이셔츠 바람의 남자들 몇 명과 테이블에 앉아서 잘게 다진 양파와 식초를 넣은 참치를 먹고 있었다. 그들은 모두 와인을 마시며 빵 조각으로 오일과 식초를 닦아 먹었다.

"어이, 제이크, 어서 와!" 마이크가 외쳤다. "이리 와서 내 친구들이랑 인사해. 우린 전채요리를 먹는 중이야."

그가 나를 테이블의 사람들에게 소개했다. 그들은 마이크에게 자기 이름을 말해주고는 웨이터에게 내가 쓸 포크를 가져오라고 했다.

"그분들 저녁 빼앗아 먹지 마, 마이클." 브렛이 와인 통 위에서 외쳤다.

"난 여러분들 저녁을 빼앗아 먹고 싶지는 않은데요." 누가 포크를 건네주자 나는 말했다.

"먹어요." 그가 말했다. "그러자고 있는 음식인걸요."

나는 큰 가죽부대의 주둥이를 따서 한 바퀴 돌렸다. 모두 다 팔을 쭉 펴고 부대를 기울여 한 모금씩 마셨다.

바깥에서 사람들의 노랫소리 위로 지나가는 행렬의 음악 소리가 들렸다.

"저거 행렬 아니야?" 마이크가 물었다.

"나다.(아니에요.)" 누군가 말했다. "아무것도 아닙니다. 다 마셔요. 병 들고."

"이 사람들이 자네를 어디서 찾은 거야?" 내가 마이크에게 물었다.

"누가 날 여기로 데려왔어." 마이크가 말했다. "자네가 여기 있다고 하던데."

"콘은?"

"기절했어." 브렛이 말했다. "사람들이 어디다가 치워뒀어."

"어디 있는데?"

"몰라."

"우리가 어떻게 알겠어." 빌이 말했다. "아마 죽었을 거야."

"안 죽었어." 마이크가 말했다. "죽긴 왜 죽어. 아니스 델 모노 몇 잔에 나가떨어졌을 뿐이야."

그가 아니스 델 모노라고 말하자, 테이블에 앉아 있던 남자 하나가 고개를 들더니 작업복 안에서 병 하나를 꺼내 내게 건넸다.

"아닙니다. 괜찮습니다." 내가 말했다.

"마셔요, 마셔. 아리바! 병을 들고!"

나는 한 모금 마셨다. 술에서는 감초 맛이 났고 속이 뜨끈해졌다. 위까지 덥혀지는 느낌이었다.

"콘은 도대체 어디 있는 거야?"

"난 몰라." 마이크가 말했다. "내가 물어볼게. 우리 주정뱅이 친구는 어디 있습니까?" 그가 스페인어로 물었다.

"보시려고요?"

"네." 내가 말했다.

"나 말고, 이 친구가요." 마이크가 말했다.

아니스 델 모노 남자가 입가를 닦고 일어섰다.

"이리 와요."

로버트 콘은 뒷방의 술통 위에서 조용히 잠들어 있었다. 너무 어두워서 얼굴도 보이지 않았다. 사람들이 그에게 코트를 덮어주고 머리 밑에도 하나를 접어 괴어줬다. 목둘레와 가슴에는 마늘을 꼬아 만든 화환이 놓여 있었다.

"자게 둬요." 남자가 속삭였다. "괜찮아요."

두 시간 뒤 콘이 나타났다. 그는 마늘 화환을 여전히 목에 건 채 방으로 들어왔다. 그가 들어오자 스페인 사람들이 환호했다. 콘은 눈을 비비며 씩 웃었다.

"잠이 들었나봐." 그가 말했다.

"아, 그럴 리가." 브렛이 말했다.

"그냥 죽어 있던 거지." 빌이 말했다.

"저녁 먹으러 안 가?" 콘이 물었다.

"저녁 먹고 싶어?"

"응. 안 되나? 난 배가 고픈데."

"그 마늘을 먹지그래, 로버트." 마이크가 말했다. "그 마늘을 먹으라고."

콘은 그대로 서 있었다. 자고 나니 멀쩡해졌다.

"가서 뭘 좀 먹어. 난 목욕을 해야겠어." 브렛이 말했다.

"가자." 빌이 말했다. "브렛 양을 호텔로 옮겨드리자고."

우리는 여러 사람과 인사하고 악수를 한 다음 거리로 나왔다. 바깥은 어두웠다.

"몇 시쯤 된 것 같아?" 콘이 물었다.

"내일이야." 마이크가 말했다. "자네 이틀 동안 내리 잤다고."

"그러지 말고, 몇 시야?" 콘이 말했다.

"10시."

"우리 도대체 얼마나 마셔댄 거야."

"'우리'가 많이 마셨다고 해야지. 자기는 잤으면서."

어두운 길을 따라 호텔로 돌아가며 우리는 광장에서 쏘아 올리는 폭죽을 보았다. 광장으로 통하는 골목에서 보니 광장은 사람들로 가득했고 가운데 있는 사람들은 모두 춤을 추고 있었다.

호텔의 식사는 성대했다. 두 배로 오른 축제 기간 가격을 내고 먹는 첫 식사였는데, 새로운 코스가 몇 개 더 있었다. 저녁을 먹은 후 우리는 시내로 걸어갔다. 밤을 새고 아침 6시에 황소들이 거리를 질주하는 것을 보겠다고 결심했던 기억은 나지만, 너무 졸린 나머지 나는 4시쯤 자러 갔다. 나머지는 밤을 샜다.

내 방은 잠겨 있었는데 열쇠를 찾을 수가 없어서 나는 한 층 더 올라가 콘의 방에 있는 침대에서 잤다. 밖에서는 밤새도록 축제가 계속됐지만, 너무 졸려서 그 정도 소리에는 잠이 깨지 않았다. 나는 마을 끝 쪽에 위치한 울타리에서 황소들을 풀어 주는 것을 알리는 폭죽 소리에 잠에서 깼다. 황소들이 거리를 질주해 투우장으로 갈 것이다. 너무 곤하게 잠이 든 나머지 일어났을 때 이미 늦은 줄 알았다. 나는 콘의 외투를 입고 발코니로 나갔다. 아래의 좁은 골목은 텅 비어 있었다. 발코니마다 사람들이 그득했다. 갑자기 한 무리의 사람들이 거리를 내려왔다. 모두 바싹 붙은 채 한 덩어리가 되어 달리고 있었다. 그들은 거리를 지나 투우장 쪽으로 달려 올라갔고, 그 뒤로 더 많은 사람들이 더 빨리 달려왔다. 그다음에는 몇몇 낙오자들이 등장했는데, 그들은 진짜로 사력을 다해 뛰고 있었다. 그 뒤로 약간의 간격을 두고 황소들이 머리를 위아래로 흔들며 전속력으로 달려왔다. 모두 순식간에 모퉁이를 돌아 사라졌다. 한 남자가 쓰러지더니 도랑으로 굴러가 죽은 듯이 누워 있었다. 하지만 황소들은 그대로 지나쳤고 그를 알아채지도 못했다. 황소들은 모두 함께 달리고 있었다.

황소들이 사라진 후 투우장에서 엄청난 함성 소리가 터져 나왔다. 함성은 계속되었다. 마침내 황소가 투우장 안의 사람들을 지나 우리 안으로 들어갔다는 것을 알리는 폭죽이 터졌다. 나는 방으로 돌아와 침대로 들어갔다. 맨발로 돌 발코니 위에 서 있었던 것이다. 다른 친구들은 모두 투우장에 가 있을 게 분명했다. 나는 침대로 돌아와 잠이 들었다.

콘이 들어와서 나를 깨웠다. 그는 옷을 벗다가 가서 창문을 달았다. 길 건넛집 사람들이 발코니에서 들여다보고 있었다.

"구경했어?" 내가 물었다.

"응. 모두 같이 갔어."

"다친 사람은 없고?"

"황소 한 마리가 투우장 안의 사람들 속으로 뛰어들어서 일곱 명인가 여덟 명을 뿔로 받았어."

"브렛은 뭐래?"

"모든 게 너무 갑자기 벌어져서 모두들 언짢고 뭐고 할 틈도 없었어."

"나도 거기 있었더라면 좋았을 텐데."

"우린 자네가 어디 있는지 몰랐어. 방에 가봤는데 잠겨 있더라고."

"자네들은 어디 있었는데?"

"우린 클럽에서 춤췄어."

"난 너무 졸렸거든." 내가 말했다.

"맙소사! 내가 지금 그래." 콘이 말했다. "이거 도대체 끝나기는 하는 거야?"

"일주일은 계속되지."

빌이 문을 열고 머리를 들이밀었다.

"제이크, 어디 있었어?"

"발코니에서 황소들이 지나가는 건 봤어. 어땠어?"

"굉장했어."

"어디 가?"

"자러."

모두들 정오가 되어서야 일어났다. 우리는 아케이드 아래 놓인 테이블에서 점심을 먹었다. 시내는 사람들로 온통 붐벼서, 자리가 날 때까지 기다려야만 했다. 식사 후에는 이루냐에 갔다. 카페는 사람들로 가득했고, 투우 시간이 다가오자 더 붐볐다. 테이블 간격도 바싹 붙었다. 투우 경기 전에 매일 들리는 군중의 와글거리는 소음이 들렸다. 아무리 복잡해도 다른 때는 카페에서 이런 소리가 나지 않는다. 와글거리는 소리는 계속됐고, 우리도 거기에 한몫했다.

나는 투우표를 여섯 장 구해두었다. 세 장은 바레라, 즉 투우장 바로 앞의 1열 좌석이었고, 세 장은 소브레푸에르토, 즉 관람석 중간쯤에 자리한 나무 등받이가 있는 좌석이었다. 마이크는 브렛이 처음이니까 높은 곳에 앉는 게 좋겠다고 했고, 콘은 그들과 같이 앉기를 원했다. 빌과 나는 바레라에 앉기로 하고, 남은 표는 웨이터에게 주고 팔라고 했다. 빌은 콘이 말을 보고 놀라지 않도록 무엇을 어떻게 봐야 하는지 설명했다. 빌은 투우를 한 시즌 본 적이 있었다.

"난 못 견딜까봐 걱정되진 않아. 다만 지루할까봐 걱정이지." 콘이 말했다.

"그렇게 생각해?"

"황소가 말을 찌른 다음에는 말을 보지 마." 나는 브렛에게 말했다. "황소가 돌진하는 걸 보고 나면, 피카도르가 황소를 떼어내려 하는 걸 봐. 말이 찔렸으면 죽을 때까지 다시는 쳐다보지 말고."

"조금 겁나는데." 브렛이 말했다. "아무렇지도 않게 끝까지 볼 수 있을까?"

"괜찮을 거야. 그 말 부분을 제외하면 무서워할 장면은 없어. 그리고 황소 한 마리가 나올 때마다 그건 단지 몇 분 동안뿐인걸. 상황이 안 좋으면 그냥 보지 마."

"브렛은 괜찮을 거야." 마이크가 말했다. "내가 챙길게."

"지루해지는 일은 없을 거야." 빌이 말했다.

"난 호텔에 가서 쌍안경과 가죽부대를 가져올게." 내가 말했다. "여기서 다시 봐. 취하면 안 돼."

"내가 같이 가지." 빌이 말했다. 브렛이 우리에게 미소 지었다.

우리는 광장의 열기를 피해서 아케이드를 통과해 우회했다.

"콘 저 녀석 신경 거슬려." 빌이 말했다. "유대인 특유의 우월감이 너무 강해. 투우를 봐도 자기는 지루함 말고는 못 느낄 거라니."

"쌍안경으로 콘을 감시하자." 내가 말했다.

"그 녀석 따위 지옥에나 가버려!"

"이미 거기서 시간 많이 보내고 있을걸."

"거기 계속 있으라 그래."

호텔 계단에서 우리는 몬토야를 만났다.

"페드로 로메로를 만나보고 싶지 않으십니까?" 그가 말했다.

"좋습니다. 가서 만나봅시다." 빌이 말했다.

우리는 몬토야를 따라 한 층 올라가 복도를 걸어갔다.

"8호실에 있습니다." 몬토야가 설명했다. "투우사복을 입고 있는 중입니다."

몬토야가 문을 노크하고 열었다. 좁은 골목 쪽으로 난 창에서 빛이 조금 들어오는 어두침침한 방이었다. 침대가 두 개 있었고, 그 사이에 수도원풍의 칸막이가 놓여 있었다. 전등불이 켜져 있었다. 투우사복을 입은 청년이 웃지도 않고 꼿꼿하게 서 있었다. 그의 재킷은 의자 등받이에 걸쳐져 있었다. 막 허리띠 두르기가 끝나가던 참이었다. 그의 검은 머리가 등불 아래서 빛났다. 그는 흰 리넨 셔츠를 입고 있었다. 칼잡이가 띠를 다 둘러준 다음 일어서서 뒤로 물러났다. 페드로 로메로가 고개를 끄덕였다. 악수를 하는데 무척이나 멀고 고귀한 사람처럼 느껴졌다. 몬토야는 우리가 굉장한 아피시오나도이며 그의 행운을 바라고 있다고 말했다. 로메로는 진지한 표정으로 들었다. 그러더니 나를 향해 돌아섰다. 내가 본 중 가장 잘생긴 청년이었다.

"투우 경기에 가십니까?" 그가 영어로 말했다.

"영어를 하시는군요." 나는 바보가 된 것 같은 기분으로 말했다.

"아닙니다." 그가 대답하며 미소 지었다.

침대에 앉아 있던 세 남자 중 하나가 우리에게 다가오더니 프랑스어를 하느냐고 물었다. "제가 통역해드릴까요? 페드로 로메로에게 물어보고 싶은 게 있습니까?"

우리는 그 남자에게 고맙다고 했다. 물어보고 싶은 게 있느냐고? 그는 열아홉 살이었고, 칼잡이와 알랑대는 추종자 세 명을 제외하고는 혼자였으며, 투우는 20분 뒤 시작될 예정이었다. 우리는 그에게 "무차 수에르테(행운이 있기를)"라고 말하고 악수를 한 뒤 나갔다. 문을 닫고 나가면서 바라본 그는 세 명의 아첨꾼들 사이에서 그 잘생긴 얼굴로 완전히 홀로 꼿꼿하게 서 있었다.

"근사한 청년이죠. 그렇게 생각하지 않으십니까?" 몬토야가 물었다.

"잘생긴 청년이네요." 내가 말했다.

"토레로*답게 생겼지요." 몬토야가 말했다. "딱 그 타입이에요."

"멋진 청년입니다."

"투우장에서 어떻게 하는지 지켜보죠." 몬토야가 말했다.

우리는 내 방에서 벽에 기대어 세워놓은 큰 가죽 술부대와 쌍안경을 찾아서 문을 잠그고 아래층으로 내려갔다.

훌륭한 투우 경기였다. 빌과 나는 페드로 로메로에게 흥분했다. 몬토야는 열 좌석 정도 떨어진 곳에 앉아 있었다. 로메로가 첫 번째 황소를 죽인 후 몬토야와 눈이 마주치자 그가 고개를 끄덕였다. 이 사람은 진짜였다. 오랫동안 진짜는 없었다. 다른 두 마타도르**는, 하나는 굉장히 유망했고 다른 하나도 괜찮았다. 하지만 로메로의 황소가 두 마리 다 대단하지 않았음

\*투우사라는 뜻의 스페인어.
\*\*황소를 죽이는 역할을 담당하는 메인 투우사.

에도, 로메로와는 비교가 안 됐다.

경기가 진행되는 동안 나는 위쪽에 앉은 마이크와 브렛과 콘을 몇 번 쌍안경으로 봤다. 괜찮아 보였다. 브렛도 언짢아 보이지 않았다. 셋 다 몸을 죽 빼서 앞의 콘크리트 난간에 기대고 있었다.

"쌍안경 좀 줘봐." 빌이 말했다.

"콘이 지루해 보이나?" 내가 물었다.

"유대인 자식!"

경기가 끝나자 투우장 밖은 사람들로 발 디딜 틈도 없었다. 자기 스스로 앞으로 나아가는 대신 군중 전체가 빙하가 움직이듯이 천천히 시내로 움직였다. 우리는 투우가 끝나고 나면 언제나 찾아오는 심란한 기분에 휩싸여 있었지만, 한편으로는 훌륭한 투우 경기를 보고 나면 항상 드는 흥분된 고양감도 느꼈다. 축제는 계속되고 있었다. 북소리가 울려 퍼지고, 날카로운 피리 소리가 들려왔다. 사방에서 춤추는 사람들의 무리가 흘러가듯 움직이는 군중의 이동을 끊어놓았다. 보이는 것이라고는 올라갔다 내려갔다 하는 머리와 어깨들뿐이었다. 마침내 우리는 사람들 틈에서 빠져나와 카페로 갔다. 웨이터가 다른 친구들의 자리를 맡아주었다. 우리는 각자 압생트를 한 잔씩 시키고 광장의 군중과 춤꾼들을 바라보았다.

"저 춤이 뭐라고 생각해?" 빌이 물었다.

"일종의 호타*야."

"다 똑같지 않은데." 빌이 물었다. "온갖 곡조에 맞춰 다르게 추고 있어."

"근사한 춤이야."

우리 앞에 있는 길거리에서는 한 무리의 소년들이 춤을 추고 있었다. 스텝이 굉장히 복잡했고, 그들은 춤에 열중해 있었다. 모두 고개를 숙인 채 춤을 췄다. 밧줄로 창을 댄 신발바닥이 길바닥을 두드리고 때렸다. 발가락들이 닿고, 뒤꿈치가 닿고, 앞발바닥이 닿았다. 그때 격렬한 음악이 터져 나오자, 그들은 그 스텝을 그만두고 모두 춤을 추며 길을 따라 올라갔다.

"저 패거리들 이제 오는군." 빌이 말했다.

그들이 길을 건너고 있었다.

"안녕, 친구들." 내가 말했다.

"안녕, 신사들!" 브렛이 말했다. "우리 자리를 맡아뒀네? 친절하셔라."

"로메로 뭐라는 친구 걸물이더군. 내가 잘못 본 건가?" 마이크가 말했다.

"아, 정말 멋졌어." 브렛이 말했다. "게다가 그 초록색 바지라니."

"브렛은 그 바지에서 눈을 못 뗐어."

"내일은 내가 쌍안경 꼭 빌려 가야겠어."

"어땠어?"

"굉장했어! 그냥 완벽했어. 장관이야!"

*스페인 북부 지방의 민속 무용.

"말들은?"

"안 볼 수가 없었어."

"눈을 못 떼더라니까." 마이크가 말했다. "비범한 여자야."

"말들이 끔찍한 일을 당하기는 하지만, 그런데도 눈을 돌릴 수가 없었어." 브렛이 말했다.

"첫 번째 말 때는 좀 괴로웠어." 콘이 말했다.

"지루하지는 않았고?" 빌이 물었다.

콘이 웃었다.

"아니, 지루하지는 않았어. 그건 좀 용서해주지, 이제."

"괜찮아." 빌이 말했다. "지루하지만 않았다면."

"지루해 보이지는 않았어." 마이크가 말했다. "난 토라도 하는 줄 알았지."

"그렇게까지 속이 안 좋았던 건 아니야. 정말 잠깐 동안이었다고."

"난 정말 토라도 할 줄 알았어. 지루하지는 않았지, 안 그래, 로버트?"

"이제 좀 그만해, 마이크. 그런 말 괜히 했다고 했잖아."

"정말 그랬어. 얼굴이 완전 노랬다니까."

"아, 그만 좀 하라니까, 마이클."

"첫 투우 경기에서는 절대 지루해질 수 없는 거라고, 로버트." 마이크가 말했다. "엉망진창이 될 수가 있거든."

"아, 그만해, 마이클." 브렛이 말했다.

"콘은 브렛이 사디스트래." 마이크가 말했다. "브렛은 사디스트가 아니야. 그냥 사랑스럽고 건강한 여자라고."

"당신 사디스트야, 브렛?" 내가 물었다.

"아니면 좋겠는데."

"콘은 브렛이 튼튼하고 건강한 위장을 가졌다고 해서 사디스트라는 거야."

"그 건강 오래 못 갈걸."

빌이 마이크의 화제를 콘에게서 돌렸다. 웨이터가 압생트를 가져왔다.

"정말 좋았어?" 빌이 콘에게 물었다.

"아니, 좋았다고는 말 못 하겠어. 하지만 멋진 쇼라고 생각해."

"맞아. 정말로! 정말로 대단한 장관이었어!" 브렛이 말했다.

"그 말 부분은 없었으면 좋으련만." 콘이 말했다.

"그건 중요하지 않아. 잠시 후엔 아무것도 역겹다는 생각이 들지 않거든." 빌이 말했다.

"처음에는 살짝 강하긴 해." 브렛이 말했다. "황소가 말을 향해 달려가기 시작하는 순간에는 나도 마음이 조마조마했거든."

"황소들이 훌륭하더군." 콘이 말했다.

"근사했지." 마이크가 말했다.

"다음번에는 아래쪽에 앉고 싶어." 브렛이 압생트 잔을 들어 마셨다.

"브렛은 투우사들을 가까이서 보고 싶대." 마이크가 말했다.

"그들은 굉장해." 브렛이 말했다. "그 로메로라는 청년은 그냥 애더라."

"엄청나게 잘생겼지." 내가 말했다. "그 친구 방에 올라갔었는데, 그렇게 잘생긴 사람은 못 본 것 같아."

"몇 살이나 됐을까?"

"열아홉이나 스물."

"대단해."

이틀째 투우 경기는 첫날보다 훨씬 나았다. 브렛은 바레라에 와서 마이크와 나 사이에 앉았고, 빌과 콘은 위로 갔다. 완전히 로메로가 장악한 경기였다. 브렛은 다른 투우사들은 눈에 들어오지도 않았을 것이다. 고지식한 전문가들을 제외하면 다른 사람들도 마찬가지였다. 말 그대로 로메로의 독무대였다. 두 명의 마타도르가 더 있었지만, 그들은 중요하지 않았다. 나는 브렛 옆에 앉아서 각각의 의미를 다 설명해주었다. 황소가 피카도르를 향해 돌진해 올 때는 말이 아니라 황소를 봐야 하며, 피카도르의 창끝이 어디를 향하는지를 봐야만 이 모든 것의 의미를 알 수 있다고, 이것이 설명할 수 없는 공포를 불러일으키는 구경거리가 아닌 분명한 목적을 가지고 진행되는 경기임을 이해할 수 있다고 말했다. 나는 브렛에게 로메로가 망토를 이용하여 어떻게 쓰러진 말로부터 황소를 유인하는지, 어떻게 황소를 지치지 않게 하면서도 물 흐르듯 유연하게 황소에게서 방향을 바꾸어 빠져나오는지 보게 했다. 브렛은 로메로가 어떻게 황소의 난폭한 공격들을 피하고, 황소가 숨을 헐떡거리거나 불안해하지 않게 하면서도 서서히 체력을 소진시켜 마지막 일격의 순간까지 힘을 아껴놓는지를 보았다. 그녀는 로메로가 얼마나 황소 가까이에서 경기를 하는지도 봤다. 나는 그녀에게 다른 투우사들이 가까이서 경기하는 것처럼 보이게 하려고 쓰는 속임수들을 알려주었다. 그녀는 어째서 로메로가 망토를 쓰는 법은 마음에 들고 다른 사람들은 마음에 들지 않는지 이해했다.

로메로는 절대 몸을 비틀지 않았다. 그의 동작은 항상 꼿꼿하고 순수하고 자연스러웠다. 다른 투우사들은 타래송곳처럼 온몸을 비틀고, 팔꿈치를 치켜들고, 위험을 가장하기 위하여 황소의 뿔이 지나간 다음에 소 옆구리에 기댔다. 지나고 나면 그런 모든 눈속임은 빛을 잃고 불쾌해진다. 로메로의 투우는 움직임의 선이 더없이 순수하며 언제나 뿔이 침착하고 조용하게 바로 옆에서 스쳐가도록 했기 때문에 진짜배기 감동을 줬다. 그는 뿔과 얼마나 가까이 있는지를 강조할 필요가 없었다. 황소 바로 옆에서 하면 아름다운 동작이 조금 떨어지면 얼마나 우스꽝스러워지는지 브렛은 이해했다. 나는 호셀리토\*가 죽은 이후로 모든 투우사들이 거짓 감동을 주기 위해서 실제로는 안전하면서도 위험하게 보이는 기술을 개발해왔다고 말해줬다. 로메로는 구식이었다. 그는 위험에 최대한 노출하면서 순수한 몸짓을 지켰다. 그는 자신이 도저히 잡을 수 없는 존재임을 깨닫게 하여 황소를 제압하고, 황소의 죽음을 준비했다.

"그는 한 번도 서투른 동작을 한 적이 없어." 브렛이 말했다.

\*호세 고메스(1895~1920). 스페인의 전설적인 투우사.

"그가 공포에 질리기 전까지는 못 볼걸." 내가 말했다.

"로메로가 공포에 질리는 일은 절대 없을 거야." 마이크가 말했다. "너무 많이 알거든."

"시작했을 때부터 모든 걸 다 알았어. 그가 타고난 것들을 다른 사람들은 절대 못 배울 거야."

"게다가 그 잘생긴 얼굴이라니." 브렛이 말했다.

"이거 봐. 브렛은 이 투우사 녀석한테 반했다니까."

"놀랍지도 않아."

"부탁이야, 제이크. 브렛한테 그 녀석 이야기 이제 하지 마. 투우사들이 늙은 어머니를 어떻게 때리는지 그런 이야기나 해 주라고."

"그들이 얼마나 대단한 주정뱅이인지 말해줘."

"아, 끔찍하지." 마이크가 말했다. "하루 종일 술을 마시고는 내내 불쌍한 늙은 어머니를 팬다니까."

"그래 보여." 브렛이 말했다.

"그렇지?" 내가 말했다.

사람들이 죽은 황소에 노새들을 매고 채찍으로 철썩 갈겼다. 사람들이 달리자 노새들은 다리를 내밀며 앞으로 나왔고 이내 질주하기 시작했다. 황소는 한쪽 뿔을 위로 쳐들고 고개를 옆으로 박은 채 모래 위에 매끄러운 흔적을 남기며 끌려가 붉은 문 밖으로 사라졌다.

"이번이 마지막이야."

"설마." 브렛이 말했다. 그녀는 바레라 위로 몸을 내밀었다.

로메로가 피카도르에게 손짓해 자리를 잡게 한 다음 망토를 가슴에 대고 서서 황소가 나올 맞은편을 바라보았다.

투우가 끝나자 우리는 밖으로 나가 빽빽한 군중 틈에 끼었다.

"이 투우란 거 너무 해로워." 브렛이 말했다. "나 완전 기진맥진이야."

"술 마시면 돼." 마이크가 말했다.

다음 날 페드로 로메로의 경기는 없었다. 마우라 황소가 나왔고, 형편없는 경기였다. 그다음 날에는 투우 경기 자체가 없었다. 하지만 낮이고 밤이고 축제는 계속되었다.

## 16장

 오전 내내 비가 내렸다. 바다에서 안개가 산을 넘어 몰려왔다. 산봉우리가 보이지 않았다. 고원은 흐리고 음울했고, 나무와 집들도 윤곽이 달라 보였다. 나는 날씨를 보기 위해 마을 바깥까지 걸어 나왔다. 비는 바다에서 산을 넘어오고 있었다.
 광장의 깃발들은 비에 젖은 채 하얀 기둥에 매달렸고, 집에 걸어놓은 기들도 젖어서 집 정면에 들러붙었다. 한결같이 내리는 가랑비 사이사이로 가끔 세찬 빗줄기가 쏟아져 사람들을 아케이드 아래로 몰아넣었고, 광장에 물웅덩이를 만들었다. 비에 젖은 거리는 어두침침했고 사람들도 보이지 않았다. 하지만 축제는 쉬지 않고 계속되었다. 다만 지붕 아래로 쫓겨 들어갔을 뿐이다.
 투우장의 지붕관람석은 비를 피해 앉아 바스크인과 나바라인 춤꾼들과 가수들의 무리를 구경하는 사람들로 빌 디딜 틈이 없었다. 잠시 후에는 의상을 갖춰 입은 발 카를로스의 무용수들이 춤을 추며 비 오는 거리를 내려갔다. 북소리는 공허하고 축축하게 울려 퍼졌고, 악대의 대장들은 커다란 말을 타고 맨 앞에서 터벅터벅 걸어갔다. 그들의 옷도, 말에게 걸쳐놓은 외투도 모두 젖었다. 사람들은 카페 안에 앉아 있었고, 무용수들도 들어가서 앉았다. 그들은 단단히 동여맨 하얀 다리를 테이블 아래로 뻗고, 방울 달린 모자의 물기를 흔들어 털고, 붉은색과 보라색 재킷을 의자 위에 펼쳐 말렸다.

나는 사람들로 복잡한 카페에서 나와 저녁 먹기 전에 면도를 하려고 호텔로 돌아왔다. 면도를 하고 있는데 누가 방문을 두드렸다.

"들어오세요." 내가 외쳤다.

몬토야가 들어왔다.

"별일 없으십니까?" 그가 말했다.

"네, 좋습니다."

"오늘은 투우가 없죠."

"없죠." 내가 말했다. "비밖에 없군요."

"친구분들은 어디 계십니까?"

"이루냐에 있습니다."

몬토야가 난처한 듯이 미소 지었다.

"혹시." 그가 말했다. "미국 대사를 아십니까?"

"알지요." 내가 말했다. "미국 대사는 누구나 다 압니다."

"지금 마을에 와 계십니다."

"네. 다들 그 일행을 봤죠."

"저도 봤습니다." 몬토야가 말했다. 그는 아무 말도 하지 않았다. 나는 면도를 계속했다.

"앉으세요." 내가 말했다. "술을 가져오라고 하죠."

"아닙니다. 나가봐야 합니다."

나는 면도를 끝낸 후 세면대에 얼굴을 담그고 차가운 물로 씻었다. 몬토야는 더 난처한 표정을 하고 계속 서 있었다.

"그런데 말입니다." 그가 말했다. "그랜드 호텔의 대사 일행에게서 전갈이 왔어요. 오늘 저녁식사 후에 페드로 로메로와 마르시알 랄란다와 커피를 같이하고 싶다고요."

"음." 내가 말했다. "마르시알이라면 별 문제 없겠죠."

"마르시알은 하루 종일 산세바스티안에 가 있습니다. 아침에 마르케스와 차를 타고 떠났죠. 오늘 밤에는 안 돌아올 것 같습니다."

몬토야는 난처한 얼굴로 서 있었다. 내가 뭐라고 말해주기를 원하는 눈치였다.

"로메로에게는 알리지 마세요." 내가 말했다.

"그렇게 생각하십니까?"

"물론입니다."

몬토야는 굉장히 기뻐했다.

"선생님이 미국분이니까 여쭤보고 싶었습니다." 그가 말했다.

"저라면 그러겠습니다."

"사람들은 그런 식으로 청년을 앗아갑니다. 그들은 그의 가치도 모르고, 그들의 의미도 몰라요. 외국인들이야 그냥 마구 치켜세워주죠. 그들이 이 그랜드 호텔 건 같은 일을 벌이기 시작하면, 일 년 뒤면 끝장나버립니다."

"알가베노처럼요." 내가 말했다.

"그렇습니다. 알가베노처럼."

"그들은 훌륭한 사람들이죠." 내가 말했다. "지금 여기 아래에는 투우사들을 수집하는 미국 여자가 하나 있어요."

"압니다. 그런 사람들은 젊은이들만 원하죠."

"맞습니다. 나이 든 투우사들은 군살이 붙거든요."

"아니면 갈로처럼 제정신이 아니게 되거나요."

"아무튼." 내가 말했다. "간단합니다. 그냥 전하지 마세요."

"로메로는 정말로 훌륭한 청년입니다." 몬토야가 말했다. "그는 자기 나라 사람들과 함께 있어야 해요. 그런 일에 말려들어가서는 안 됩니다."

"한잔하시겠습니까?" 내가 청했다.

"아닙니다. 가봐야 합니다." 그는 방을 나갔다.

나는 아래층으로 내려가 밖으로 나가서 광장 주위 아케이드를 한 바퀴 돌았다. 비는 여전히 내리고 있었다. 친구들이 이루냐에 있는지 들여다보았지만, 거기에는 없었다. 그래서 나는 광장을 조금 더 돌아 호텔로 돌아왔다. 그들은 아래층 식당에서 식사를 하고 있었다.

식사가 시작된 지 이미 한참 되어서 내가 따라잡으려 해봤자 소용없었다. 빌이 마이크에게 구두닦이들을 대주고 있었다.

구두닦이들이 정문을 열고 들어오면, 빌은 하나하나 다 불러 마이크의 구두를 닦게 했다.
"이게 열한 번째 닦는 거야." 마이크가 말했다. "빌은 정말이지 고집불통이야."
구두닦이들이 소문을 퍼뜨린 게 분명했다. 또 하나가 들어왔다.
"림피아 보타스?(구두 닦을까요?)" 그가 빌에게 말했다.
"아니." 빌이 말했다. "이 세뇨르에게."
구두닦이는 작업 중인 구두닦이 옆에 무릎을 꿇고 앉아 전깃불 밑에서 이미 빛을 내고 있는 마이크의 다른 한쪽 구두를 닦기 시작했다.
"빌 이 친구 진짜 웃기는군." 마이크가 말했다.
나는 레드와인을 마시고 있었다. 식사 진도가 너무 뒤처져 있었기 때문에 나는 이 구두닦이 소동이 약간 불쾌했다. 식당 안을 돌아보니, 옆 테이블에 페드로 로메로가 앉아 있었다. 내가 고개를 끄덕이자 그가 일어서더니 그쪽으로 와서 자기 친구를 만나보라고 청했다. 그의 테이블은 우리 바로 옆이었고, 거의 닿을 정도로 가까웠다. 그의 친구는 마드리드의 투우 평론가로, 조그맣고 얼굴이 길쭉한 사내였다. 로메로의 투우를 정말 좋아한다고 말하자 그는 무척 기뻐했다. 우리는 스페인어로 이야기했고, 평론가는 프랑스어를 약간 할 줄 알았다. 내가 우리 테이블 위에 있는 내 와인 병을 가져오려고 팔을 뻗자, 평론가가 내 팔을 잡았다. 로메로가 웃었다.

"여기 것을 마십시오." 그가 영어로 말했다.

그는 영어로 말할 때 몹시 수줍어했지만, 굉장히 좋아했다. 대화를 하면서 그는 잘 모르는 단어들을 거론하며 내게 그 의미를 물어봤다. 그는 '코리다 데 토로스'*가 영어로는 정확하게 무엇인지 알고 싶어 했다. '불파이트'는 아닌 것 같다는 것이다. 나는 '불파이트'는 스페인어로 '토로'의 '리디아'**라고 설명했다. 스페인어 '코리다'는 영어로 하면 황소가 달리는 것을 의미하고, 이는 프랑스어로는 '쿠르스 드 토로'라고 평론가가 덧붙였다. 불파이트에 해당되는 스페인어는 없었다.

페드로 로메로는 지브롤터***에서 영어를 조금 배웠다고 말했다. 그는 론다에서 태어났다. 지브롤터보다 조금 북쪽에 있는 곳이다. 그는 말라가의 투우 학교에서 투우를 시작했고, 그 학교에는 겨우 3년밖에 다니지 않았다. 투우 평론가는 로메로가 사용하는 말라가식 표현들을 가지고 그를 놀렸다. 그는 열아홉 살이라고 했다. 형이 반데리예로****로 같이 일하고 있지만, 이 호텔에 묵고 있지는 않다고 했다. 그는 로메로를 위해 일하는 다른 사람들과 함께 더 작은 호텔에 묵고 있었다. 그는 내게 자신의 경기를 몇 번 봤는지 물었다. 나는 단지 세 번 봤을 뿐이라고 말했다. 실제로는 겨우 두 번이었지만, 이미 저지

*스페인어로 '소의 질주'라는 뜻. 투우를 말한다.
**싸움이란 뜻의 스페인어.
***스페인 남부에 있는 영국령의 항구도시.
****'반데리야'라는 장식 달린 작살을 소의 머리나 어깨에 꽂는 투우사.

른 마당에 실수를 설명하고 싶지 않았다.

"다른 경기는 어디서 보셨죠? 마드리드인가요?"

"맞아요." 나는 거짓말을 했다. 투우 신문에서 그가 마드리드에서 두 번 경기를 했다는 기사를 읽었기 때문에 문제는 없었다.

"첫 번째 경기요, 아니면 두 번째 경기요?"

"첫 번째요."

"그 경기는 형편없었는데." 그가 말했다. "두 번째는 더 잘했습니다. 기억하세요?" 그가 평론가에게 물었다.

로메로는 전혀 부끄러워하지 않았다. 자신의 경기를 자기와는 전혀 별개의 것인 양 이야기했다. 젠체하거나 허풍 떠는 기색이라고는 찾아볼 수 없었다.

"제 투우를 좋아하신다니 참으로 기쁩니다." 그가 말했다. "하지만 아직은 제대로 보신 게 아닙니다. 내일 좋은 소를 만나게 되면 제가 진짜를 보여드리죠."

이렇게 말하며 그는 미소 지었다. 투우 평론가와 내가 자기가 자랑하고 있다고 생각하지 않기를 간절히 바라는 미소였다.

"나도 고대하고 있네." 평론가가 말했다. "확신을 갖고 싶거든."

"이분은 제 투우를 그리 좋아하지 않으시거든요." 로메로가 나에게 말했다. 그는 진지했다.

평론가는 자기도 굉장히 좋아하지만 그의 투우는 아직까지는 불완전하다고 말했다.

"내일까지 기다려주세요. 좋은 황소가 나온다면 보여드리겠습니다."

"내일 나올 황소를 보셨습니까?" 평론가가 나에게 물었다.

"네. 내릴 때 봤습니다."

페드로 로메로가 앞으로 몸을 내밀었다.

"어떻던가요?"

"아주 훌륭하더군요. 26아로바*쯤 나가겠던데요. 뿔은 굉장히 짧고요. 아직 못 보셨습니까?"

"아, 물론 봤죠." 로메로가 말했다.

"26아로바는 안 나갈 텐데." 평론가가 말했다.

"그럴 거예요." 로메로가 말했다.

"뿔 대신 바나나가 달렸더군." 평론가가 말했다.

"그걸 바나나라고 부른다고요?" 로메로가 물었다. 그는 나를 돌아보며 미소 지었다. "당신도 설마 바나나라고 하지는 않겠죠?"

"아뇨. 괜찮은 뿔이었습니다." 내가 말했다.

"굉장히 짧았어요." 페드로 로메로가 말했다. "굉장히, 굉장히 짧았습니다. 하지만 바나나는 아니죠."

"이봐, 제이크." 브렛이 옆 테이블에서 불렀다. "자긴 우리를 버렸어."

"잠깐만." 내가 말했다. "우리 지금 황소 이야기 중이야."

*스페인의 무게 단위로, 1아로바는 11.5킬로그램.

"잘났어."

"황소는 불알이 없다고 말해줘."* 마이크가 외쳤다. 그는 취해 있었다.

로메로가 궁금하다는 표정으로 나를 쳐다보았다.

"취했군." 내가 말했다. "보라초! 무이 보라초!(취했습니다! 굉장히 취했어요!)"

"친구들 좀 소개해줘." 브렛이 말했다. 그녀는 페드로 로메로에게서 눈을 떼지 못하고 있었다. 나는 그들에게 우리와 커피를 마시겠느냐고 물었다. 두 사람이 다 일어섰다. 로메로의 얼굴은 진한 갈색이었고, 태도는 몹시 정중했다.

나는 그들을 모두에게 소개했고, 다들 앉기 시작했다. 하지만 자리가 모자라서 우리는 커피를 마시러 모두 함께 벽 쪽의 큰 테이블로 옮겼다. 마이크는 푼다도르** 한 병을 주문하고 사람 수만큼 잔을 달라고 했다. 술에 취한 대화가 오갔다.

"글쓰기는 엿 같다고 말해줘." 빌이 말했다. "어서, 말해. 난 작가라는 걸 부끄럽게 생각한다고 말해줘."

페드로 로메로는 브렛 옆에 앉아 그녀의 이야기에 귀를 기울이고 있었다.

"어서. 말하라니까!" 빌이 말했다.

로메로가 미소를 지으며 쳐다보았다.

"이 신사분은 작가죠." 내가 말했다.

* 황소(bull)와 고환(ball)의 비슷한 발음을 이용한 농담.
** 스페인 브랜디.

로메로는 감탄했다. "이 사람도 마찬가지고요." 나는 콘을 가리키며 말했다.

"빌랄타*를 닮았어요." 로메로가 빌을 보며 말했다. "라파엘, 이분 빌랄타와 닮지 않았어요?"

"난 모르겠는데." 평론가가 말했다.

"정말입니다." 로메로가 스페인어로 말했다. "정말 빌랄타랑 닮았어요. 저기 취하신 분은 무슨 일을 하십니까?"

"아무것도요."

"그래서 술을 드시는 건가요?"

"아니요. 이 숙녀분과 결혼하려고 기다리는 중이에요."

"황소는 불알이 없다고 말하라니까!" 마이크가 고주망태가 되어 테이블 저쪽 끝에서 소리 질렀다.

"뭐라는 겁니까?"

"취했어요."

"제이크." 마이크가 외쳤다. "그 친구한테 황소는 불알이 없다고 말해줘!"

"이해해요?" 내가 말했다.

"네."

내가 보기에 그는 분명히 몰랐다. 그러니 괜찮았다.

"저 친구가 녹색 바지 입은 모습을 브렛이 보고 싶어 한다고 말해줘."

\*니카노르 빌랄타(1897~1980). 스페인의 투우사로, 헤밍웨이가 첫 아들의 이름을 '존 해들리 니카노르'라고 지었을 만큼 좋아했던 투우사다.

"조용히 해, 마이크."

"그 바지를 어떻게 입는지 브렛이 알고 싶어서 미친다고 말해줘."

"조용히 해."

이 소동이 벌어지는 동안 로메로는 유리잔을 만지작거리며 브렛과 이야기하고 있었다. 브렛은 프랑스어를 하고 있었고, 그는 스페인어와 약간의 영어를 쓰며 웃고 있었다.

빌이 잔을 채웠다.

"저 친구한테 말해, 브렛이 진짜로 원한……."

"아, 조용히 해. 마이크, 제발!"

로메로가 미소를 지으며 쳐다보았다. "조용히 해! 그 말은 저도 압니다." 그가 말했다.

바로 그때 몬토야가 식당 안으로 들어왔다. 그는 나를 보고 미소를 짓기 시작하다가 페드로 로메로가 술이 즐비한 테이블에서 커다란 코냑 잔을 들고 어깨를 드러낸 여자와 나 사이에 앉아 있는 것을 봤다. 그는 목례조차 하지 않았다.

몬토야는 식당 밖으로 나갔다. 마이크가 일어서더니 건배를 제안했다. "건배합시다……." 그가 시작했다. "페드로 로메로를 위해서." 내가 낚아챘다. 모두 일어섰다. 로메로는 굉장히 진지하게 건배에 임했고, 우리는 잔을 부딪치고 단숨에 마셨다. 마이크가 자기가 건배하려던 대상은 이게 아니라고 말하려 하는 통에 나는 서둘러 마셨다. 하지만 별일 없이 넘어갔고, 페드로 로메로는 모두와 악수한 뒤 평론가와 함께 나갔다.

"세상에! 정말 귀여워." 브렛이 말했다. "그가 저 옷을 어떻게 입는지 정말 보고 싶어. 구둣주걱을 쓰는 게 틀림없어."

"내가 그 말을 하려고 했어." 마이크가 입을 열었다. "그런데 제이크가 말을 낚아채잖아. 왜 그랬어? 자네가 나보다 스페인어를 더 잘한다고 생각하는 거야?"

"아, 입 다물어, 마이크! 아무도 낚아챈 사람 없어."

"아니, 이 문제는 분명히 해두고 싶어." 이렇게 말하더니 그는 내게서 돌아섰다. "자네가 뭐라도 되는 줄 알아, 콘? 우리랑 같은 패라고 생각하는 거야? 우린 즐겁게 지내자고 여기까지 온 사람들이라고. 제발 좀 끼어들지 마, 콘!"

"아, 집어치워, 마이크." 콘이 말했다.

"브렛이 자네가 여기 있는 걸 좋아하는 줄 아나? 자네가 우리들한테 뭐라도 도움이 된다고 생각해? 왜 아무 말도 안 해?"

"할 말은 지난밤에 다 했어, 마이크."

"난 자네들 같은 문필가가 아니야." 마이크는 비틀거리며 테이블에 기댔다. "난 똑똑한 사람도 아니야. 하지만 내가 환영받지 않을 때는 안다고. 자넨 왜 그걸 모르지, 콘? 가버려. 가버리라고, 제발. 그 슬픈 유대인 얼굴을 가지고 가버려. 내 말이 틀렸어?"

그는 우리를 바라보았다.

"맞아." 내가 말했다. "이루냐에 가자."

"아니, 내 말이 틀렸냐고? 난 저 여자를 사랑해."

"아, 또 이러지 마. 그만 좀 둬, 마이클." 브렛이 말했다.

"내 말이 틀린 것 같아, 제이크?"

콘은 여전히 테이블에 앉아 있었다. 그는 모욕당했을 때의 창백하고 노란 얼굴을 하고 있었지만, 어쩐지 즐기고 있는 것 같기도 했다. 그 유치하고 술 취한 과장된 모욕을. 그것은 귀부인과 자신의 연애 이야기였으니까.

"제이크." 마이크가 말했다. 그는 거의 울 것 같았다. "자넨 내 말이 맞는 거 알지. 내 말 들어, 너!" 그가 콘에게 돌아섰다. "꺼져! 당장 꺼져버려!"

"하지만 난 안 가, 마이크." 콘이 말했다.

"그럼 내가 가게 만들어주지!" 마이크가 테이블을 돌아 그에게로 다가갔다. 콘은 일어나서 안경을 벗었다. 그는 창백한 얼굴로 손을 내린 채 서서 당당하고 단호한 태도로 공격을 기다렸다. 사랑하는 귀부인을 위해 싸움에 응할 태세였다.

나는 마이크를 붙잡았다. "카페로 가. 호텔 안에서 때릴 수는 없잖아."

"좋아!" 마이크가 말했다. "좋은 생각이야!"

우리는 밖으로 나갔다. 마이크는 비틀거리며 계단을 올랐다. 뒤를 돌아보자 콘은 안경을 다시 쓰고 있었고, 빌은 테이블에 앉아 푼다도르를 한 잔 더 따르고 있었다. 브렛은 멍하게 앞을 바라보며 앉아 있었다.

광장으로 나오니 비는 그쳤고 달이 구름 밖으로 막 나오고 있었다. 바람이 불었다. 군악대가 연주하고 있었고, 사람들은 광장 저편에 모여 있었다. 불꽃놀이 기술자와 그 아들이 불꽃

풍선을 띄워 올리려고 애쓰고 있었다. 풍선은 한쪽으로 기울어져 휙 하고 올라가다가는 바람에 찢기기도 하고 광장의 건물들에 날아가 부딪치기도 했다. 일부는 땅바닥에 떨어졌다. 마그네슘이 섬광을 발하더니 불꽃이 터져 사람들 사이로 휘휘 돌아다녔다. 광장에는 춤추는 사람이 아무도 없었다. 자갈이 너무 젖어 있었다.

브렛이 빌과 같이 나와서 우리 틈에 꼈다. 우리는 사람들 사이에 서서 불꽃왕 돈 마누엘 오르키토를 구경했다. 그는 조그만 단 위에 서서 막대기로 조심스레 풍선을 날리고 있었다. 풍선이 바람을 타고 날아가게 하기 위해서 그는 사람들 머리보다 조금 더 높이 서 있었다. 하지만 풍선은 바람에 밀려 모두 떨어졌고, 자신이 고안한 복잡한 불꽃에 비친 돈 마누엘 오르키토의 얼굴은 땀으로 번들거렸다. 불꽃은 사람들 사이로 떨어져서 터지더니 딱딱 소리를 내며 다리 사이를 휘젓고 다녔다. 빛나는 종이풍선이 기울어지며 올라가 불이 붙었다가 떨어질 때마다 사람들이 야유했다.

"돈 마누엘을 비웃고 있군." 빌이 말했다.

"저 사람이 돈 마누엘인지 어떻게 알아?" 브렛이 말했다.

"프로그램에 적혀 있거든. 돈 마누엘 오르키토, '에스타 시우다드의 피로테크니코'\*라고."

"글로보스 일루미나도스\*\*지." 마이크가 말했다. "수많은

\* '이 도시의 불꽃 기술자'라는 뜻.
\*\* '불붙은 풍선'이라는 뜻.

글로보스 일루미나도스. 신문에는 그렇게 적혀 있어."
바람이 군악대의 음악 소리를 멀리 날려 보냈다.
"한 개라도 좀 올라가면 좋겠네." 브렛이 말했다. "저 돈 마누엘이라는 사람 화가 나서 어쩔 줄 모르는데."
"저 사람은 풍선들을 날려 하늘에다 '산페르민 만세'라고 쓰려고 아마 몇 주 전부터 준비했을 거야." 빌이 말했다.
"글로보스 일루미나도스." 마이크가 말했다. "바보 같은 글로보스 일루미나도스들 같으니."
"가자." 브렛이 말했다. "여기 서 있을 수는 없잖아."
"마님께서 한잔하고 싶으시군요." 마이크가 말했다.
"당신은 너무 잘 안다니까." 브렛이 말했다.
카페 안은 사람들로 가득했고 굉장히 시끄러웠다. 우리가 들어와도 아무도 신경 쓰지 않았다. 빈자리라고는 없었다. 엄청나게 시끄러운 소리도 그치지 않고 계속됐다.
"안 되겠어. 나가자." 빌이 말했다.
바깥에서는 산책하던 사람들이 아케이드로 들어가고 있었다. 비아리츠에서 온 영국인과 미국인들이 운동복 차림으로 여기저기 테이블에 앉아 있었다. 그중 몇몇 여자들은 코안경을 들고 지나가는 사람들을 구경하고 있었다. 조금 전 우리는 비아리츠에서 온 빌의 친구와 합세했다. 그녀는 여자 친구와 함께 그랜드 호텔에 묵고 있었는데, 그 친구는 머리가 아파서 호텔로 돌아갔다.
"여기 술집이 있네." 마이크가 말했다. '바 밀라노'는 식사도

할 수 있고 뒷방에서는 춤도 출 수 있는 조그만 주점이었다. 우리는 테이블에 앉아 푼다도르 한 병을 주문했다. 바에는 사람이 별로 없었고, 아무 일도 벌어지지 않았다.

"뭐 이래." 빌이 말했다.

"아직 일러서 그래."

"병을 들고 나갔다가 나중에 오자." 빌이 말했다. "오늘 같은 밤에 이런 데 앉아 있기는 싫어."

"나가서 영국인들을 구경하자." 마이크가 말했다. "난 영국인들 보는 거 좋아해."

"영국인들은 끔찍해." 빌이 말했다. "도대체 그 사람들은 다 어디서 온 거야?"

"비아리츠에서 온 거야." 마이크가 말했다. "이 색다르고 조그만 스페인 축제의 마지막 날을 구경하러 온 거지."

"내가 골려줘야지." 빌이 말했다.

"당신은 정말로 아름답군요." 마이크가 빌의 친구에게 말했다. "언제 오셨습니까?"

"집어치워, 마이클."

"정말 미인이잖아. 난 도대체 어디 있었던 거지? 지금까지 도대체 뭘 보고 있었던 거야? 당신 정말 사랑스럽군요. 우리 만난 적 있던가요? 저랑 빌과 함께 가요. 우리는 영국인들을 골려주려 갈 건데."

"내가 골려줄 거야." 빌이 말했다. "자기들이 이 축제에 왜 온 거야?"

"자, 가요." 마이크가 말했다. "우리 셋이서만. 이 젠장할 영국인들을 골려주는 거예요. 그나저나 혹시 영국인은 아니시겠죠? 난 스코틀랜드 사람입니다. 영국인이라면 지긋지긋하죠. 놈들을 골려주러 가는 거예요. 가자, 빌."

우리는 팔짱을 끼고 카페 쪽으로 가는 세 사람의 모습을 창문 너머로 바라보았다. 광장에서는 폭죽을 쏘고 있었다.

"난 여기 있을래." 브렛이 말했다.

"나도 같이 있을래." 콘이 말했다.

"그러지 좀 마!" 브렛이 말했다. "제발 어디 딴 데 좀 가. 제이크와 내가 할 이야기가 있다는 거 안 보여?"

"몰랐어." 콘이 말했다. "그냥 약간 취해서 여기 앉아 있으려고 한 건데."

"말이 되는 소리를 해. 취했으면 자러 가야지. 자러 가라고."

"이만하면 충분히 무례하게 말했지?" 브렛이 물었다. 콘은 가버렸다. "정말이지, 저 사람 너무 지긋지긋해!"

"분위기에 별로 도움이 안 되지."

"사람을 너무 우울하게 만들어."

"콘이 행동을 잘못했지."

"엄청나게 잘못했어. 똑바로 처신할 기회가 있었는데도 말이야."

"아마 지금도 바깥에서 기다리고 있을걸."

"맞아. 그럴 거야. 저 사람 기분 잘 알아. 그 일이 아무것도 아니었다는 걸 믿을 수가 없는 거지."

"알아."

"최악이야. 이 모든 게 너무 지겨워. 그리고 마이클. 마이클도 참 훌륭하게 굴었지."

"마이클에게 힘든 일이었어."

"알아. 하지만 그렇게 비열하게 굴 건 없었잖아."

"사람들은 다 못되게 행동해." 내가 말했다. "그러니까 그들에게 적당한 기회를 좀 줘."

"자기는 그러지 않을 거잖아." 브렛이 나를 쳐다보았다.

"나도 콘 못지않은 나쁜 놈이 될 거야."

"터무니없는 소리 하지 마."

"좋아. 그럼 당신이 하고 싶은 이야기나 하자고."

"까다롭게 굴지 마. 나한텐 당신뿐이잖아. 오늘 밤은 기분이 엉망이야."

"마이크가 있잖아."

"그래, 마이크. 참 훌륭하게도 굴었지."

"음." 내가 말했다. "마이크에게는 힘든 일이었다니까. 콘이 옆에서 얼쩡거리는 것도, 당신과 함께 있는 걸 보는 것도."

"내가 그걸 모르겠어, 자기? 내 기분은 이미 충분히 엉망진창이라고. 더 나쁘게 만들지 마."

브렛은 전에 본 적 없이 초조했다. 그녀는 계속 나 아닌 다른 곳을 쳐다보고 앞의 벽을 바라보았다.

"산책하러 가겠어?"

"좋아."

나는 푼다도르 병뚜껑을 막아서 바텐더에게 주었다.
"한 잔만 더 마셔." 브렛이 말했다. "기분이 너무 초조해."
우리는 순한 아몬틸라도 브랜디를 한 잔씩 마셨다.
"가자." 브렛이 말했다.
문에서 나오는데 콘이 아케이드 아래서 걸어 나왔다.
"저기 있었군." 브렛이 말했다.
"당신 곁에서 떠날 수가 없거든."
"불쌍한 인간!"
"난 불쌍하지 않아. 저 녀석이 미워."
"나도 미워." 그녀는 몸을 떨었다. "이 지독한 괴로움이 미워."
우리는 군중과 광장의 불빛을 뒤로하고 팔짱을 낀 채 골목 길을 내려갔다. 비에 젖은 골목은 어두웠고, 우리는 그 길을 따라 마을 끝에 있는 성채까지 걸어갔다. 길가 술집의 문에서 나오는 불빛이 젖어 있는 캄캄한 골목을 비추었고, 갑자기 음악이 터져 나오기도 했다.
"들어가고 싶어?"
"아니."
우리는 젖은 풀밭을 가로질러 요새의 돌담까지 걸어갔다. 나는 돌 위에 신문지를 펼쳐서 브렛을 앉혔다. 들판 너머는 어두웠지만, 산은 보였다. 위쪽에는 바람이 불고 있어서 달 앞으로 구름이 흘러갔다. 아래로는 요새의 마당이 시커멓게 보였고, 우리 뒤로는 나무들과 성당이 그림자처럼 서 있었다. 달을 배경으로 마을의 윤곽이 보였다.

"기운 내." 내가 말했다.

"엉망진창이야." 브렛이 말했다. "이 이야기는 하지 말자."

우리는 들판을 바라보았다. 길게 줄지어 선 나무들이 달빛 아래 시커멓게 보였다. 산으로 올라가는 길에 자동차 한 대가 불빛을 밝히고 있었다. 산꼭대기에는 요새의 불빛이 보였다. 왼쪽 아래에는 강이 있었다. 비로 불어난 물은 검고 고요히 흘렀다. 강둑을 따라 늘어선 나무들도 검었다. 우리는 앉아서 이 광경을 바라보았다. 브렛은 똑바로 앞을 바라보고 있었다. 갑자기 그녀가 몸을 떨었다.

"추워."

"돌아가고 싶어?"

"공원을 가로질러 가자."

우리는 내려왔다. 하늘에는 다시 구름이 몰려들고 있었다. 공원은 나무들 아래 캄캄했다.

"아직도 날 사랑해, 제이크?"

"그래." 내가 말했다.

"내가 글러먹었으니까." 브렛이 말했다.

"무슨 소리야?"

"난 글러먹었어. 나 그 로메로라는 애한테 반했어. 사랑에 빠진 것 같아."

"나라면 안 그럴 거야."

"어쩔 수가 없어. 난 글러먹은걸. 마음이 조각조각 찢어지는 것 같아."

"그러지 마."
"어쩔 수가 없어. 이제까지 어떤 일도 막아본 적 없는걸."
"그만둬야 해."
"어떻게 그만둬? 난 그만두는 법을 몰라. 이거 느껴져?"
그녀의 손이 떨리고 있었다.
"온몸이 다 이렇게 떨려."
"그래선 안 돼."
"어쩔 수가 없어. 어쨌거나 난 글러먹은걸. 그 차이를 모르겠어?"
"모르겠어."
"난 뭔가 해야 해. 내가 정말로 원하는 걸 해야만 해. 난 자존심도 다 잃어버렸어."
"그럴 필요 없잖아."
"아, 자기, 너무 엄하게 굴지 마. 저 지긋지긋한 유대인을 달고 살고, 저런 식으로 행동하는 마이크를 보는 기분이 어떤지 알아?"
"물론이지."
"언제나 술에 취해 있을 수도 없잖아."
"그렇지."
"자기, 제발 내 옆에 있어줘. 내 곁에 끝까지 있어줘."
"물론이야."
"이게 옳다고는 말 안 해. 하지만 내겐 옳은 일이야. 이렇게 나쁜 년 같은 기분이 드는 건 처음이야."

"내가 어떻게 해주길 바라?"

"가자." 브렛이 말했다. "그를 찾으러 가자."

우리는 공원 나무 아래 컴컴한 자갈길을 함께 걸어갔다. 그리고 나뭇길을 벗어나 문을 지나고 마을로 들어가는 거리로 들어섰다.

페드로 로메로는 카페에 있었다. 그는 다른 투우사들과 투우 평론가들과 함께 앉아 있었다. 그들은 시가를 피우고 있었다. 우리가 들어가자 그들이 쳐다보았다. 로메로는 미소를 지으며 고개를 까딱했다. 우리는 반쯤 떨어진 곳에 앉았다.

"와서 한잔하라고 청해봐."

"아직은 아냐. 그가 올 거야."

"도저히 못 쳐다보겠어."

"보기 좋은 청년이지." 내가 말했다.

"난 내가 하고 싶은 건 항상 했어."

"알아."

"나쁜 년이 된 기분이야."

"글쎄." 내가 말했다.

"정말이지! 여자로 사는 건 너무 힘들어." 브렛이 말했다.

"뭐라고?"

"너무 나쁜 년이 된 것 같아."

나는 저쪽 테이블을 바라보았다. 페드로 로메로가 미소 지었다. 그는 자기 일행에게 뭐라고 하더니 일어나서 우리 테이블로 왔다. 나는 일어서서 악수를 했다.

"한잔하겠어요?"

"저와 한잔하셔야 합니다." 그가 말했다. 그는 아무 말 없이 몸짓으로 브렛의 양해를 구하며 자리에 앉았다. 그는 더없이 정중했다. 하지만 시가는 계속 피웠다. 그의 얼굴과 잘 어울렸다.

"시가를 좋아하는군요?" 내가 말했다.

"아, 네. 항상 피우죠."

시가는 그를 위엄 있어 보이게 하는 장치였다. 시가를 피우고 있으면 나이가 더 들어 보였다. 그의 피부가 눈에 들어왔다. 깨끗하고 부드럽고 가무잡잡했다. 광대뼈에 삼각형의 상처가 있었다. 그는 브렛을 바라보고 있었다. 둘 사이에 무엇인가 있다고 느끼는 것 같았다. 브렛이 그에게 손을 내밀었을 때 분명히 느꼈을 것이다. 그는 매우 신중했다. 확신은 하고 있었지만 어떤 실수도 하고 싶어 하지 않는 것 같았다.

"내일 경기를 합니까?" 내가 물었다.

"네." 그가 말했다. "알가베노가 오늘 마드리드에서 부상을 당했습니다. 들으셨어요?"

"아뇨." 내가 말했다. "심합니까?"

그는 고개를 저었다.

"별것 아닙니다. 여기." 그가 손을 내밀었다. 브렛이 그 손을 잡아 손가락들을 하나하나 폈다.

"아!" 그가 영어로 말했다. "점을 치십니까?"

"가끔요. 싫으세요?"

"아니요, 좋아합니다." 그는 손을 테이블 위에 펼쳤다. "제가 오래오래 살고 백만장자가 된다고 말해주십시오."

그는 여전히 매우 정중했지만, 더 자신감이 넘쳤다. "어떻습니까?" 그가 물었다. "제 손에 황소가 보입니까?"

그는 웃었다. 그의 손은 매우 아름다웠고 손목이 가늘었다.

"수천 마리가 있네요." 브렛이 말했다. 그녀는 이제 전혀 초조해하지 않았고 아름다웠다.

"좋군요." 로메로가 웃었다. "한 마리당 1000두로*죠." 그가 내게 스페인어로 말했다. "더 말해봐요."

"좋은 손이에요." 브렛이 말했다. "그는 장수할 거야."

"저한테 말씀하십시오. 친구분이 아니라."

"오래오래 살 거라고 말했어요."

"압니다." 로메로가 말했다. "전 절대 안 죽을 겁니다."

나는 손가락 끝으로 테이블을 톡톡 두들겼다.** 로메로가 보더니 고개를 저었다.

"아니, 그러지 마세요. 황소들은 제 가장 친한 친구들입니다."

나는 브렛에게 통역해주었다.

"친구들을 죽이시는 건가요?" 그녀가 물었다.

"늘 그렇죠." 그가 영어로 말하고 웃었다. "나를 못 죽이도록." 그는 테이블 너머로 그녀를 바라보았다.

"영어를 잘하시네요."

---

*5페세타짜리 동전.
**서양에는 손가락으로 나무 테이블을 두드리면 불길한 기운이 없어진다는 미신이 있다.

"네." 그가 말했다. "때로는 꽤 합니다. 하지만 다른 사람들이 알면 안 돼요. 굉장히 안 좋은 거거든요. 영어를 하는 투우사라는 건."

"왜요?" 브렛이 물었다.

"안 좋을 겁니다. 사람들이 좋아하지 않을 거예요. 아직까지는."

"왜 그런 거죠?"

"사람들이 싫어할 겁니다. 투우사는 그런 게 아니거든요."

"그럼 투우사는 어떤 거죠?"

그는 웃음을 터뜨리더니 모자를 눈 위로 깊숙이 눌러쓰고 시가의 각도와 얼굴 표정을 바꾸었다.

"저쪽 테이블처럼요." 그가 말했다. 나는 그쪽을 보았다. 그는 자기 나라 사람들의 표정을 똑같이 흉내 냈다. 그는 다시 자연스러운 얼굴로 돌아와 미소 지었다. "전 영어는 잊어버려야 합니다."

"아직은 잊지 마세요." 브렛이 말했다.

"안 됩니까?"

"안 돼요."

"좋습니다."

그가 다시 웃었다.

"저도 그런 모자 가지고 싶어요." 브렛이 말했다.

"좋습니다. 하나 드리죠."

"좋아요. 꼭이에요."

"물론입니다. 오늘 밤 하나 갖다드리죠."

나는 일어섰다. 로메로도 일어났다.

"앉아요." 내가 말했다. "가서 친구들을 찾아 여기로 데려와야 합니다."

그는 나를 쳐다보았다. 미리 동의한 바인지 마지막으로 묻는 얼굴이었다. 물론 동의된 바였다.

"앉아요." 브렛이 그에게 말했다. "저한테 스페인어를 가르쳐줘야죠."

그는 앉아서 테이블 너머로 그녀를 바라보았다. 나는 나갔다. 투우사 테이블에 앉아 있던 사람들이 내가 나가는 것을 무서운 눈으로 지켜보았다. 기분이 좋지 않았다. 20분 뒤에 돌아와서 카페 안을 들여다보자 브렛과 페드로 로메로의 모습은 보이지 않았다. 커피 잔과 빈 코냑 잔 세 개만 테이블 위에 놓여 있었다. 웨이터가 행주를 가져와 잔을 들고 테이블을 훔쳤다.

## 17장

바 밀라노 밖에서 나는 빌과 마이클, 에드나와 마주쳤다. 에드나는 아까 그 여자의 이름이었다.
"우린 쫓겨났어요." 에드나가 말했다.
"경찰한테." 마이크가 말했다. "나를 안 좋아하는 사람들이 저 안에 있어."
"싸움이 벌어질 뻔한 걸 네 번이나 뜯어말렸다고요." 에드나가 말했다. "나 좀 도와줘요."
빌의 얼굴은 시뻘게져 있었다.
"들어가, 에드나." 그가 말했다. "들어가서 마이크와 춤춰."
"어리석은 짓이야." 에드나가 말했다. "또 싸움만 벌어질걸."
"지긋지긋한 비아리츠 놈들." 빌이 말했다.
"가자고." 마이크가 말했다. "그래 봤자 술집 아니야. 그놈들이 술집을 독차지할 수는 없다고."

"착한 마이크." 빌이 말했다. "젠장할 영국 놈들이 여기 와서는 마이크를 모욕하고 축제를 망치려고 한다니까."

"빌어먹을 놈들. 난 영국 놈들이 싫어." 마이크가 말했다.

"놈들은 마이크를 모욕할 수 없어. 마이크는 멋진 친구야. 그렇게는 못 해. 내가 안 참을 거야. 아무리 마이크가 파산했기로서니 그게 무슨 상관이야?" 빌의 목소리가 갈라졌다.

"무슨 상관이야?" 마이크가 말했다. "난 상관없어. 제이크도 상관 안 해. 당신은요?"

"안 해요." 에드나가 말했다. "파산했어요?"

"물론입니다. 자넨 어때, 상관해, 빌?"

빌은 마이크의 어깨에 팔을 둘렀다.

"나도 파산했으면 좋겠어. 그럼 저 새끼들에게 본때를 보여 줄 텐데."

"그냥 영국 놈들일 뿐이야." 마이크가 말했다. "영국 놈들 말은 아무 짝에도 소용없어."

"더러운 돼지 새끼들. 내가 깡그리 쓸어줄 거야." 빌이 말했다.

"빌." 에드나가 나를 쳐다보았다. "다시 들어가지 마, 빌. 저 사람들은 바보라니까."

"맞아." 마이크가 말했다. "바보들이야. 그런 줄 알았어."

"마이크한테 그런 말을 해서는 안 돼." 빌이 말했다.

"아는 사람들이야?" 내가 마이크에게 물었다.

"아니, 한번도 본 적 없는 사람들이야. 그런데 자기들은 나를 안대."

"난 안 참을 거야." 빌이 말했다.

"자, 자, 수이조에 가자." 내가 말했다.

"저놈들은 비아리츠에서 온 에드나의 친구들이야." 빌이 말했다.

"그냥 바보라니까." 에드나가 말했다.

"그중 하나는 시카고에서 온 찰리 블랙먼이라는 자고." 빌이 말했다.

"난 시카고에 가본 적 없는데." 마이크가 말했다.

에드나가 웃음을 터뜨리더니 멈추지 못했다.

"어디 딴 데로 가요." 그녀가 말했다. "이 파산자들."

"무슨 일이에요?" 내가 에드나에게 물었다. 우리는 광장을 가로질러 수이조로 가고 있었다. 빌은 사라지고 없었다.

"나도 몰라요. 하지만 어떤 사람이 마이크가 뒷방에 못 들어가게 하려고 경찰을 불렀어요. 칸에서 마이크와 알던 사람들이 있대요. 마이크는 도대체 무슨 문제가 있는 거예요?"

"아마 빚이 있을 겁니다." 내가 말했다. "사람들이 가차 없이 구는 흔한 이유죠."

광장의 매표소 앞에는 사람들이 두 줄로 늘어서서 기다리고 있었다. 그들은 담요나 신문지를 두른 채 의자에 앉거나 땅바닥에 쭈그리고 있었다. 투우표를 사려고 아침에 매표소 창구가 열리기를 기다리고 있는 것이다. 밤하늘이 개기 시작하며 달이 나왔다. 줄 선 사람들 중에는 자고 있는 사람들도 있었다.

우리가 카페 수이조에 앉아 푼다도르를 주문하는데, 로버트 콘이 나타났다.

"브렛은 어디 있어?" 그가 물었다.

"몰라."

"자네랑 있었잖아."

"자러 갔겠지."

"아니야."

"어디 있는지 몰라."

불빛에 비친 그의 얼굴은 창백했다. 그가 선 채 있었다.

"어디 있는지 말해줘."

"앉아." 내가 말했다. "어디 있는지 몰라."

"모를 리가 없어!"

"닥쳐."

"브렛이 어디 있는지 말해."

"자네한텐 아무것도 말해주지 않을 거야."

"어디 있는지 아는구나."

"안다 해도 말 안 할 거야."

"아, 꺼져, 콘." 마이크가 테이블 저편에서 고함질렀다. "브렛은 투우사 녀석이랑 갔어. 지금은 신혼여행 중일걸."

"너나 닥쳐."

"아, 꺼져버려!" 마이크가 나른하게 말했다.

"거기 있는 거야?" 콘이 나를 돌아보며 물었다.

"꺼져!"

"너랑 있었잖아. 거기 있는 거야?"

"꺼져버리라니까!"

"말하게 해주지." 그가 앞으로 다가왔다. "이 더러운 뚜쟁이 녀석."

나는 그에게 주먹을 날렸으나 그는 피했다. 불빛 아래 그가 고개를 양쪽으로 피하는 게 보였다. 그가 나를 쳤고 나는 바닥에 주저앉았다. 일어서려 하는데, 그가 다시 때렸다. 나는 테이블 아래 자빠졌다. 일어나려 했지만 다리에 감각이 없었다. 나는 얼른 일어나서 그를 때려야겠다고 생각했다. 마이크가 나를 도와 일으켰다. 누군가 내 머리에 물병의 물을 부었다. 마이크가 한 팔로 나를 안고 있었고, 나는 의자에 앉아 있었다. 마이크가 내 귀를 잡아당겼다.

"이봐, 자네 몸이 차가웠어." 마이크가 말했다.

"자넨 어디 있었던 거야?"

"아, 옆에 있었지."

"끼어들고 싶지 않았던 거야?"

"그 사람이 마이크도 때려눕혔어요." 에드나가 말했다.

"안 때려눕혔어." 마이크가 말했다. "내가 누워 있었던 거지."

"축제 때는 매일 밤 이런 식이에요?" 에드나가 물었다. "아까 그 사람 콘 씨 아니었어요?"

"난 괜찮아. 머리가 좀 흔들리지만." 내가 말했다.

웨이터 몇 명과 한 무리의 사람들이 우리를 둘러싸고 있었다.

"바야!(젠장!)" 마이크가 말했다. "가, 가라고."

웨이터가 사람들을 몰아냈다.

"대단한 구경거리였어요." 에드나가 말했다. "그 사람은 분명히 권투선수일 거야."

"맞아요."

"빌이 있었다면 좋았을걸." 에드나가 말했다. "빌이 맞고 나가떨어지는 걸 보고 싶어요. 항상 빌이 맞아 쓰러지는 걸 보고 싶었어. 빌은 너무 덩치가 크거든요."

"녀석이 웨이터를 때려눕히길 바랐는데." 마이크가 말했다. "체포되게 말이야. 로버트 콘 씨가 감옥에 갇히는 꼴을 보고 싶어."

"그러지 마." 내가 말했다.

"어머나. 진담으로 한 소린 아니죠?" 에드나가 말했다.

"진심이에요." 마이크가 말했다. "난 얻어맞는 걸 좋아하는 놈이 아니에요. 시합조차 안 한다고."

마이크는 술을 마셨다.

"알다시피 난 사냥도 좋아한 적 없어. 언제 말발굽에 짓밟힐지 모르거든. 괜찮아, 제이크?"

"괜찮아."

"당신은 좋은 사람이군요." 에드나가 마이크에게 말했다. "정말 파산했어요?"

"거나하게 파산했죠." 마이크가 말했다. "돈을 안 빌린 사람이 없어요. 빚진 적 있어요?"

"엄청요."

"난 사방에 빚이 있어요." 마이크가 말했다. "오늘 밤에는 몬토야에게 100페세타를 꾸었죠."

"그런 짓을 하다니." 내가 말했다.

"갚을 거야." 마이크가 말했다. "난 항상 다 갚아."

"그래서 파산한 거군요, 안 그래요?" 에드나가 말했다.

나는 일어섰다. 그들의 대화가 먼 곳에서 들리는 것 같았다. 이 모든 게 무슨 형편없는 연극을 보는 것 같았다.

"난 호텔로 돌아갈 거야." 내가 말했다. 그리고 보니 그들은 내 이야기를 하고 있었다.

"괜찮을까요?" 에드나가 물었다.

"같이 가주는 게 좋을 것 같아요."

"난 괜찮아." 나는 말했다. "오지 마. 나중에 보자고."

나는 카페에서 나와 걸었다. 그들은 테이블에 앉아 있었다. 나는 그들과 빈 테이블을 돌아보았다. 한 테이블에는 웨이터 하나가 손으로 머리를 감싸 쥔 채 앉아 있었다.

광장을 가로질러 호텔로 돌아오는데, 모든 것이 새롭고 달라진 것 같았다. 전에는 한번도 나무들을 본 적이 없었다. 깃대도, 극장 정면도 본 적이 없었다. 모든 것이 달라 보였다. 옛날에 마을 바깥에서 축구 경기를 하고 집으로 돌아올 때의 기분 같았다. 나는 축구 장비들이 든 여행 가방을 들고 역에서 걸어 올라왔다. 평생 동안 살았던 마을인데 모든 것이 새롭게 보였다. 길거리에서는 사람들이 잔디를 갈퀴로 고르고 낙엽을 태우고 있었다. 나는 오랫동안 서서 그 광경을 지켜보았다. 모든 것이 낯설었다. 계속 걸어갔지만 내 발은 먼 곳에 있는 것 같았고, 모든 것이 먼 곳에서 오는 것처럼 느껴졌다. 먼 곳을 걷고 있는 내 발소리가 들리는 것 같았다. 경기 초반에 머리를 걷어차였던 것이다. 광장을 가로지를 때 기분이 딱 그랬다. 호텔의 계단을 올라갈 때도 그랬다. 계단을 오르는 데 오랜 시간이 걸렸고, 손에는 여행 가방이 들려 있는 것만 같았다. 방에는 불이 켜져 있었다. 빌이 나와서 복도에서 나를 맞았다.
"이봐, 올라가서 콘을 좀 만나봐. 아주 궁지에 몰린 것 같아. 자네를 찾고 있어."
"꺼져버리라 그래."
"가봐. 올라가서 좀 만나봐."
나는 한 층을 더 올라가고 싶지 않았다.
"왜 그런 식으로 봐?"
"안 봤어. 올라가서 콘을 만나줘. 엉망진창이야."
"자넨 조금 전에 취해 있었잖아." 내가 말했다.
"지금도 취해 있어." 빌이 말했다. "하지만 자넨 올라가서 콘을 봐야 해. 자넬 만나고 싶어 한다니까."
"좋아." 내가 말했다. 그냥 계단만 좀 더 올라가면 되는 일이었다. 나는 상상 속의 여행 가방을 들고 계단을 올라가서 복도를 지나 콘의 방으로 갔다. 문이 닫혀 있어서 노크를 했다.
"누구십니까?"
"반스야."
"들어와, 제이크."
나는 문을 열고 들어가 여행 가방을 내려놓았다. 방 안에는 불이 꺼져 있었다. 콘은 어둠 속에서 침대에 엎드려 있었다.

"안녕, 제이크."

"제이크라고 부르지 마."

나는 문간에 서 있었다. 집에 돌아왔을 때도 딱 이랬다. 지금 내게 필요한 건 뜨거운 목욕이었다. 기대서 누울 수 있는 깊고 뜨거운 욕조가 필요했다.

"욕실은 어디 있어?" 내가 물었다.

콘은 울고 있었다. 그는 침대에 얼굴을 파묻은 채 울고 있었다. 그는 프린스턴에서 입었던 것 같은 흰 폴로셔츠를 입고 있었다.

"미안해, 제이크. 용서해줘."

"용서하라고, 제기랄."

"제발 용서해줘, 제이크."

나는 아무 말도 하지 않았다. 그냥 문간에 서 있었다.

"내가 미쳤나봐. 자네가 이 상황을 좀 알아줘."

"아, 괜찮아."

"브렛을 참을 수가 없었어."

"자넨 나더러 뚜쟁이라고 했지."

아무래도 좋았다. 내가 원하는 건 뜨거운 목욕이었다. 온몸이 푹 잠기는 물 안에서 뜨거운 목욕을 하고 싶었다.

"알아. 제발 잊어버려. 내가 미쳤어."

"괜찮아."

그는 울고 있었다. 목소리가 이상했다. 그는 어둠 속에서 침대에 흰 셔츠를, 폴로셔츠를 입고 누워 있었다.

"난 아침에 떠날 거야."

그는 아무 소리도 내지 않고 울고 있었다.

"난 그냥 브렛의 그런 점을 참을 수가 없었어. 지옥에 있는 것처럼 괴로웠어, 제이크. 정말 지옥 같았어. 여기서 브렛을 만났을 때, 그 여자는 나를 처음 보는 사람처럼 대했어. 참을 수가 없었어. 우린 산세바스티안에서 같이 살았다고. 자네는 알 거야. 더 이상은 못 참겠어."

그는 침대에 누워 있었다.

"난 목욕을 해야겠어." 내가 말했다.

"자넨 내 유일한 친구야. 난 브렛을 너무 사랑했어."

"아무튼, 잘 가."

"아무 소용 없겠지." 그가 말했다. "정말 아무 소용 없겠지."

"뭐가?"

"모든 게. 제발 용서한다고 말해줘, 제이크."

"물론." 나는 말했다. "다 괜찮아."

"너무 괴로웠어. 지옥 같은 시간이었어, 제이크. 이제 다 끝났어. 모든 게 다."

"하여간, 잘 가. 나는 가야겠어."

그가 몸을 굴려 침대 가장자리에 앉더니 일어섰다.

"잘 가, 제이크." 그가 말했다. "악수할 거지?"

"물론. 왜 못 하겠어?"

우리는 악수를 했다. 어둠 속에서 그의 얼굴은 잘 보이지 않았다.
"자, 아침에 보자고." 내가 말했다.
"난 아침에 떠날 거야."
"아, 그래."
나는 방을 나갔다. 콘은 방문 가에 서 있었다.
"괜찮아, 제이크?" 그가 물었다.
"아, 그래. 난 괜찮아."
욕실을 찾을 수가 없었다. 잠시 후 나는 욕실을 찾았다. 깊은 돌 욕조가 있었다. 수도꼭지를 틀었지만 물이 나오지 않았다. 나는 욕조 가에 앉았다. 가려고 일어섰을 때에야 나는 신발을 벗었다는 것을 깨달았다. 나는 신발을 찾아 들고 계단을 내려왔다. 그리고 내 방을 찾아 들어가 옷을 벗은 다음 침대로 들어갔다.

나는 두통과 길거리에서 들려오는 악대의 소음 때문에 잠에서 깼다. 빌의 친구 에드나에게 소가 거리를 질주하여 투우장으로 들어가는 것을 보여주기로 약속했던 기억이 났다. 나는 옷을 입고 아래층으로 내려가 차가운 이른 아침 공기 속으로 나갔다. 사람들이 광장을 가로질러 투우장으로 바쁘게 가고 있었다. 광장 저쪽 편에서는 사람들이 매표소 앞에 두 줄로 늘어서 있었다. 7시에 판매가 시작되기를 여전히 기다리고 있는 것이다. 나는 서둘러 길을 건너 카페로 갔다. 웨이터가 내 친구들이 거기 있다가 갔다가 말해줬다.

"몇 명이었습니까?"

"남자 두 분과 여자 한 분이었습니다."

그렇다면 괜찮다. 빌과 마이크가 에드나와 함께 있었던 것이다. 그녀는 어젯밤 그들이 뻗을까봐 걱정했었다. 그래서 내가 꼭 그녀를 데리고 가야 했던 것이다. 나는 커피를 마시고 다른 사람들과 함께 서둘러 투우장으로 갔다. 이제는 휘청거리지 않았다. 그냥 머리가 지독하게 아플 뿐이었다. 모든 것이 선명하고 명확하게 보였다. 거리에는 이른 아침의 향기가 가득했다.

마을 끝에서 투우장으로 이어지는 땅은 진창이었다. 투우장으로 가는 길을 따라 세워진 울타리 뒤에는 사람들이 가득했고, 바깥 발코니와 투우장 꼭대기도 사람들로 빽빽했다. 폭죽 소리를 듣고 나는 소들이 투우장에 들어오는 것을 보기에는 이미 늦었다는 것을 깨닫고 사람들을 비집고 울타리 쪽으로 갔다. 사람들에게 밀려 나는 울타리 판자에 착 달라붙었다. 통로를 둘러싼 두 울타리 사이에서는 경찰들이 군중을 정리하고 있었다. 사람들은 걷거나 종종걸음을 치며 투우장으로 들어갔다. 잠시 후 사람들이 달려오기 시작했다. 한 주정뱅이가 미끄러져 넘어졌다. 경찰관 두 명이 그 사람을 붙잡아 황급히 울타리 너머로 넘겼다. 이제 사람들은 빨리 달리고 있었다. 군중 틈에서 커다란 고함소리가 들려왔다. 판자 사이로 머리를 내밀고 보니 황소들이 막 거리에서 나와 투우장으로 이어지는 긴 울타리 안으로 달려 들어오고 있었다. 소들이 질주하면서 사람들 뒤로 바싹 붙었다. 바로 그때 또 다른 주정뱅이가 울타리 뒤에서 작업복을 손에 들고 뛰쳐나왔다. 황소에게 망토 흔들기를 해보고 싶었던 것이다. 경찰관 두 명이 달려와 그의 멱살을 잡았고, 하나는 곤봉으로 그를 후려쳤다. 그들은 그를 울타리로 끌고 와서 군중의 마지막 무리와 황소가 지나갈 때까지 울타리에 납작하게 밀어붙여놓았다. 황소 앞에서 뛰어가는 사람들이 너무 많아서 심한 혼잡이 벌어지자, 투우장 문을 통과해서 안으로 들어가는 속도가 느려졌다. 황소들은 옆구리가 진흙투성이가 된 채 뿔을 흔들며 한 덩어리로 육중하게 질주했다. 그때 그중 한 마리가 앞으로 뛰어나오더니 무리 뒤에서 달리고 있던 한 남자를 받아 공중으로 들어 올렸다. 뿔에 받힌 남자의 양팔이 옆으로 늘어지고 머리는 뒤로 꺾였다. 황소는 그를 들어 올렸다가 땅바닥에 내동댕이쳤다. 소는 그 앞에서 달리던 또 다른 사람을 노렸지만, 그는 군중 속으로 사라졌다. 군중은 문을 통과해 투우장으로 들어갔고 황소들도 그 뒤를 따라 들어갔다. 투우장의 붉은 문이 닫히자, 투우장 바깥 발코니에 있던 사람들도 밀리고 밀리며 안으로 들어갔다. 고함소리가 터져 나오더니, 또 한 번 고함소리가 들렸다.

뿔에 찔린 남자는 짓밟힌 진흙탕에 머리를 박은 채 누워 있었다. 사람들이 울타리를 넘어가 온통 둘러싸는 바람에 그는 보이지 않았다. 투우장 안에서는 함성 소리가 들려왔다. 함성은 어떤 황소가 사람들 사이로 돌진했음을 뜻한다. 함성의 강도에 따라 얼마나 나쁜 상황이 벌어지고 있는지 알 수 있다. 그러고 나서 폭죽이 올라갔다. 거세소들이 황소들을 투우장에서 우리로 몰아넣었다는 뜻이다. 나는 울타리를 떠나 시내 쪽으로 걷기 시작했다.

시내로 돌아와 커피를 한 잔 더 마시고 버터 바른 토스트를 먹기 위해 카페로 갔다. 웨이터가 카페를 쓸고 테이블을 닦고 있었다. 하나가 다가오더니 내 주문을 받았다.

"엔시에로*에서 무슨 일이 있었습니까?"

"자세히 보지는 못했는데, 한 사람이 심하게 코히도**됐어요."

"어디가요?"

"여기요." 나는 한 손을 허리춤에 대고 다른 손은 가슴에 갖다 댔다. 뿔이 빠져나온 자리처럼 보였다. 웨이터는 고개를 끄덕거리고는 행주로 테이블 위의 빵 부스러기를 훔쳤다.

"심하게 코히도됐군요." 그가 말했다. "그 모든 게 다 오락을, 다 즐거움을 위한 거죠."

그는 가서 주둥이가 긴 커피와 우유 주전자를 가져왔다. 그가 커피와 우유를 부었다. 기다란 주둥이에서 나온 커피와 우유가 두 줄기를 그리며 커다란 잔으로 들어갔다. 웨이터가 고개를 끄덕였다.

"등이 뚫린 코히도라니." 그가 말했다. 그는 테이블에 주전

---

*거리에 소 떼를 풀어놓고 사람들과 같이 질주하는 행사. 산페르민 축제에서 가장 유명하다.
**투우에서 투우사가 황소 뿔에 들이받혀 찔리는 걸 말한다.

자를 놓고 의자에 앉았다. "뿔에 받혀 크게 다치는 짓거리. 그걸 다 재미있자고 하는 겁니다. 순전히 재미있자고 말입니다. 어떻게 생각하세요?"

"모르겠습니다."

"그거예요. 재미. 재미라고요."

"당신은 아피시오나도가 아니군요?"

"저요? 황소가 뭔데요? 짐승이에요. 금수일 뿐입니다." 그는 일어나서 허리춤에 손을 갖다 댔다. "등이 정통으로 뚫리다니. 등을 꿰뚫은 코르나다*라니. 재미로 말입니다, 그걸 아시라고요."

그는 고개를 절레절레 젓더니 커피 주전자를 들고 가버렸다.

두 사람이 거리를 지나가고 있었다. 웨이터가 그들을 소리쳐 불렀다. 그들은 심각한 표정이었다. 한 사람이 고개를 저었다. "무에르토!(죽었어요!)" 그가 외쳤다.

웨이터가 고개를 끄덕였다. 두 사람은 볼일을 보러 계속 걸어갔다. 웨이터가 내 테이블로 왔다.

"들었습니까? 무에르토. 죽었어요. 그 사람 죽었다고요. 뿔에 찔려서요. 그저 하루아침의 재미를 위해서요. 에스 무이 플라멩코.(참 망나니 같은 짓이죠.)"

"안됐군요."

"전 아닙니다." 웨이터가 말했다. "전혀 재미있지 않아요."

*'관통상'이라는 뜻.

그날 늦게 우리는 죽은 남자의 이름은 비센테 기로네스이며 타팔라 근처에서 온 사람이라는 것을 알았다. 다음 날 신문에는 그가 스물여덟 살이며 농장과 아내, 두 아이가 있다는 기사가 실렸다. 그는 결혼한 이후 매년 이 축제에 왔다. 다음 날 그의 아내가 유해를 지키기 위하여 타팔라에서 왔고, 그다음 날에는 산페르민 예배당에서 미사가 열렸고 타팔라의 무도, 음주회 회원들에 의해 관이 기차역으로 옮겨졌다. 북이 앞장서서 행진했고 피페로 주자들이 뒤따랐고, 관을 운반하는 사람들 뒤에 아내와 두 아이가 따랐다……. 그 뒤로는 팜플로나와 에스텔라, 타팔라, 산구에사의 무도와 음주회 회원들 중 장례식까지 남아 있을 수 있는 사람들 모두가 따랐다. 관이 기차의 화물칸에 놓이고 미망인과 두 아이는 삼등 무개차에 올라타 셋이서 나란히 앉았다. 기차가 덜컹 하며 출발하더니 부드럽게 달려 고원 가장자리를 돌아, 비탈길을 달려 내려가서 바람에 흔들리는 밀밭을 지나 타팔라를 향해 달렸다.

비센테 기로네스를 죽인 황소의 이름은 보카네그라, 산체스 타베르노 사육장의 118번째 소로, 그날 오후 세 번째로 나와 페드로 로메로의 손에 죽었다. 소의 귀는 환호성 속에 잘려 페드로 로메로에게 전달되었고, 그는 그것을 다시 브렛에게 주었으며, 그녀는 내 손수건에 귀를 싼 다음 귀와 손수건 모두를 수많은 무라티* 담배꽁초와 함께 팜플로나의 몬토야 호텔 침대

---

*스페인의 담배 상표.

옆 협탁 서랍 안에 깊숙이 처박아두고 왔다.

호텔로 돌아오자 야간 경비원이 문 안에 놓인 벤치에 앉아 있었다. 그는 밤새도록 거기 있어서 매우 졸린 상태였다. 내가 들어가자 그는 벌떡 일어났다. 웨이트리스 셋도 나와 동시에 들어왔다. 그들은 웃으며 위층으로 올라갔다. 나도 그들을 따라 계단을 올라가 내 방으로 들어갔다. 신발을 벗고 침대에 누웠다. 발코니로 난 창문이 열려 있어서 방 안에는 햇살이 환했다. 잠은 오지 않았다. 분명히 3시 반이 넘어서 잠이 들었는데, 악대의 음악 소리에 6시에 잠이 깼다. 턱 양쪽이 다 아팠다. 손가락들로 턱을 만져보았다. 빌어먹을 콘 녀석. 그는 처음 모욕을 당했을 때 곧바로 누군가를 때려눕히고 가버렸어야 했다. 그는 브렛이 자기를 사랑한다고 너무나 확신했다. 자기가 가지지 않고 버티고 있으면 진정한 사랑이 모든 것을 정복할 수 있을 거라고 생각했을 것이다. 누군가 방문을 두드렸다.

"들어와요."

빌과 마이크였다. 그들은 침대에 앉았다.

"대단한 엔시에로였어." 빌이 말했다. "대단한 엔시에로."

"자네 거기 있었어?" 마이크가 물었다. "벨 눌러서 맥주 좀 주문해, 빌."

"엄청난 아침이야!" 빌이 말했다. 그는 손바닥으로 얼굴을 쓸었다. "세상에! 엄청난 아침이었다고! 여기 우리 제이크가 있네, 제이크. 인간 펀치백."

"투우장 안은 어땠어?"

"맙소사!" 빌이 말했다. "무슨 일이 있었지, 마이크?"

"소들이 막 달려 들어왔지." 마이크가 말했다. "군중은 아슬아슬하게 앞에 있었고. 그런데 어떤 녀석이 넘어져서 사람들을 우르르 쓰러뜨린 거야."

"그리고 황소들이 몽땅 그 위로 돌진한 거지." 빌이 말했다.

"나도 고함소리를 들었어."

"그건 에드나였어." 빌이 말했다.

"인간들이 계속 뛰쳐나와 셔츠를 흔들어대는 거야."

"황소 한 마리가 바레라를 따라 돌면서 닥치는 대로 사람들을 뿔로 받아 넘겼어."

"한 스무 명 정도가 병원으로 실려 갔지." 마이크가 말했다.

"대단했어!" 빌이 말했다. "경찰관들이 황소 앞으로 돌진해 자살하려는 녀석들을 족족 체포했어."

"결국에는 거세소들이 황소를 우리에 집어넣었지." 마이크가 말했다.

"1시간 정도 걸렸어."

"사실은 15분 정도밖에 안 돼." 마이크가 부정했다.

"아, 꺼져버려." 빌이 말했다. "자넨 전쟁에도 나갔었잖아. 나한테는 2시간 반은 되는 것 같았다고."

"맥주는 어디 있어?" 마이크가 물었다.

"귀여운 에드나는 어떻게 했어?"

"방금 데려다 줬어. 자러 갔어."

"에드나는 좋아했어?"
"괜찮았어. 매일 아침 그런 식이라고 말해줬지."
"감탄한 눈치였어." 마이크가 말했다.
"우리더러도 투우장으로 내려가라는 거야." 빌이 말했다.
"행동하는 걸 좋아하거든."
"그런 짓은 내 채무자들에게 온당한 일이 아니라고 말해줬지." 마이크가 말했다.
"대단한 아침이었어." 빌이 말했다. "밤은 또 어떻고!"
"턱은 어때, 제이크?" 마이크가 물었다.
"아파." 내가 말했다.
빌이 껄껄 웃었다.
"왜 의자로 날려버리지 않았어?"
"말이야 쉽지." 마이크가 말했다. "자네도 때려눕혔을걸. 때리는 게 보이지도 않았어. 앞에 있는 걸 봤다고 생각하는 순간, 갑자기 내가 바닥에 엉덩방아를 찧고 앉아 있는 거야. 제이크는 테이블 아래 뻗어 있고."
"콘은 그 후에 어디로 갔어?" 내가 물었다.
"왔다!" 마이크가 말했다. "숙녀께서 맥주를 가지고 오셨군."
여종업원이 맥주병과 잔이 놓인 쟁반을 테이블 위에 내려놓았다.
"세 병 더 갖다줘요." 마이크가 말했다.
"나를 때린 후에 콘은 어디 갔지?" 나는 빌에게 물었다.

"자넨 모르나?" 마이크는 맥주병을 따고 있었다. 그는 잔을 병 주둥이에 바싹 갖다 대고 맥주를 따랐다.
"정말 몰라?" 빌이 물었다.
"콘은 호텔로 들어와 브렛과 그 투우사 녀석이 그놈 방에 같이 있는 걸 발견했어. 그 투우사 놈을 묵사발을 만들어놨어."
"설마."
"진짜야."
"대단한 밤이었어!" 빌이 말했다.
"그 불쌍한 투우사 놈을 반 죽여놨다니까. 그러고는 브렛을 데려가려고 했지. 정숙한 여자로 만들려고 말이야. 지랄맞게 감동적인 장면이지."
그는 맥주를 죽 들이켰다.
"바보천치 같은 놈."
"그래서 어떻게 됐어."
"브렛이 따끔하게 야단을 쳤지. 혼꾸멍을 내줬어. 멋들어지게 말이야."
"왜 아니겠어." 빌이 말했다.
"그러자 콘은 완전히 무너져가지고는 울고불고하면서 투우사 녀석과 악수를 하려는 거야. 브렛하고도 하려고 하고."
"알아. 나하고도 했으니까."
"그랬어? 하여간, 둘 다 하지 않으려 했어. 투우사 녀석 제법 대단하더라고. 말은 별로 안 했지만 몇 번이고 다시 일어나서는 또 맞아 쓰러지는 거야. 콘은 결국 녀석을 완전히 쓰러뜨리지 못했어. 그랬으면 정말 재미있었을 텐데."

"이 이야기는 다 어디서 들은 거야?"

"브렛이지. 오늘 아침에 봤거든."

"그래서 결국 어떻게 됐는데?"

"투우사 녀석은 침대에 앉아 있었던 것 같아. 한 열다섯 번 정도 나가떨어졌는데도 계속 더 싸우려 했다는 거야. 브렛이 붙들어서 일어나지 못하게 하려고 했대. 그런데 아무리 힘이 빠진 상태라도 브렛이 막을 수는 없는 거지. 녀석은 또 일어났어. 그러자 콘이 자기는 더 이상은 못 치겠다고 하더래. 그럴 수가 없다고. 너무 나쁜 짓이라고. 그러자 투우사 녀석이 비틀거리며 그에게 다가갔어. 콘은 벽 쪽으로 물러나고."

"'그래서, 나를 안 치겠다고?'"

"'안 쳐.' 콘이 말했대. '그건 부끄러운 일이야.'"

"그러자 투우사 녀석이 콘의 얼굴을 있는 힘껏 때리고는 바닥에 주저앉았어. 브렛 말이, 일어나질 못하더래. 콘이 일으켜 세워서 침대로 데려가려 하자, 콘이 도와주면 죽여버리겠다고 했대. 하여간 콘이 아침에 마을을 떠나지 않으면 어쨌거나 죽일 거라고. 콘은 울고 있었고, 브렛은 따끔하게 야단을 쳤지. 그는 악수를 하려고 했고. 이 이야기는 했지."

"끝까지 이야기해봐." 빌이 말했다.

"투우사 녀석은 바닥에 앉아 있었어. 일어나서 콘을 한 대 더 칠 기운이 생길 때까지 기다리고 있었던 거지. 브렛은 악수하지 않으려고 했고, 콘은 울면서 자기가 얼마나 그녀를 사랑하는지 말했어. 브렛은 지긋지긋하게 굴지 말하고 했고. 그러자 콘은 몸을 굽혀 투우사 녀석에게 악수를 청했지. '악감정이 있었던 건 아닙니다. 용서해주십시오.' 그러자 투우사는 다시 녀석의 얼굴에 한 대 더 먹였어."

"근성 있는 녀석인데." 빌이 말했다.

"녀석이 콘을 무너뜨렸어." 마이크가 말했다. "콘은 이제 다시는 사람들을 패고 싶지 않을 거야."

"브렛은 언제 만난 거야?"

"오늘 아침. 필요한 물건을 챙기러 왔더라고. 로메로를 간호해주고 있었거든."

그는 맥주를 한 잔 더 따랐다.

"까불대긴 해도 브렛은 사람들 돌보는 걸 좋아해. 그래서 우리가 함께 있는 거야. 브렛이 나를 돌봐주니까."

"알아." 내가 말했다.

"난 취했어." 마이크가 말했다. "계속 취해 있을래. 엄청나게 재미있긴 하지만, 그다지 유쾌한 일은 아니야. 나한텐 대단히 유쾌하지 않아."

그는 맥주를 들이켰다.

"나도 브렛을 야단쳤어. 유대인이나 투우사, 그런 작자들과 어울린다면 골치 아픈 일이 생기게 될 거라고." 그는 앞으로 몸을 숙였다. "그런데, 제이크, 자네 맥주 내가 마셔도 되나? 종업원이 한 병 더 가지고 올 거야."

"마셔. 어차피 안 마시고 있었어."

마이크는 병을 따기 시작했다. "이것 좀 열어줄래?" 나는 따개를 더 빨리 눌러 맥주를 따라주었다.

"있잖아." 마이크가 계속해서 말했다. "브렛은 좋은 여자야. 항상 그렇지. 유대인이나 투우사나 그런 작자들에 대해 내가 모질게 야단치긴 했지만 말이야. 그런데 브렛이 뭐라고 했는지 아나? '그래, 영국 귀족이랑 살았을 때는 지독하게 행복했으니까!'"

그는 술을 마셨다.

"대단한 반격이지. 애슐리는, 그러니까 브렛한테 작위를 준 그 녀석 말이야, 놈은 해군이었어. 9대 남작에다가. 그런데 놈은 집에 오면 침대에서 안 자려 했대. 브렛도 항상 바닥에서 자게 하고 말이야. 결국 상태가 정말 안 좋아져서는 그녀를 죽여버리겠다고 떠들어댔대. 잠을 잘 때는 항상 장전한 권총을 옆에 뒀고. 녀석이 잠이 들면 브렛은 총알을 빼놓곤 했대. 대단히 행복한 생활은 아니었지. 치욕스러운 일이기도 하고. 그렇게 모든 걸 즐기는 여잔데."

그는 일어났다. 손이 떨리고 있었다.

"난 내 방에 갈 거야. 좀 자야겠어."

그는 미소 지었다.

"우린 모두 축제 기간 동안 너무 잠을 안 잤어. 난 지금부터 자기 시작해서 마음껏 잘 거야. 잠을 안 자는 건 너무 안 좋아. 끔찍하게 예민해지거든."

"정오에 이루냐에서 봐." 빌이 말했다.

마이크는 방에서 나갔다. 그가 옆방으로 들어가는 소리가 들렸다.

그가 벨을 울리자 여종업원이 와서 문을 두드렸다.

"맥주 여섯 병이랑 푼다도르 한 병 가져와요." 마이크가 말했다.

"시, 세뇨리토.(알았습니다. 손님.)"

"나도 자야겠어." 빌이 말했다. "불쌍한 마이크. 어젯밤 마이크 때문에 정말 대단한 소동을 겪었어."

"어디서? 바 밀라노에서?"

"응. 칸에서 브렛과 마이크를 도와준 사람이 있었는데, 아주 비열한 놈이었어."

"나도 그 이야기 알아."

"난 몰랐어. 마이크에 대해서 이러쿵저러쿵할 자격이 있는 사람은 아무도 없어."

"그게 나쁜 거지."

"그럴 권리는 없어. 그럴 권리가 없었으면 좋겠어. 갈게."

"투우장 안에서 죽은 사람 있어?"

"죽지는 않았을 거야. 그냥 심하게 다친 거지."

"길에서는 한 사람 죽었어."

"그래?" 빌이 말했다.

# 18장

정오에 우리는 카페에 있었다. 카페는 혼잡했다. 우리는 새우를 먹고 맥주를 마셨다. 마을 전체가 북적거렸다. 길거리마다 사람이 가득했다. 비아리츠와 산세바스티안에서 커다란 차들이 끊임없이 달려와 광장 주위에 주차했다. 투우를 보러 온 사람들이 탄 차였다. 관광객들을 실은 차도 왔다. 영국 여자만 스물다섯 명 탄 차도 있었다. 그들은 커다란 하얀 차에 앉아 창문 너머로 축제를 구경했다. 춤꾼들은 모두 취해 있었다. 축제의 마지막 날이었다.

한 덩어리가 되어 끊임없이 계속되는 축제 한가운데서 자동차들과 관광버스는 구경꾼들로 이루어진 작은 섬들 같았다. 하지만 일단 차에서 내리기만 하면 구경꾼들은 사람들 무리 속에 흡수되었다. 그들이 다시 눈에 띄게 되는 것은 운동복 차림 때문이었고, 이는 검은 작업복을 입고 몰려 앉은 농부들 사이에서 이상하게 보였다. 축제는 비아리츠 영국인들까지 흡수해버려서 테이블 바로 앞을 지나치지 않으면 알아볼 수도 없었다. 거리에서는 내내 음악 소리가 들렸다. 북소리가 계속 울렸고 피리 소리도 끊임없이 들려왔다. 카페 안에서는 테이블을 부여잡거나 어깨동무를 한 사람들이 쉰 목소리로 노래를 불렀다.

"브렛이 오는군." 빌이 말했다.

시선을 돌리니 그녀가 광장의 군중 사이로 고개를 꼿꼿이 들고 걸어오고 있었다. 마치 축제가 그녀를 기리기 위하여 벌어지고 있고, 그것이 즐겁고 유쾌하다는 듯한 표정이었다.

"안녕, 여러분!" 그녀가 말했다. "나 목이 말라."

"맥주 큰 걸로 하나 더." 빌이 웨이터에게 말했다.

"새우 하겠어?"

"콘은 갔어?" 브렛이 물었다.

"응." 빌이 말했다. "차를 빌려서 갔어."

맥주가 왔다. 브렛은 조끼를 들려고 했지만 손이 떨렸다. 그녀는 그걸 보고 웃더니 몸을 앞으로 숙여서 오랫동안 홀짝거리며 마셨다.

"맛있네."

"아주 좋아." 내가 말했다. 나는 마이크가 걱정되었다. 그는 잔 것 같지 않았다. 내내 술을 마신 게 틀림없었다. 하지만 분별을 잃지는 않은 것 같았다.

"콘이 제이크 자기를 다치게 했다고 들었어." 브렛이 말했다.

"아니. 나를 때려눕혔어. 그게 다야."

"로메로도 다쳤어." 브렛이 말했다. "지독하게 다쳤어."
"로메로는 어때?"
"괜찮을 거야. 방에서 안 나오려고 해."
"보기에 엉망진창이야?"
"굉장히. 진짜 많이 다쳤다니까. 잠깐 나가서 당신들 얼굴만 보고 오겠다 하고 나온 거야."
"경기에 나갈 거래?"
"물론. 괜찮다면 난 자기랑 갈래."
"당신 남자 친구는 어때?" 마이크가 물었다. 그는 브렛의 말을 전혀 듣고 있지 않았다.
"브렛이 투우사를 하나 건졌잖아." 그가 말했다. "콘이라는 유대인도 하나 있었지. 그런데 그놈은 망나니가 됐어."
브렛이 일어났다.
"당신의 그런 헛소리 듣지 않을 거야, 마이클."
"남자 친구는 어때?"
"몹시 건강해." 브렛이 말했다. "오늘 오후에 봐봐."
"브렛은 투우사를 하나 손에 넣었지." 마이크가 말했다. "아름다운 투우사 자식을."
"나랑 저쪽으로 좀 걸어. 자기랑 이야기하고 싶어, 제이크."
"제이크한테 당신 투우사 이야기 몽땅 다 해줘." 마이크가 말했다. "아, 당신 투우사 따위 지옥에나 가버려!" 그가 테이블을 기울이는 바람에 맥주와 새우 접시들이 와장창 깨졌다.
"가자. 여기서 나가자." 브렛이 말했다.

광장을 가로지르는 사람들 틈에서 내가 말했다. "어때?"
"점심 후에는 투우 경기 때까지 그이랑 안 볼 거야. 그이 팀 사람들이 와서 옷을 입힐 거래. 그 사람들이 나한테 굉장히 화가 나 있다고 그이가 그랬어."
브렛은 표정이 환했다. 그녀는 행복했다. 해가 나와서 날씨는 화창했다.
"난 완전히 딴사람이 된 것 같아." 브렛이 말했다. "당신은 모를 거야, 제이크."
"내가 해줬으면 하는 거 있어?"
"아니. 그냥 나랑 같이 투우 보러 가."
"점심때 올 거야?"
"아니. 그이랑 먹어야 해."
우리는 호텔 정문 앞 아케이드 아래 서 있었다. 사람들이 테이블을 아케이드 아래로 가져와 정리하고 있었다.
"공원으로 산책하러 갈래?" 브렛이 물었다. "아직은 올라가고 싶지 않아. 그이는 자고 있을 거야."
우리는 극장을 지나고 광장을 빠져나가 시장의 건물들 사이로 들어가서는 사람들과 함께 양쪽에 늘어선 노점들 사이로 걸어갔다. 그리고 사라사테 공원 산책길로 연결되는 사거리로 나왔다. 하나같이 잘 차려입은 사람들이 길을 걷고 있었다. 그들은 공원 위쪽까지 가서 방향을 틀었다.
"저긴 가기 싫어." 브렛이 말했다. "지금은 사람들 시선이 싫어."

우리는 햇살 아래 서 있었다. 바다에서 온 비와 구름이 개인 후의 날씨는 무덥고 화창했다.
"바람이 잦아들어야 할 텐데." 브렛이 말했다. "그이에게는 매우 안 좋거든."
"나도 그랬으면 좋겠어."
"황소들은 괜찮대."
"좋은 황소들이지."
"이게 산페르민 성당이야?"
브렛이 예배당의 노란 벽을 쳐다보았다.
"맞아. 일요일에 쇼가 시작되었던 곳이지."
"들어가보자. 괜찮지? 그이나 뭔가를 위해 기도하고 싶어."
우리는 육중한 가죽 문을 밀고 성당 안으로 들어갔다. 문은 매우 부드럽게 열렸다. 안은 어두컴컴했다. 많은 사람들이 기도를 드리고 있었다. 눈이 어둑어둑한 빛에 익숙해지자 사람들이 보였다. 우리는 기다란 나무 의자에 무릎을 꿇고 앉았다. 잠시 후 브렛의 몸이 경직되는 게 느껴져 돌아보았더니 그녀는 똑바로 앞을 바라보고 있었다.
"나가자." 브렛이 쉰 목소리로 속삭였다. "여기서 나가. 기분이 너무 초조해져."
환한 거리로 나오자 브렛은 바람에 흔들리는 나무 꼭대기를 쳐다보았다. 기도는 그다지 성공적이지 못했다.
"성당 안에만 있으면 왜 그렇게 초조한 기분이 들까." 브렛이 말했다. "도움이 된 적이 없어."

우리는 나란히 걸었다.
"난 종교적인 분위기와는 안 맞아. 얼굴부터가 어울리지 않잖아." 브렛이 말했다.
"있지." 브렛이 말했다. "난 그이는 전혀 걱정 안 해. 그냥 행복할 뿐이야."
"잘됐네."
"하지만 바람은 좀 잤으면 좋겠어."
"5시경에는 약해질 거야."
"그러길 바라."
"기도해보지그래." 나는 웃었다.
"효과가 없다니까. 기도해서 뭘 얻어본 적이 한번도 없어. 자기는?"
"아, 있지."
"흥. 어떤 사람들에게는 효과가 있나보지. 자기도 종교적으로 생기지는 않았는데 말이야, 제이크."
"난 굉장히 종교적인 사람이라고."
"흥. 오늘 날 개종시키려고 하지 마. 그렇지 않아도 오늘은 재수가 없을 테니까."
콘과 떠나기 전 이후로 그녀가 이렇게 예전처럼 행복하고 느긋한 모습을 보이는 것은 처음이었다. 우리는 다시 호텔 앞으로 돌아왔다. 테이블은 이제 준비가 다 되어 있었고, 몇몇 테이블에서는 벌써 식사를 하고 있는 사람들도 있었다.
"마이크를 부탁해." 브렛이 말했다. "너무 엉망이 되지 않게."

"친구분들은 올라가셨습니다." 독일인 급사장이 영어로 말했다. 그는 늘 남의 말을 엿들었다. 브렛이 그를 향해 말했다.
"대단히 감사합니다. 또 할 말이 있나요?"
"아뇨, 부인."
"알았어요." 브렛이 말했다.
"세 사람 자리를 준비해주십시오." 나는 독일인에게 말했다. 그는 특유의 불쾌한 미소를 지었다.
"부인께서도 여기서 드십니까?"
"아뇨." 브렛이 말했다.
"그럼 이인용으로 충분할 것 같습니다."
"저 사람이랑 이야기하지 마." 브렛이 말했다. "마이크가 엉망으로 취했나보네." 그녀가 계단에서 말했다. 우리는 계단에서 몬토야와 마주쳤다. 그는 가볍게 목례했지만 미소를 짓지는 않았다.
"카페에서 봐." 브렛이 말했다. "고마워, 정말로, 제이크."
우리는 우리 방이 있는 층에서 발을 멈추었다. 그녀는 복도를 똑바로 걸어가 로메로의 방으로 들어갔다. 문을 두드리지도 않았다. 그냥 문을 열고 들어가 닫았다.
나는 마이크의 방 앞에 서서 문을 두드렸다. 대답이 없었다. 문고리를 돌리자 문이 열렸다. 방 안은 난장판이었다. 가방은 다 열려 있었고 옷이 사방에 흩어져 있었다. 침대 옆에는 빈 병들이 즐비했다. 마이크는 데스마스크 같은 얼굴을 하고 침대에 누워 있었다. 그는 눈을 뜨고 나를 쳐다보았다.

"어이, 제이크." 그가 천천히 말했다. "난 잠을 좀, 자려고. 오랫동안 좀, 자고, 싶었으니까."
"이불 덮어줄게."
"아니야. 더워."
"가지 마. 아직은, 안 자니까."
"잠들 거야, 마이크. 걱정 마."
"브렛은 투우사를 하나 건졌어." 마이크가 말했다. "하지만 유대인은 떠나버렸지."
그는 고개를 돌리고 나를 쳐다보았다.
"더럽게 멋지지 않나, 어?"
"그래. 이제 좀 자, 마이크. 자넨 잠을 자야 해."
"막 자려던, 참이었어. 이제는 좀, 잘 거야."
그는 눈을 감았다. 나는 방을 나와 조용히 문을 닫았다. 빌은 내 방에서 신문을 읽고 있었다.
"마이크 봤어?"
"응."
"식사하러 가지."
"저 독일인 급사장이 있는 아래층에서는 안 먹을 거야. 아까 마이크를 데리고 올라오는데 어찌나 건방지게 굴던지."
"우리한테도 그랬어."
"시내에 가서 먹자."
우리는 아래층으로 내려갔다. 계단에서 뚜껑을 덮은 쟁반을 들고 올라오는 여자와 마주쳤다.

"브렛의 점심이군." 빌이 말했다.

"그리고 그 애송이랑." 내가 말했다.

아케이드 아래 테라스로 나가자 독일인 급사장이 다가왔다. 그의 붉은 뺨이 반짝반짝 빛났다. 그는 매우 정중했다.

"두 분을 위해 테이블을 준비해뒀습니다." 그가 말했다.

"당신이나 가서 앉으시오." 빌이 말했다. 우리는 밖으로 나와 길을 건넜다.

우리는 광장에서 좀 떨어진 골목 안에 있는 레스토랑에서 점심을 먹었다. 손님은 모두 남자였다. 담배 연기가 자욱하고 술과 노래가 넘쳤다. 음식은 맛있었고 와인도 괜찮았다. 우리는 별로 이야기를 하지 않았다. 그러고 나서 카페로 간 다음 축제의 흥분이 최고조로 치솟는 것을 지켜보았다. 브렛이 점심식사 후 곧 나왔다. 방 안을 들여다보니 마이크는 자고 있더라고 했다.

축제가 한창 고조되자 우리는 군중 틈에 끼어 투우장으로 갔다. 브렛은 링 바로 앞자리에 빌과 나 사이에 앉았다. 우리 바로 아래에는 관람석과 바레라의 붉은 울타리 사이의 통로인 칼레혼이 있었다. 우리 뒤에는 사람들이 빽빽하게 들어찬 콘크리트 관람석이 있었다. 붉은 울타리 너머 저 앞에는 노란 모래가 매끈하고 판판하게 정리되어 있었다. 비를 맞아 조금 무거운 듯했지만, 햇볕에 말라 단단하고 매끄러워 보였다. 칼잡이와 투우장 일꾼이 망토와 물레타\*를 담은 등나무 바구니를 어깨에 매고 칼레혼을 걸어왔다. 피가 묻은 망토와 물레타들이 바구니 안에 착착 개켜져 있었다. 칼잡이가 무거운 가죽 칼 상자를 열어 울타리에 비스듬하게 걸쳐놓자 붉은 천으로 감싼 칼집의 손잡이들이 보였다. 그들은 검은 핏자국으로 얼룩진 붉은 물레타 천을 편 다음 그 상태 그대로 마타도르가 쥘 수 있도록 그 안에 막대를 끼웠다. 브렛은 이 모든 과정을 지켜보았다. 그녀는 이런 전문적인 자잘한 일들에 완전히 빠져들었다.

"그이는 모든 망토와 물레타에 자기 이름을 새겨놓았어." 브렛이 말했다. "그런데 저걸 왜 물레타라 부르는 거야?"

"나도 몰라."

"저걸 빨기는 하는 걸까?"

"아닐 거야. 그러면 색이 변할 테니까."

"피 때문에 딱딱해질 텐데." 빌이 말했다.

"웃기지." 브렛이 말했다. "아무도 피를 개의치 않는다는 게."

칼잡이는 아래의 좁은 칼레혼 통로에서 모든 준비를 했다. 경기장은 대만원이었다. 위쪽의 특별석들도 모두 꽉 찼다. 회장이 앉을 특별석을 제외하고는 빈자리가 하나도 없었다. 회장이 들어오면 경기가 시작될 것이다. 매끈한 모랫바닥 건너편, 우리로 이어지는 높다란 문 앞에 투우사들이 팔로 망토를 감고 서서 이야기하며 경기장을 가로질러 행진하라는 신호를 기다리고 있었다. 브렛은 쌍안경을 들고 그들을 바라보았다.

"여기. 보고 싶어?"

＊막대에 감은 붉은 천으로, 소를 유인할 때 쓴다.

나는 쌍안경으로 세 명의 마타도르들을 보았다. 로메로가 중앙에 서 있고, 벨몬테가 왼쪽, 마르시알이 오른쪽에 서 있었다. 그 뒤에는 종자들이, 그 뒤로는 반데리예로들이 서 있었고, 통로 뒤쪽과 우리 앞 공간에는 피카도르들이 보였다. 로메로는 검은 옷을 입고 있었다. 그는 삼각모를 눈 바로 위까지 푹 눌러 쓰고 있었다. 모자 때문에 얼굴이 제대로 보이지 않았지만 상처가 심해 보였다. 그는 똑바로 앞을 바라보고 있었다. 마르시알은 담배를 손으로 감싸 들고 조심스레 피우고 있었다. 벨몬테는 앞을 바라보고 있었다. 얼굴은 창백하고 노랬고, 늑대 같은 기다란 턱을 내밀고 있었다. 그는 아무것도 쳐다보고 있지 않았다. 그도, 로메로도 다른 사람들과 아무런 공통점이 없어 보였다. 그들은 모두 혼자였다. 회장이 들어왔다. 우리 머리 위 특별관람석에서 박수가 터져 나왔다. 나는 쌍안경을 브렛에게 주었다. 박수 소리가 나더니 음악이 시작되었다. 브렛은 쌍안경을 들고 구경했다.

"자, 받아." 그녀가 말했다.

쌍안경으로 보니 벨몬테가 로메로에게 뭔가 이야기하고 있었다. 마르시알은 자세를 똑바로 하고 담배를 버렸다. 세 마타도르는 고개를 젖힌 채 똑바로 앞을 보고 한 팔을 휘두르며 걸어 나갔다. 그 뒤를 전체 행렬이 따랐다. 그들은 모두 망토를 휘감고 나머지 한 팔을 휘두르며 성큼성큼 걸어 나왔다. 그 뒤를 피카도르들이 창을 높이 쳐든 채 말을 타고 나갔다. 마타도르들은 회장석 앞으로 와서 모자를 쓴 채 고개 숙여 인사하더니 우리 아래 바레라 쪽으로 다가왔다. 페드로 로메로는 금실로 장식한 묵직한 망토를 벗어서 울타리 너머 칼잡이에게 주었다. 그가 칼잡이에게 뭐라고 말했다. 우리 자리 바로 밑에 있었기 때문에 로메로의 부풀어 오른 입술과 멍든 양쪽 눈가가 보였다. 얼굴도 멍이 들고 부어 있었다. 칼잡이가 망토를 받아 들고 브렛을 쳐다보더니 우리에게 다가와서 망토를 건넸다.

"앞에다가 펼쳐." 내가 말했다.

브렛은 몸을 숙여 받았다. 망토는 무거웠고 금실 장식은 뻣뻣하지만 매끈했다. 칼잡이가 뒤를 돌아보더니 고개를 저으며 뭐라고 말했다. 내 옆에 앉은 남자가 브렛을 향해 말했다.

"펴지 말래요. 도로 접어서 무릎 위에 올려놓아요."

브렛은 무거운 망토를 접었다.

로메로는 우리를 쳐다보지 않았다. 그는 벨몬테와 이야기하고 있었다. 벨몬테는 의례용 망토를 친구들에게 주었다. 그는 친구들을 둘러보며 미소 지었다. 입으로만 짓는 그 특유의 늑대 같은 미소였다. 로메로가 바레라에 기대더니 물을 청했다. 칼잡이가 물을 가져다주자 로메로는 투우용 망토 위에 물을 붓더니, 망토 아랫자락을 모래에 대고 발로 비볐다.

"왜 저러는 거야?" 브렛이 물었다.

"바람이 불어도 날리지 않도록 무겁게 하려는 거야."

"얼굴이 엉망이군." 빌이 말했다.

"기분이 안 좋을 거야." 브렛이 말했다. "침대에 누워 있어야 하는데."

첫 번째 황소는 벨몬테의 몫이었다. 벨몬테는 아주 훌륭했다. 하지만 그는 3만 페세타를 받았고, 군중은 그를 보기 위하여 밤새 줄을 서서 표를 샀기 때문에 그 이상을 요구했다. 벨몬테는 황소에 바짝 붙어서 싸우는 것이 큰 매력이었다. 투우에는 소의 영역과 투우사의 영역이라는 게 있다. 투우사가 자기 영역에 머무는 한, 그는 상대적으로 안전하다. 하지만 소의 영역에 들어가면 대단히 위험해진다. 전성기 때의 벨몬테는 언제나 소의 영역에서 싸웠다. 그래서 관중에게 비극이 닥쳐오는 흥분을 선사했다. 사람들은 벨몬테를 보기 위하여, 비극적 흥분을 느끼기 위하여, 그리고 어쩌면 벨몬테의 죽음을 보기 위하여 투우장에 갔다. 15년 전에 사람들은 벨몬테를 보고 싶으면 그가 아직 살아 있을 때 빨리 가라고 말했었다. 그 후로 그는 소를 천 마리도 더 죽였다. 그가 은퇴하자 그의 투우에 대한 전설은 더 커졌고, 따라서 그가 은퇴를 번복하고 다시 투우를 시작하자 사람들은 실망했다. 어떤 사람도 전설 속의 벨몬테처럼 소에 바짝 붙어 싸울 수 없었기 때문이다. 물론 심지어 벨몬테 본인조차도.

또한 벨몬테는 여러 가지 조건을 걸었고 자기가 싸울 소들이 너무 커서도 안 되고 뿔이 너무 위험해서도 안 된다고 고집했다. 따라서 그의 경기에는 비극적 흥분을 줄 수 있는 요소들이 없었다. 상처 후유증을 앓고 있는 벨몬테에게 전성기 때보다 세 배는 더 큰 기대를 가졌던 대중은 기만당하고 배신당한 기분이었다. 그래서 벨몬테의 턱은 경멸감으로 점점 더 튀어나왔고, 얼굴은 더 노래졌고, 고통이 커지면서 동작도 점점 더 힘들어졌다. 마침내 군중은 대놓고 그를 야유했고, 그는 완전한 경멸과 무관심으로 이에 대처했다. 그는 위대한 오후를 꿈꿨지만, 돌아온 것은 조롱과 모욕의 고함 소리, 마침내는 쿠션과 빵 조각과 채소 나부랭이들의 일제 사격이었다. 과거에 가장 위대한 성공을 거두었던 이 투우장에서 말이다. 그의 턱은 더 삐죽이 튀어나왔다. 때로 특히 모욕적인 소리가 들리면 그는 이를 악물고는 턱을 길게 내민 채 입술을 말고 미소 지었다. 움직일 때마다 닥치는 아픔은 점점 더 심해져서 마침내 그의 노란 얼굴이 백짓장처럼 하얘졌다. 두 번째 황소가 죽고 빵과 쿠션 세례가 멈춘 다음, 그는 특유의 늑대 턱 미소를 지으며 조소가 가득한 눈초리로 회장에게 인사를 했다. 그리고 칼을 닦으라고 바레라 너머로 건네준 후, 칼레혼으로 들어와 우리 아래쪽 바레라에 기댔다. 그는 고개를 양팔에 묻고는 아무것도 보지 않고 아무 소리도 듣지 않은 채 아픔을 견뎠다. 마침내 그는 고개를 들고 물을 한 잔 청해서 조금 마시고 입안을 헹구더니 물을 뱉고 망토를 챙겨서 경기장으로 다시 들어갔다.

　군중은 벨몬테에 반감을 품었기 때문에 로메로에게 더 열광했다. 그가 바레라를 떠나 황소에게 다가가는 순간부터 박수가 터져 나왔다. 벨몬테도 로메로를 지켜보고 있었다. 안 보는 척하면서도 항상 지켜보고 있었다. 마르시알은 신경 쓰지 않았다. 마르시알은 완전히 파악하고 있었다. 그는 마르시알과 경쟁하기 위해서 다시 투우장에 돌아왔다. 이미 이긴 것이나 다름없는 경쟁임을 알았기 때문이다. 그는 투우 타락기의 스타들과 마르시알과 경쟁할 줄 알았다. 그러면 진정성 있는 자신의 투우가 타락기 투우사들의 가짜 기교와 대비되어 너무나 돋보일 테니, 자기는 그냥 투우장에 나가기만 해도 된다고 생각했었다. 그의 복귀는 로메로가 망쳐버렸다. 그가, 벨몬테가 이제 어쩌다가 겨우 할 수 있는 일들을 로메로는 언제나 부드럽고 침착하고 아름답게 해치웠다. 관중은 이를 느꼈다. 심지어 비아리츠에서 온 사람들도, 심지어 미국 대사마저도 결국에는 그것을 보았다. 벨몬테는 그 경쟁에 뛰어들 수 없었다. 그랬다가는 결국 뿔에 받혀 심한 상처를 입거나 죽게 될 것이 뻔했다. 벨몬테의 건강은 예전 같지 않았다. 그는 더 이상 투우장에서 위대한 순간을 만들어낼 수 없었다. 위대한 순간이 있는지조차 자신할 수 없었다. 상황은 예전과 달라졌고, 이제 삶은 오로지 스쳐 지나가는 순간으로만 다가왔다. 과거의 영광이 주마등처럼 떠올랐지만, 그것은 아무런 가치가 없었다. 차에서 내려 친구의 소 사육장의 울타리에 기대 소 떼들을 둘러보다가 안전을 고려해서 황소들을 미리 고르는 순간, 이미 스스로 그 가치를 떨어뜨렸기 때문이다. 그는 뿔도 별로 크지 않은 조그맣고 만만한 소를 두 마리 골랐었다. 그래서 위대한 순간이 다시 찾아오는 것을 느꼈던 순간, 만성적인 아픔을 뚫고 그 위대함을 미약하게나마 다시 느꼈던 순간, 그 가치는 이미 떨어지고 미리 팔려버렸다. 그는 조금도 기쁘지 않았다. 그것은 위대함이었지만, 그는 더 이상 투우에 설레지 않았다.

페드로 로메로에게는 위대함이 있었다. 그는 투우를 사랑했다. 아마 황소도 사랑했을 것이다. 그리고 브렛도 사랑했을 것이다. 그는 오후 내내 자신이 통제할 수 있는 모든 방향 감각을 브렛 앞에서 선보였다. 그는 한 번도 고개를 들지 않았다. 그래서 그의 투우는 더 강해 보였다. 그는 그녀를 위해서뿐만 아니라 자신을 위해서 투우를 했다. 한 번도 고개를 들고 자신의 투우가 마음에 드는지 물어보지 않았기 때문에 그는 자신을 위하여 투우를 한 것이었다. 그 때문에 그는 더 강해졌지만, 그녀를 위해서 한 것이기도 했다. 하지만 그녀를 위해서 투우를 해도 자신에게 조금도 누가 되지 않게 했다. 오후 내내 그 때문에 그는 더 돋보였다.

그의 첫 번째 '키테'*는 우리 바로 아래에서 벌어졌다. 세 명의 마타도르는 황소가 피카도르에게 돌진할 때마다 차례로 황소를 상대했다. 벨몬테가 첫 번째, 마르시알이 두 번째였고, 다음이 로메로였다. 세 사람은 말의 왼쪽에 서 있었다. 모자를 눈 위로 푹 눌러쓴 피카도르가 황소를 향해 창을 정확하게 겨누고는 고삐를 쥐고 박차를 가해 말을 몰고 황소에게 다가갔다. 황소는 지켜보고 있었다. 언뜻 보면 하얀 말을 보고 있는 것 같았지만, 사실은 창의 삼각형 창끝을 보고 있는 것이다. 로메로는 이를 지켜보다 황소가 고개를 돌리기 시작하는 것을 보았다. 황소는 공격할 생각이 없어 보였다. 로메로는 망토를 흔들어

---

*투우사가 망토를 써서 소를 피하는 것.

황소의 눈에 색깔이 들어오도록 했다. 황소가 반사적으로 돌진했지만, 흔들리는 빨간 천 대신 흰 말과 마주했다. 말 위의 남자가 몸을 숙여 기다란 히코리 창으로 황소의 어깨 위에 솟아오른 근육을 찌르더니 그 창을 축으로 해서 말을 옆으로 몰아 상처를 내고 황소의 어깨에 창을 깊이 박아 넣어 벨몬테를 위해 피를 흘리게 만들었다.

창에 찔린 황소는 고집을 부리지 않았다. 황소는 정말로 말을 공격하고 싶어 하지 않았다. 소가 방향을 틀자 세 사람은 뿔뿔이 흩어졌고 로메로가 망토로 황소를 유인했다. 그는 흐르듯이 부드럽게 소를 유인한 뒤 걸음을 멈추더니 황소의 정면에 버티고 서서 망토를 내밀었다. 황소가 꼬리를 치켜올리고 돌진했다. 로메로는 두 발로 단호히 버티고 서서 황소 앞에서 팔을 휘둘렀다. 물에 젖고 진흙으로 무거워진 망토가 돛처럼 좍 펼쳐졌고, 로메로는 망토와 함께 황소 바로 앞에서 빙그르 돌았다. 한 번 교차한 후 그들은 다시 서로를 마주 보았다. 로메로는 미소 지었다. 황소는 다시 돌진하려 했고, 로메로의 망토도 다시 펼쳐졌다. 이번에는 반대쪽이었다. 그가 아슬아슬하게 황소를 피할 때마다 사람과 황소, 좍 펼쳐져 황소 앞에서 빙 도는 망토 모두가 한 덩어리로 이루어진 선명한 부조 같았다. 모든 것이 너무나 유유자적했고 정확하게 통제되었다. 마치 그가 황소를 달래서 재우고 있는 것 같았다. 그는 그런 베로니카*를 네 번 하고 절반을 더 선보여 마무리했다. 그리고 황소에게 등을 돌린 채 한 손을 허리에 얹고 망토를 팔에 걸친 모습으로 박수갈채를 향해 다가왔다. 황소는 멀어져가는 그의 뒷모습을 바라보고 있었다.

자기의 소를 다루는 데 그는 완벽했다. 첫 번째 황소는 눈이 잘 보이지 않았다. 망토로 황소를 두 번 유인해본 후 로메로는 황소의 눈이 어느 정도로 나쁜지 정확하게 파악했다. 그는 상황에 맞게 행동했다. 화려한 투우는 아니었다. 그저 완벽한 투우였을 뿐이다. 군중은 황소를 바꾸기를 원했다. 엄청난 소란이 벌어졌다. 미끼를 보지 못하는 황소를 데리고는 멋진 경기가 이루어질 수 없었다. 하지만 회장은 황소의 교체를 명령하지 않았다.

"왜 안 바꾸는 거야?" 브렛이 물었다.
"돈을 지불했거든. 돈을 버리고 싶지 않은 거지."
"로메로에게 불공평하잖아."
"색깔을 못 보는 소를 그가 어떻게 다루는지 잘 봐."
"난 이런 건 보고 싶지 않아."

투우를 하고 있는 사람을 조금이라도 아낀다면 보기 좋은 상황은 아니었다. 망토의 색이나 물레타의 진홍빛 천을 볼 수 없는 소를 상대할 경우, 로메로는 소가 자신의 몸에 동조하게 만드는 수밖에 없었다. 그는 최대한 소에게 바싹 다가가 소가 자신의 몸을 보고 돌진하게 만든 뒤 소의 돌진 방향을 천으로 돌려서 고전적인 방식으로 교차를 마무리해야 했다. 비아리츠

---

*망토를 흔들어 소를 다루는 기술.

무리는 그것을 좋아하지 않았다. 그들은 로메로가 무서워하고 있다고 생각했다. 그가 자신의 몸에서 천으로 돌진 방향을 옮기느라 한 발 비켜설 때마다 무서워서 그러는 것이라고 생각했다. 그들은 과거의 자신을 흉내 내는 벨몬테나 벨몬테를 흉내 내는 마르시알을 더 선호했다. 우리 뒷줄에 비아리츠에서 온 사람이 세 명 앉아 있었다.

"도대체 황소를 왜 무서워하는 거야? 황소는 너무 멍청해서 천만 쫓아다닐 뿐인데."

"애송이 투우사라서 그래. 아직 제대로 못 배운 거지."

"하지만 좀 전에는 망토를 훌륭하게 다루던데."

"지금은 초조한가보지."

투우장 한가운데서 로메로는 혈혈단신 같은 일을 되풀이하고 있었다. 그는 황소가 자기를 똑똑히 보도록 바싹 다가가서 몸으로 유인하고 조금 더 가까이 가서 다시 유인했다. 황소는 멍하게 바라보고 있었다. 그러고는 황소가 자기를 잡았다고 생각할 정도로 가까이 다가가 유인해서 마침내 공격을 이끌어 낸 후, 뿔이 닿기 일보 직전에 거의 눈에 띄지도 않을 정도로 몸을 살짝 피하며 소가 따라갈 빨간 천을 내밀었다. 그 동작이 비아리츠의 투우 전문가들의 비판적 판단에는 크게 거슬렸던 것이다.

"이제 죽일 거야." 나는 브렛에게 말했다. "황소는 아직 기운이 팔팔해. 지칠 기세가 아니야."

투우장 한가운데서 로메로는 황소 앞에서 몸을 옆으로 돌리고 서더니 물레타 안에서 칼을 꺼내 발끝으로 서서 칼날을 겨냥했다. 로메로가 공격하자 황소도 돌진했다. 로메로는 왼손으로 황소의 주둥이 위에 물레타를 떨어뜨려 눈이 보이지 않도록 한 다음, 왼쪽 어깨를 앞으로 내밀며 소의 뿔 사이를 칼로 찔렀다. 잠시 동안 그와 황소는 한 덩어리가 되었다. 로메로는 황소 위로 몸을 굽힌 채 오른팔을 위로 뻗어 어깨 사이에 들어간 칼자루를 잡았다. 다음 순간 한 덩어리를 이루고 있던 형상이 갈라졌다. 로메로는 살짝 휘청거리며 황소에게서 떨어져 나와, 한 손을 들고 서서 황소를 마주 보았다. 그의 셔츠 소매 아랫부분이 찢어져 흰 천이 바람에 날렸다. 황소는 붉은 칼을 어깨 사이에 단단히 박은 채 고개를 숙이고 네 다리로 지탱하고 서 있었다.

"이제 쓰러지는군." 빌이 말했다.

로메로는 황소 바로 앞에 서 있어서 황소는 그를 볼 수 있었다. 그는 여전히 한 손을 든 채 황소에게 뭐라고 말했다. 황소는 다시 온 힘을 그러모으고 머리를 앞으로 내밀었지만, 천천히 쓰러지기 시작했고, 마침내 갑자기 네 다리를 공중에 쳐든 채 완전히 넘어졌다.

사람들이 로메로에게 칼을 건넸다. 그는 칼날을 아래쪽으로 해서 잡고 다른 손에는 물레타를 쥔 채 회장석 앞으로 걸어가서 인사를 한 뒤 꼿꼿이 서더니 바레라로 와서 칼과 물레타를 건네주었다.

"지독한 녀석이었어요." 칼잡이가 말했다.

"진땀 뺐습니다." 로메로가 말했다. 그는 얼굴을 닦았다. 칼잡이가 그에게 물병을 내밀었다. 로메로는 입술을 닦았다. 물병에 대고 마시는 게 아픈 모양이었다. 그는 우리를 쳐다보지 않았다.

마르시알의 경기는 대단히 훌륭했다. 그를 향한 박수갈채는 로메로의 마지막 황소가 들어갈 때도 여전히 계속됐다. 아침에 질주해 나와 남자를 죽였던 그 황소였다.

첫 번째 황소와 싸울 때 그의 상처 입은 얼굴은 굉장히 눈에 띄었다. 모든 동작이 상처를 드러냈다. 눈이 잘 보이지 않는 황소를 상대로 복잡하게 섬세한 동작을 하느라 집중할 때마다 상처가 부각되었다. 콘과의 싸움은 그에게 정신적인 상처는 남기지 않았지만, 얼굴은 엉망이 되었고 몸도 다쳤다. 그는 이제 그 모든 것을 씻어내고 있었다. 이 황소와의 싸움에서 하는 모든 동작이 그 일을 조금 더 깨끗하게 씻어냈다. 훌륭한 황소였다. 덩치가 크고 뿔도 단단했다. 황소는 유연하고 정확하게 방향을 틀고 다시 공격했다. 녀석이야말로 로메로가 바라던 황소였다.

그가 물레타를 사용하는 연기를 마무리하고 죽일 준비를 갖추자 군중은 계속하라고 외쳤다. 그들은 아직 황소가 죽는 것을 원하지 않았고, 경기가 끝나는 것도 원하지 않았다. 로메로는 계속했다. 마치 투우 강의 같은 경기였다. 모든 교차 동작은 서로 연결되어 있었고, 완전했으며, 모든 동작이 유유하고 신성하고 부드러웠다. 눈속임이나 신비하게 보이려는 동작은 전혀 없었다. 거친 면이라고는 찾아볼 수 없었다. 교차 동작이 정점에 도달할 때마다 속이 죄어들었다. 군중은 경기가 영원히 끝나지 않기를 바랐다.

황소는 네 다리로 똑바로 서서 죽을 자세를 갖췄고, 로메로는 우리 바로 밑에서 황소를 죽였다. 지난번 황소처럼 상황에 내몰려 죽인 게 아니라 자기가 원하는 대로 죽였다. 그는 황소 바로 앞에 몸을 옆으로 돌리고 서서 물레타에서 칼을 꺼내 칼날로 겨냥했다. 황소가 그를 지켜보았다. 로메로는 황소에게 말을 걸며 한쪽 발을 톡톡 두드렸다. 황소가 돌진했다. 로메로는 물레타를 내리고 칼날을 조준한 채 굳건히 서서 공격을 기다렸다. 다음 순간 그는 한 발짝도 내딛지 않고 황소와 한 덩어리가 되었다. 칼은 어깨 사이에 높이 꽂혔다. 황소는 낮게 흔들리는 천을 따라왔지만 그 천은 로메로가 왼쪽으로 깨끗하게 피하는 순간 사라졌고, 모든 것이 끝났다. 황소는 다리로 버티고 선 채 앞으로 나아가려 했지만, 좌우로 휘청거리며 주저하더니 무릎을 꿇으며 넘어졌다. 로메로의 형이 뒤에서 나와 황소의 뿔 아래 목덜미에 단도를 박아 넣었다. 첫 번째는 빗나갔다. 그는 다시 단도를 밀어 넣었고, 황소는 쓰러져 경련을 일으키다가 뻣뻣해졌다. 로메로의 형은 한 손에 뿔을, 다른 손에는 칼을 잡고 회장석을 쳐다보았다. 회장이 특별석에서 내려다보며 손수건을 흔들었다. 형은 새김눈 표시가 된 검은 귀를 죽은 황소에게서 잘라 들고 빠른 걸음으로 로메로에게 다가갔다. 황소는 혀를 빼문 채 검고 육중한 몸으로 모래 위에 쓰러져 있었다. 투우장 사방에서 청년들이 황소에게 달려가 소를 둘러싸고 조그만 원을 만들었다. 그들은 소를 둘러싸고 춤을 추기 시작했다.
 로메로는 형에게서 귀를 받아 회장을 향해 쳐들었다. 회장이 머리를 숙여 답례하자 로메로는 군중이 모여들기 전에 우리 앞으로 달려왔다. 그는 바레라에 몸을 기대고 팔을 뻗어 브렛에게 귀를 주었다. 그는 고개를 끄덕이며 미소 지었다. 군중이 그를 온통 둘러쌌다. 브렛이 망토를 내밀었다.
 "좋았습니까?" 로메로가 외쳤다.
 브렛은 아무 말도 하지 않았다. 그들은 서로 바라보며 미소 지었다. 브렛은 손에 황소의 귀를 들고 있었다.
 "피가 묻지 않게 조심해요." 로메로가 말하고 싱긋 웃었다. 군중은 그를 원했다. 몇몇 소년들은 브렛에게 고함을 질렀다. 군중은 청년들과 춤꾼들, 주정뱅이들이었다. 로메로는 돌아서서 군중을 뚫고 나가려고 했다. 그들은 로메로를 온통 둘러싸더니 그를 들어 올려 목말을 태우려고 했다. 그는 저항하며 몸을 비틀고 빠져나가 군중 한가운데서 문을 향해 달리기 시작했다. 그는 사람들 어깨에 실려 나가고 싶지 않았다. 하지만 그들은 로메로를 잡아 들어 올렸다. 자세는 불편했고, 그의 다리는 쩍 벌어졌고, 온몸이 쓰라렸다. 사람들은 그를 목말을 태우고 모두 문을 향해 달려갔다. 그는 누군가의 어깨를 붙들고 있었다. 그가 미안한 표정으로 우리를 돌아보았다. 군중은 그를 짊어진 채 문밖으로 달려 나갔다.
 우리 셋은 호텔로 돌아왔다. 브렛은 위층으로 올라갔다. 빌과 나는 아래층 식당에 앉아 계란 완숙을 먹고 맥주 몇 병을 마셨다. 벨몬테가 매니저와 다른 두 사람과 함께 외출복을 입고 내려왔다. 그들은 옆 테이블에 앉아 식사를 했다. 벨몬테는 아주 조금밖에 먹지 않았다. 그들은 바르셀로나행 7시 기차를 타고 떠날 예정이었다. 벨몬테는 파란색 줄무늬 셔츠와 검은 양복을 입고 계란 반숙을 먹었다. 다른 사람들은 푸짐한 식사를 했다. 벨몬테는 별로 말이 없었다. 그저 질문에 대답할 뿐이었다.

빌은 투우 관람으로 지쳐 있었다. 나도 마찬가지였다. 우린 둘 다 정말로 열심히 봤다. 우리는 앉아서 계란을 먹었고 나는 옆 테이블의 벨몬테 일행을 구경했다. 그와 함께 있는 남자들은 건장했고 사무적인 느낌을 주었다.

"카페로 가자." 빌이 말했다. "압생트를 마시고 싶어."

축제의 마지막 날이었다. 바깥에는 다시 구름이 끼기 시작했다. 광장은 사람들로 북적댔고 불꽃놀이 전문가들이 밤에 쏠 불꽃들을 준비해놓고 그 위에 참나무 가지들을 덮고 있었다. 청년들이 이를 지켜보고 있었다. 우리는 기다란 대나무 대로 만든 폭죽 통들을 지나쳤다. 카페 바깥도 사람들로 초만원이었다. 음악과 춤이 계속되었다. 거인과 난쟁이들이 지나갔다.

"에드나는 어디 있지?" 내가 빌에게 물었다.

"모르겠어."

우리는 축제의 마지막 밤 저녁이 시작되는 것을 지켜보았다. 압생트를 마시자 모든 것이 더 좋아 보였다. 나는 설탕을 넣지 않고 물이 똑똑 떨어지는 잔으로 마셨다. 기분 좋은 쓴맛이었다.
"콘이 안됐어." 빌이 말했다. "지독한 경험을 했지."
"아, 콘 따위 지옥에나 가라 그래." 내가 말했다.
"어디로 갔을 것 같아?"
"파리에 갔겠지."
"뭘 할 것 같아?"
"아, 내가 알 게 뭐야?"
"뭘 할 것 같냐니까?"
"예전 여자 친구와 다시 만날지도 모르지."
"그게 누군데?"
"프랜시스라고 있어."
우리는 압생트를 한 잔씩 더 했다.
"언제 돌아갈 거야?" 내가 물었다.
"내일."
잠시 후 빌이 말했다. "굉장한 축제였어."
"그래." 내가 말했다. "항상 뭔가를 하고 있고."
"믿지 못하겠지만, 이건 근사한 악몽 같아."
"정말이야. 뭐라도 믿을 수 있어. 악몽까지도."
"뭐가 문제야? 기분이 안 좋아?"
"엿 같아."
"압생트 한 잔 더 해. 여기, 웨이터! 이 세뇨르에게 압생트 한 잔 더."
"기분이 엿 같아." 내가 말했다.

"마셔." 빌이 말했다. "천천히 마셔."

날이 어두워지기 시작했다. 축제는 계속되었다. 취기가 올라오기 시작했지만 기분은 전혀 나아지지 않았다.

"기분이 어때?"

"엿 같아."

"한 잔 더 할 테야?"

"소용없어."

"마셔봐. 알 수 없잖아. 이번 한 잔으로 기분이 나아질지도 몰라. 세뇨르에게 압생트 한 잔 더!"

나는 물을 조금씩 떨어뜨리는 대신 잔에 직접 붓고 휘저었다. 빌은 얼음을 한 덩어리 넣었다. 나는 흐릿한 갈색 혼합액에 넣은 얼음을 스푼으로 이리저리 저었다.

"기분은 어때?"

"좋아."

"그렇게 빨리 마시지 마. 속만 안 좋아져."

나는 잔을 내려놓았다. 빨리 마실 생각은 없었다.

"취한다."

"당연히 그래야지."

"그걸 원했던 거지, 그렇지?"

"물론이지. 취해. 우울증 같은 건 날려버려."

"취했어. 그걸 원했던 거지?"

"앉아."

"앉기 싫어." 나는 말했다. "난 호텔로 돌아가겠어."

나는 굉장히 취했다. 이렇게 취해본 적은 처음이었다. 호텔로 돌아와 위층으로 올라갔다. 브렛의 방문이 열려 있었다. 나는 방 안으로 고개를 들이밀었다. 마이크는 침대에 앉아 있었다. 그가 술병을 흔들었다.

"제이크." 그가 말했다. "들어와, 제이크."

나는 들어가서 앉았다. 어디 한 지점을 쳐다보고 있지 않으면 방이 빙빙 돌았다.

"브렛 말이야, 그 투우사 녀석이랑 내뺐어."

"설마."

"정말이야. 자네한테 작별 인사 하겠다고 찾아다녔어. 7시 기차를 타고 떠났어."

"정말이야?"

"나쁜 짓이지." 마이크가 말했다. "그러면 안 되는 건데."

"그러게."

"한잔하겠어? 기다려. 내가 맥주를 가지고 오라고 할게."

"난 취했어." 내가 말했다. "가서 잘래."

"취했다고? 나도 취했는데."

"그래. 취했어."

"그럼 잘 가." 마이크가 말했다. "좀 자, 제이크."

나는 방을 나와 내 방으로 가서 침대에 누웠다. 침대가 배처럼 흘러가는 것 같아 멈추게 하려고 일어나 앉아 벽을 바라보았다. 밖의 광장에서는 축제가 계속되고 있었다. 아무 의미가 없었다. 나중에 빌과 마이크가 나를 데리고 내려가 식사를 하려고 들렀다. 나는 잠든 척했다.

"잠들었네. 그냥 두는 게 낫겠어."

"아주 떡이 되도록 취했더라고." 마이크가 말했다. 그들은 밖으로 나갔다.

나는 일어나 발코니로 가서 광장에서 춤추는 사람들을 내다보았다. 세상은 더 이상 빙빙 돌지 않았다. 굉장히 깨끗하고 환했고, 단지 가장자리만 약간 흐릿할 뿐이었다. 나는 세수를 하고 머리를 빗었다. 거울 속에 비친 내 모습이 낯설어 보였다. 나는 아래층으로 내려가 식당에 갔다.

"저기 제이크가 오네!" 빌이 말했다. "어이, 제이크! 자넨 기절하지 않을 줄 알았어."

"안녕, 이 주정뱅이." 마이크가 말했다.

"배가 고파서 깼어."

"수프 좀 먹어." 빌이 말했다.

우리 셋은 테이블에 앉아 있었다. 마치 여섯 사람은 빠진 것 같은 느낌이었다.

3부

# 19장

아침이 되자 모든 것이 끝났다. 축제는 끝났다. 나는 9시쯤 일어나 목욕을 하고 옷을 입고 아래층으로 내려갔다. 광장은 텅 비었고 길거리에도 사람이 없었다. 아이들 몇 명이 광장에서 폭죽 막대를 줍고 있었다. 카페들이 막 문을 여는 중이었고, 웨이터들은 편안한 하얀 등나무 의자를 가져와 아케이드 아래 대리석 상판 테이블 주위에 놓고 있었다. 사람들이 거리를 쓸고 호스로 물을 뿌렸다.

나는 등나무 의자에 앉아 편안하게 몸을 기댔다. 웨이터는 올 생각도 안 했다. 황소 내리는 시간을 알리는 공지와 커다란 임시기차 시간표들이 여전히 아케이드 기둥에 붙어 있었다. 파란 앞치마를 두른 웨이터가 물통과 걸레를 들고 나와 공지를 떼어내기 시작했다. 종이를 잡아 찢어서 뜯어내기도 하고 돌에 말라붙은 종이는 물을 묻혀 닦아내기도 했다. 축제는 끝났다.

커피를 마시고 있으니 잠시 후 빌이 왔다. 나는 그가 광장을 가로질러 걸어오는 것을 지켜보았다. 그는 테이블에 앉아 커피를 주문했다.

"자, 다 끝났군." 빌이 말했다.

"그래." 내가 말했다. "언제 갈 거야?"

"몰라. 차를 빌리는 게 좋을 것 같아. 파리로 돌아갈 거 아냐?"

"아니. 난 일주일 더 있어도 돼. 산세바스티안에 갈까 싶어."

"난 돌아가고 싶어."

"마이크는 어떻게 한대?"

"생장드뤼즈에 간다는군."

"그럼 차를 빌려서 바욘까지 가자. 자넨 오늘 밤 거기서 기차를 타면 되잖아."

"좋아. 점심식사 후에 떠나지."

"좋아. 내가 차를 구해 올게."

우리는 점심을 먹고 계산을 했다. 몬토야는 우리 근처에도 오지 않았다. 여종업원 하나가 계산서를 가져왔다. 차는 바깥에 있었다. 운전사는 차 지붕 위에 가방들을 쌓은 뒤 단단히 묶었고 운전석 옆 앞좌석에도 실었다. 우리는 차에 탔다. 차는 광장을 지나 골목을 따라 달리다가 나무들 밑으로 들어가 언덕을 내려가며 팜플로나를 벗어났다. 별로 긴 여행 같지는 않았다. 마이크는 푼다도르를 한 병 가져왔다. 나는 몇 모금만 마셨다. 우리는 산을 넘어 스페인을 뒤로하고 하얀 길을 달려 내려가,

녹음이 무성하고 비에 젖은 바스크 지방을 통과해서 마침내 바욘에 도착했다. 우리는 빌의 가방을 역에 내렸고, 그는 파리행 기차표를 샀다. 기차는 7시 10분에 출발했다. 우리는 역에서 나왔다. 차는 역 앞에 서 있었다.
"차는 어떻게 하지?" 빌이 물었다.
"차는 신경 쓰지 마." 마이크가 말했다. "그냥 계속 가지고 있자."
"좋아. 어디로 갈까?" 빌이 말했다.
"비아리츠에 가서 한잔하자."
"흥청망청 마이크." 빌이 말했다.
우리는 비아리츠로 가서 리츠 호텔은 저리 가라 할 멋진 건물 앞에 차를 세웠다. 우리는 바에 들어가 높은 의자에 앉아 위스키소다를 마셨다.
"이건 내가 사지." 마이크가 말했다.
"주사위로 결정해."
그래서 우리는 주사위를 깊은 가죽 주사위 통에 넣고 흔들어 굴렸다. 빌이 첫판에 이겼다. 마이크가 나에게 져서 바텐더에게 100프랑 지폐를 줬다. 위스키는 한 잔에 12프랑이었다. 우리는 한 판 더 굴렸고, 마이크가 또 졌다. 매번 그는 바텐더에게 팁을 넉넉하게 줬다. 바에서 조금 떨어진 방에서 훌륭한 재즈 밴드가 음악을 연주하고 있었다. 기분 좋은 바였다. 우리는 주사위를 한 판 더 굴렸다. 내가 킹 네 개로 첫판에 이겼다. 빌과 마이크가 굴렸다. 마이크는 잭 네 개로 첫판을 이겼다. 빌은 두 번째 판을 이겼다. 마지막 판에 마이크가 킹 세 개를 했고, 그대로 뒀다. 그는 주사위 통을 빌에게 줬다. 빌은 주사위를 흔들어 굴렸다. 킹 세 개, 그리고 에이스와 퀸이 하나씩 나왔다.

"자네가 졌어, 마이크." 빌이 말했다. "노름꾼 마이크."
"미안해." 마이크가 말했다. "난 못 내."
"왜, 무슨 일인데?"
"돈이 없어. 미안해. 이제 20프랑밖에 없어. 여기, 20프랑 받아."
빌의 표정이 조금 바뀌었다.
"몬토야에게 계산할 돈 정도밖에 없었어. 그거나마 있었기에 다행이지."
"내가 수표를 현금으로 바꿔줄게." 빌이 말했다.
"고맙지만, 난 수표를 쓸 수 없어."
"그럼 돈은 어쩌려고?"
"아, 좀 들어올 거야. 두 주일치 돈이 여기로 오게 되어 있거든. 생장의 술집에서 외상으로 있으면 돼."
"차는 어떻게 해?" 빌이 나에게 물었다. "그대로 두려고?"
"아무려면 어때. 좀 바보 같지만."
"자, 자, 한 잔 더 하자고." 마이크가 말했다.
"좋아. 이건 내가 사지." 빌이 말했다. "브렛은 돈 가지고 있나?" 그가 마이크를 돌아보며 물었다.
"아닐걸. 내가 준 돈 대부분을 몬토야에게 주었으니까."

"그럼 돈을 안 가지고 있다는 거야?" 내가 물었다.

"그럴 거야. 브렛은 돈이 있어본 적이 없어. 1년에 500파운드를 받아서는 그중 350파운드를 유대인에게 이자로 지불하거든."

"원천징수를 하겠지."

"맞아. 사실 그 사람들은 진짜 유대인은 아니야. 우리가 그냥 유대인이라고 부르는 거지. 스코틀랜드 사람들일 거야."

"정말 돈을 하나도 안 가지고 있어?" 내가 물었다.

"그렇다고 생각해. 떠날 때 내게 다 주고 갔으니까."

"음." 빌이 말했다. "한 잔 더 하는 게 좋겠다."

"좋은 생각이야." 마이크가 말했다. "돈 문제는 말해봤자 아무 소용이 없어."

"맞아." 빌이 말했다. 빌과 나는 다음 두 차례를 놓고 주사위를 굴렸다. 빌이 져서 돈을 냈다. 우리는 나와서 차로 갔다.

"가고 싶은 곳 있어, 마이크?" 빌이 물었다.

"그냥 드라이브나 하자. 내 신용에도 도움이 될지 모르지. 잠깐 드라이브하자고."

"좋아. 난 해변을 보고 싶어. 앙다예 쪽으로 가보자."

"해변 쪽에는 외상이 없어."

"그건 모르지." 빌이 말했다.

우리는 해변도로를 따라 달렸다. 녹음이 우거진 갑과 빨간 지붕이 있는 하얀 별장, 여기저기 자리한 조그만 숲들, 썰물이 빠져나가는 새파란 바다, 해변을 따라 저 멀리 파도치는 바다가 보였다. 우리는 생장드뤼즈를 지나고 마을들을 지나 바닷가를 따라 내려갔다. 우리가 달려가는 굽이치는 땅 뒤로는 팜플로나에서 오는 길에 넘어온 산이 보였다. 길은 앞으로 계속 이어졌다. 빌이 시계를 보았다. 돌아갈 시간이었다. 그는 유리창을 톡톡 두들기며 운전사에게 돌아가자고 말했다. 운전사는 차를 풀밭 안으로 후진시켜 방향을 돌렸다. 우리 뒤에는 숲이, 아래로는 목초지와 바다가 펼쳐졌다.

마이크가 머물 생장의 호텔에서 우리는 차를 멈추었고 그가 내렸다. 운전사가 그의 짐들을 날라주었다. 마이크는 차 옆에 서 있었다.

"잘 가, 친구들." 마이크가 말했다. "굉장한 축제였어."

"잘 가, 마이크." 빌이 말했다.

"또 보자고." 내가 말했다.

"돈은 걱정 마." 마이크가 말했다. "차 값 낼 수 있지, 제이크? 내 몫은 나중에 보내줄게."

"잘 가, 마이크."

"잘 가. 자네들은 멋진 친구들이었어."

우리는 모두 악수했다. 우리는 차 안에서 마이크에게 손을 흔들었다. 그는 길에 서서 쳐다보고 있었다. 우리는 기차가 출발하기 직전에 바욘에 도착했다. 짐꾼이 빌의 가방들을 짐 보관소에서 가지고 왔다. 나는 선로가 있는 안쪽 입구까지 갔다.

"잘 있어, 친구." 빌이 말했다.

"잘 가."

"근사한 축제였지. 정말 즐거웠어."
"파리에 있을 거야?"
"아니. 17일에 배를 타야 해. 잘 있어, 친구!"
"잘 가, 친구!"

그는 입구를 지나 기차로 갔다. 짐꾼이 앞장서서 가방을 들고 갔다. 나는 기차가 출발하는 것을 지켜보았다. 빌이 창가에 보였다. 그 창문이 지나갔고, 나머지 차량들도 지나갔다. 선로는 텅 비었다. 나는 밖으로 나가 차로 갔다.

"얼맙니까?" 나는 운전사에게 물었다. 바욘까지 오는 비용은 150페세타로 정해놓았었다.

"200페세타입니다."

"돌아가는 길에 저를 산세바스티안에 데려다 주면 얼마나 더 내야 합니까?"

"50페세타만 주십쇼."

"농담 마시죠."

"35페세타요."

"너무 비싸군." 나는 말했다. "파니에 플뢰리 호텔로 갑시다."

호텔에서 나는 운전사에게 돈을 지불하고 팁을 주었다. 차는 뽀얗게 먼지를 뒤집어쓰고 있었다. 나는 낚싯대 케이스의 먼지를 털었다. 그것은 나와 스페인과 축제를 연결해주는 마지막 물건 같았다. 운전사는 차에 기어를 넣고 길을 달려 내려갔다. 나는 차가 방향을 틀어 스페인으로 가는 길로 접어드는 것을 지켜보았다. 그러고는 호텔로 들어와 방을 얻었다. 빌과 콘과 내가 바욘에 있을 때 묵던 방이었다. 굉장히 오래전 일 같았다. 나는 씻고 셔츠를 갈아입고 시내로 갔다.
신문 가판대에서 《뉴욕 헤럴드》를 한 부 사서 카페에 앉아 읽었다. 다시 프랑스에 오니 기분이 이상했다. 안전한 교외에 있는 기분이었다. 빌과 같이 파리로 돌아갈걸 그랬다는 생각도 들었지만, 파리는 축제의 연속일 뿐이었다. 당분간 축제는 이걸로 충분했다. 산세바스티안은 조용할 것이다. 그곳은 8월이 되어야 본격적인 철이 시작된다. 좋은 호텔을 잡아서 책을 읽고 수영도 할 수 있을 것이다. 아름다운 해변도 있었고, 본격적인 철이 시작되기 전에 유모와 함께 오는 아이들도 많았다. 저녁이면 카페 마리나스 건너편 가로수 아래서 악단들의 연주회도 열릴 테니, 카페에 앉아 음악을 들을 수 있을 것이다.
"안의 식당은 어떻습니까?" 나는 웨이터에게 물었다. 카페 안쪽은 레스토랑이었다.
"좋습니다. 아주 좋아요. 음식이 훌륭하죠."
"잘됐네요."
나는 들어가서 저녁을 먹었다. 프랑스 요리로서는 많은 양이었지만, 스페인에서 온 터라 매우 세심하게 양이 분배된 느낌이 들었다. 나는 벗 삼아 와인을 한 병 마셨다. 샤토마고였다. 천천히 맛을 음미하며 혼자 마시고 있으니 기분이 좋았다. 그리고 나서는 커피를 마셨다. 웨이터가 이자라라는 바스크 지방 리큐르를 권했다. 그는 병을 가져와서 리큐르 잔에 가득 붓고는, 이자라는 피레네 산맥의 꽃으로 만든다고 설명해줬다.

피레네 산맥의 진짜 꽃들이라고 했다. 그 술은 보기에는 머릿기름 같았고, 냄새는 이탈리아의 스트레가*와 비슷했다. 나는 웨이터에게 피레네 산맥의 꽃은 가져가고 뵈 마르크**를 가져오라고 했다. 마르크는 훌륭했다. 커피를 마신 후 마르크를 한 잔 더 마셨다.

웨이터가 피레네 산맥의 꽃 건으로 기분이 좀 상한 듯해서 그에게 팁을 후하게 주었다. 그러자 그는 기분이 좋아졌다. 이렇게 간단하게 사람들 기분을 좋게 해줄 수 있는 나라에 있으니 마음이 편했다. 스페인 웨이터라면 감사할 것인지 아닌지 알 수가 없다. 프랑스에서는 모든 것이 이렇게 분명하게 돈에 바탕하고 있다. 이곳은 살기에 가장 단순한 나라다. 알 수 없는 이유로 당신의 친구가 되어 상황을 복잡하게 만드는 사람은 아무도 없다. 사람들이 당신을 좋아하게 하고 싶으면 약간의 돈을 쓰면 된다. 나는 돈을 좀 썼고, 웨이터는 나를 좋아했다. 그는 나의 값비싼 자질을 알아주었다. 내가 여기 다시 오면 그는 기뻐할 것이다. 나는 언젠가 여기서 다시 식사할 테고, 그러면 그는 나를 반가이 맞이해서 자기가 맡은 테이블에 앉힐 것이다. 거기에는 견실한 근거가 있으므로 진정한 호의라고 할 수 있다. 나는 프랑스에 돌아와 있었다.

다음 날 아침 나는 친구를 더 많이 만들기 위해 모두에게 팁을 후하게 주고, 아침 기차를 타고 산세바스티안으로 떠났다.

\*이탈리아산 오렌지맛 리큐르.
\*\*식후에 마시는 브랜디의 일종.

역의 짐꾼에게는 필요 이상의 팁은 주지 않았다. 다시 만날 일이 없을 것이기 때문이다. 다음에 다시 바욘에 갈 경우 나를 환영해줄 좋은 프랑스 친구들 몇 명만 있으면 됐다. 그들이 나를 기억한다면 그것은 충실한 우정일 것이다.

이룬에서 기차를 갈아타고 여권을 보여줘야 했다. 나는 프랑스를 떠나기 싫었다. 프랑스에서는 삶이 몹시 단순했다. 스페인으로 돌아가다니 바보 같은 짓이라는 생각이 들었다. 스페인에서는 아무것도 장담할 수가 없다. 스페인으로 돌아가는 내가 바보 같았지만, 나는 여권을 들고 줄을 서서 세관 검사를 통과한 다음 표를 사서 입구로 나와 기차에 탔다. 40분을 달리고 여덟 개의 터널을 지나자 산세바스티안에 도착했다.

더운 날씨였는데도 산세바스티안에는 이른 아침 같은 청명함이 있었다. 나뭇잎들은 말라본 일이라고는 없는 것 같았고, 거리도 막 물을 뿌린 듯한 느낌이었다. 무덥기 짝이 없는 날에도 어떤 거리들은 항상 시원하고 그늘이 져 있었다. 나는 전에 들렀던 호텔로 가서, 마을 지붕들이 내려다보이는 발코니가 달린 방을 얻었다. 지붕 너머로는 푸른 산이 보였다.

나는 짐을 풀고 책들을 침대 옆 협탁에 올려놓은 다음 면도용구를 꺼내고 옷 몇 벌을 커다란 옷장에 걸고 세탁물을 한 보따리 정리했다. 그러고는 샤워를 하고 점심을 먹으러 내려갔다. 스페인은 서머타임을 하지 않기 때문에 가보니 약간 이른 시간이었다. 나는 시계를 다시 맞추었다. 산세바스티안에 와서 한 시간을 번 것이다.

식당에 들어가는데 호텔 안내원이 경찰에 제출할 서류를 기입하라고 가지고 왔다. 나는 서류에 서명을 한 다음 전보 용지를 두 장 부탁했다. 우선 호텔 몬토야에 전보를 써서 나에게 오는 모든 편지와 전보를 이 주소로 보내달라고 했다. 그리고 산세바스티안에 얼마나 있을지 계산해본 다음 사무실에 전보를 써서 편지들은 그대로 두고 앞으로 엿새 동안 오는 전보들은 모두 산세바스티안으로 보내달라고 했다. 그러고 나서 나는 식당에 들어가서 점심을 먹었다.

점심식사 후에는 방에 올라가서 책을 읽다가 잠이 들었다. 눈을 떴을 때는 4시 반이었다. 나는 수영복을 찾아 빗과 함께 타월에 싸서 들고 아래층으로 내려가 콘차 해변으로 걸어갔다. 썰물이 반쯤 빠져 있었다. 해변은 부드러우면서도 단단했고, 노란 모래가 깔려 있었다. 나는 탈의실에 들어가 옷을 벗고 수영복을 입은 다음 부드러운 모래사장을 가로질러 바닷가로 갔다. 맨발에 닿는 모래가 따뜻했다. 바다에는 꽤 많은 사람들이 들어가 있었고 해변도 마찬가지였다. 콘차의 곳과 곳이 거의 맞닿아 항만을 이루고 있는 저 멀리에는 하얗게 부서지는 파도와 먼 바다가 보였다. 썰물이 빠져나가고 있었지만 커다란 파도가 천천히 너울거리며 밀려오고 있었다. 파도는 물속의 파동처럼 다가와 힘을 얻었다가 따뜻한 모래 위에서 부드럽게 부서졌다. 나는 바닷속으로 걸어 들어갔다. 물은 차가웠다. 파도가 밀려오자 나는 그 안으로 뛰어들어 물 밑에서 헤엄치다 물 밖으로 나왔다. 한기는 모두 사라졌다. 나는 부잔교까지 헤엄쳐 가서 그 위로 기어 올라간 다음 뜨거운 판자 위에 누웠다. 한쪽 편에는 한 소년과 소녀가 누워 있었다. 소녀는 수영복 어깨끈을 풀고 등을 태우고 있었다. 소년은 부잔교 위에 엎드려 소녀와 이야기하고 있었다. 소녀는 소년의 말에 웃으며 갈색으로 탄 등을 태양을 향해 돌렸다. 나는 몸이 마를 때까지 햇볕을 쬐면서 부잔교 위에 누워 있었다. 그리고 몇 번 다이빙을 했다. 한번은 굉장히 깊이 잠수해서 바다까지 헤엄쳐 내려갔다. 나는 눈을 뜬 채 헤엄쳤다. 바닷속은 어두운 녹색이었다. 부잔교 그림자가 시커멓게 보였다. 나는 부잔교 옆으로 올라와 그 위로 기어 올라갔다가 다시 한 번 물로 뛰어들어 오랫동안 잠수했다가 해안으로 헤엄쳐 나왔다. 몸이 마를 때까지 모래사장에 누워 있다가 탈의실로 가서 수영복을 벗고 샤워를 한 후 물기를 닦았다.

　나는 나무들이 늘어선 항구 주변을 걸어 카지노까지 갔다가 서늘한 거리를 걸어 올라가 카페 마리나스로 갔다. 카페 안에서 오케스트라가 연주하고 있었다. 나는 테라스에 앉아 무더운 날의 상쾌한 서늘함을 즐기며 얼음을 넣은 레몬 주스와 위스키 소다를 마셨다. 그리고 오랫동안 마리나스 앞에 앉아서 책을 읽고 사람들 구경을 하고 음악을 들었다.

　어두워지기 시작하자 항구 주변과 산책길을 걷다가 저녁을 먹으러 호텔로 돌아왔다. 자전거 경주대회인 '투르뒤페이바스크'가 열리고 있어서 선수들이 산세바스티안에서 하룻밤 묵고 있었다. 식당 한쪽 편에는 자전거 선수들이 긴 테이블에 앉아서 코치와 매니저와 함께 식사를 하고 있었다. 모두 프랑스와 벨기에 사람들이었고 식사에 집중하고 있었지만 즐거운 저녁시간을 보내고 있었다. 테이블 머리 쪽에는 몽마르트르 지구 스타일로 멋을 부린 아름다운 프랑스 여자 둘이 앉아 있었다. 그중 누구의 여자 친구인지는 알 수가 없었다. 긴 테이블의 일행은 모두 속어를 썼고 은밀한 농담이 오갔다. 테이블 끝에서 한 어떤 농담들은 여자들이 뭐냐고 다시 물어도 되풀이되지 않았다. 다음 날 새벽 5시에 경기의 마지막 코스인 산세바스티안-빌바오 구간 경주가 예정되어 있었다. 자전거 선수들은 와인을 많이 마셨고, 햇볕에 타서 가무잡잡했다. 경주는 선수들끼리를 제외하고는 별다른 의미가 없었다. 보통 같은 선수들끼리 자주 경기를 했기 때문에 누가 이기든 별 상관 없었다. 특히 외국에서는. 돈도 문제가 아니었다.

경주에서 2분 정도 앞서 있는 남자는 갑자기 생긴 종기로 고통스러워하고 있었다. 그는 몸을 한껏 젖혀 엉덩이 위쪽이 의자에 닿게 앉아 있었다. 그의 목은 시뻘겋게 탔고, 금발 머리도 볕에 그을려 있었다. 다른 선수들이 그의 종기를 놀렸다. 그는 포크로 테이블을 두드렸다.

"이봐." 그가 말했다. "내일 나는 코를 핸들에 완전히 갖다 붙이고 탈 테니까 이 종기에는 산들바람 외에는 아무것도 닿지 않을 거야."

여자 하나가 테이블 건너편에서 그를 바라보자 그는 싱긋 웃으며 얼굴을 붉혔다. 그들은 스페인 사람들은 페달을 밟을 줄 모른다느니 이런 소리들을 하고 있었다.

나는 커다란 자전거 제조업체의 팀 매니저와 함께 테라스에서 커피를 마셨다. 그는 경주가 굉장히 즐거웠으며 보테키아*가 팜플로나에서 기권만 하지 않았다면 참 볼 만했을 거라고 했다. 먼지가 심하긴 했지만 스페인의 도로가 프랑스보다 좋았으며, 자전거 도로경주는 세상에 유일한 스포츠라고 그는 말했다. '투르드프랑스'를 본 적이 있나? 신문에서만 보았다. 투르드프랑스는 세계에서 가장 큰 스포츠 행사다. 경기를 따라다니고 조직하면서 그는 프랑스를 알게 되었다. 프랑스를 제대로 아는 사람은 거의 없다. 그는 봄, 여름, 가을을 자전거 선수들과 내내 길에서 보냈다. 경주에서 도시와 도시 사이 선수들을 호위하는 자동차의 숫자를 보라. 프랑스는 부자고 해가 갈수록 스포츠를 더 사랑한다. 세상에서 가장 스포츠를 사랑하는 나라가 될 것이다. 그렇게 만든 건 자전거 도로경주다. 이 경주와 축구다. 그는 프랑스를 잘 알았다. 스포츠 강국 프랑스. 그는 도로경주를 잘 알았다. 우리는 코냑을 마셨다. 하지만 결국 파리로 돌아가는 것은 나쁘지 않았다. 파남**은 단 하나뿐이니까. 전 세계에 단 하나. 파리는 세상에서 가장 스포츠를 사랑하는 도시다. '숍 드 네그르'를 아는가? 모른다. 그 카페에서 나중에 만나자. 꼭 그래야 한다. 함께 고급 코냑을 한 잔 더 하자. 꼭 그럴 것이다. 그들은 아침 5시 45분에 출발한다. 출발을 보

---

*오타비오 보테키아(1894~1927). 이탈리아의 사이클 선수. 프랑스에서 열리는 세계적인 도로사이클대회 '투르드프랑스'에서 2회 우승을 차지했다.
**파리의 별칭.

러 일어날 텐가? 노력해보겠다. 전화를 걸어 깨워줄까? 대화 정말 즐거웠다. 안내에 전화를 부탁하겠다. 전화 거는 것쯤은 얼마든지 해줄 수 있다. 그런 수고를 끼칠 수는 없다. 안내에 전화를 부탁해놓겠다. 우리는 아침에 만나자고 하고 헤어졌다.

다음 날 아침 내가 일어났을 때는 자전거 선수들과 호위 차량들은 이미 떠난 지 세 시간이나 되었다. 나는 침대에 앉아 커피를 마시고 신문을 읽은 다음 옷을 입고 수영복을 챙겨 해변으로 갔다. 이른 아침의 모든 것이 신선하고 서늘하고 촉촉했다. 제복 차림과 농부 옷차림의 유모들이 아이들을 데리고 가로수 밑을 걷고 있었다. 스페인 아이들은 예뻤다. 구두닦이 몇 명이 나무 아래 모여 앉아 어떤 군인과 이야기하고 있었다. 군인은 팔이 하나밖에 없었다. 밀물이 들어오고 있어서 해안에는 상쾌한 산들바람과 파도가 밀려왔다.

나는 탈의실에서 옷을 벗고 좁은 모래사장을 가로질러 바다로 들어갔다. 커다랗게 너울거리는 파도를 헤치고 헤엄쳐 나가려 했지만 때로는 잠수를 해야만 했다. 잔잔한 바다로 나오자 나는 몸을 젖힌 채 바다 위에 떠 있었다. 물에 뜬 채 하늘만 올려다보고 있자니 파도가 올라갔다 내려갔다 하는 게 느껴졌다. 나는 다시 파도가 있는 곳으로 헤엄쳐 와서 고개를 숙인 채 커다란 파도를 타다가 방향을 틀어 파도가 내 머리 위에서 부서지지 않도록 파도와 파도 사이 골에 있으려고 애쓰며 헤엄쳤다. 바닷물은 차가웠고 몸이 잘 떴다. 절대 가라앉지 않을 것 같았다. 나는 천천히 헤엄쳤다. 만조가 되니 오랫동안 헤엄치는 것 같은 느낌이 들었다. 그러고는 부잔교 위로 올라가 햇볕을 받아 데워지고 있는 판자 위에 물을 뚝뚝 흘리며 앉았다. 만을 둘러보니 구시가지와 카지노, 산책길에 늘어선 가로수, 금장 간판이 박힌 하얀 현관이 있는 큰 호텔들이 보였다. 항구가 거의 끝나가는 오른쪽에는 푸른 언덕이 있었고 그 위에는 성이 있었다. 부잔교가 파도와 함께 흔들거렸다. 먼 바다로 나가는 좁은 틈의 건너편에는 높은 곳이 하나 더 있었다. 만을 헤엄쳐 건너가보고 싶었지만 쥐가 날까봐 겁이 났다.

나는 앉아서 햇볕을 쬐며 해변에서 수영하는 사람들을 구경했다. 사람들이 콩알만 해 보였다. 잠시 후 나는 일어났다. 내 몸무게 때문에 부잔교가 살짝 기울어지자 가장자리를 발가락 끝으로 꽉 잡고는 물속 깊이 깨끗하게 뛰어들었다. 나는 반짝거리는 물속을 지나 수면으로 올라와 머리에서 바닷물을 털어내고 천천히, 그리고 꾸준히 해안으로 헤엄쳐 나왔다.

나는 옷을 입고 탈의실 비용을 치른 후 걸어서 호텔로 돌아왔다. 자전거 선수들이 두고 간 잡지 《로토》를 서재에서 몇 부 집어 들고 햇살이 가득한 밖으로 나가 편안한 안락의자에 앉은 다음 프랑스 스포츠계 소식을 따라잡아볼 요량으로 뒤적거리며 읽었다. 그러고 있는데 안내원이 푸른 봉투를 하나 들고 왔다.

"손님께 전보가 왔습니다."

나는 봉해진 틈 사이로 손가락을 넣어 전보를 연 다음 읽었다. 파리에서 전송된 것이었다.

마드리드 호텔 몬타나로 와줘 곤란한 상황이야 브렛

나는 안내원에게 팁을 주고 다시 전보를 읽었다. 우편배달부가 길을 걸어오고 있었다. 그는 호텔로 들어왔다. 콧수염을 무성하게 기르고 있어서 군인처럼 보였다. 그가 다시 호텔에서 나왔다. 안내원이 그 뒤를 바로 따라 나왔다.
"여기 전보가 하나 더 왔습니다."
"고맙습니다." 나는 말했다.
전보를 뜯었다. 팜플로나에서 전송된 것이었다.

마드리드 호텔 몬타나로 와줘 곤란한 상황이야 브렛

안내원은 그대로 서 있었다. 아마 또 팁을 기다리는 것 같았다.
"마드리드행 기차가 언제 있습니까?"
"오늘 아침 9시에 떠났습니다. 11시에 완행이 있고, 오늘 밤 10시에 수드익스프레스\*가 있습니다."
"수드익스프레스 침대칸 표 하나 부탁합니다. 돈은 지금 드릴까요?"
"편하신 대로 하십시오. 계산서에 달아두겠습니다."
"그렇게 해주십시오."
자, 그렇다면 산세바스티안은 날아갔다. 이런 일이 일어나리

---

\*파리와 리스본 사이를 운행하는 유명한 야간열차.

라고 막연하게 예감했던 것 같다. 안내원이 문간에 서 있었다.
"전보 용지 하나 주십시오."
그가 용지를 가져오자 나는 만년필을 꺼내 메시지를 썼다.

마드리드 호텔 몬타나 레이디 애슐리에게 내일 수드익스프
레스로 도착 예정 사랑을 담아 제이크

이러면 된 것 같았다. 그런 것이다. 여자를 한 남자와 보낸다. 그녀를 또 다른 남자에게 소개해 함께 떠나게 한다. 그리고 이제 가서 그녀를 데려온다. 그리고 전보에 '사랑을 담아'라고 서명한다. 바로 그런 거였다. 나는 점심을 먹으러 갔다.
수드익스프레스에서 나는 잠을 설쳤다. 다음 날 아침 식당차에서 아침을 먹고 바위와 소나무로 이루어진 아빌라*와 에스코리알** 구간의 풍경을 내다보았다. 창밖으로 에스코리알이 보였다. 잿빛으로 길게 뻗은 건물은 햇살 아래 추워 보였고, 나는 전혀 관심이 없었다. 들판 너머로 마드리드가 모습을 보이기 시작했다. 햇볕에 바랜 평야 너머 작은 절벽 위에 빽빽하게 모인 하얀 건물들이 윤곽을 드러냈다.
마드리드 북역이 기차의 종점이다. 모든 기차가 거기서 멈추었다. 더 이상은 아무 데도 가지 않는다. 바깥에는 마차와 택시, 호텔의 호객꾼들이 모여 있었다. 시골 마을 같았다. 나는

*마드리드 근교에 있는 스페인의 대표적 중세 도시.
**마드리드 근교에 있는 지명이자, 왕실수도원 겸 궁전이던 유명한 건축물 이름.

택시를 타고 공원을 가로지르고 절벽 끝에 서 있는 텅 빈 궁전과 미완성의 교회를 지나 계속 올라가, 높은 지대에 자리한 무덥고 현대적인 도시에 도착했다. 택시는 매끄러운 도로를 달려 내려가 푸에르타델솔*까지 간 다음 혼잡한 교통을 뚫고 산헤로니모 거리로 나왔다. 모든 가게들은 열기를 막으려고 차양을 내리고 있었다. 햇볕이 내리쬐는 쪽의 창문에는 덧문이 닫혀 있었다. 택시가 연석에 섰다. 2층에 호텔 몬타나라는 간판이 보였다. 택시 운전사가 짐을 들고 들어가 엘리베이터 옆에 내려놓았다. 엘리베이터를 작동시킬 줄 몰라서 나는 걸어 올라갔다. 2층에 올라가자 호텔 몬타나라는 황동 간판이 걸려 있었다. 벨을 눌렀지만 아무도 나오지 않았다. 다시 누르자 무뚝뚝하게 생긴 여종업원이 문을 열었다.

"손님 중에 레이디 애슐리가 계십니까?" 나는 물었다.

그녀는 멍하게 나를 쳐다보았다.

"영국 여자가 여기 있습니까?"

그녀는 돌아서서 안에 있는 사람을 불렀다. 굉장히 뚱뚱한 여자가 나왔다. 그녀는 회색 머리에 기름을 빳빳하게 발라 얼굴 주위에 가리비 모양으로 붙여놓았다. 키는 작았지만 위풍이 당당했다.

"무이 부에노스?(안녕하십니까?)" 내가 말했다. "여기 영국 여자가 하나 있습니까? 그 영국 부인을 만나고 싶습니다만."

*마드리드 중심가에 있는 지역.

"무이 부에노스. 네, 영국 여성분이 있어요. 그분이 만나고 싶어 하시면 보셔도 좋습니다."

"저를 만나고 싶어 합니다."

"치카\*가 물어볼 겁니다."

"굉장히 덥군요."

"마드리드의 여름은 굉장히 덥죠."

"겨울에는 춥고요."

"네, 겨울에는 굉장히 춥죠."

신사분께서도 호텔 몬타나에서 묵을 작정인가?

거기에 대해서라면 아직 결정하지 않았지만, 가방을 누가 훔쳐 가지 않도록 1층에서 가지고 올라와준다면 정말 감사하겠다. 호텔 몬타나에서는 물건을 도둑맞는 일이 없다. 다른 싸구려 호텔들에서라면, 그렇다. 여기서는 아니다. 절대. 이곳에 묵는 명사들은 매우 엄정하게 선별된 분들이다. 그 말을 들으니 기쁘다. 그래도 가방을 올려주시면 감사하겠다.

여종업원이 오더니 영국 여성분께서 지금 당장 영국 남자분을 만나고 싶어 한다고 말했다.

"좋습니다." 내가 말했다. "보세요. 제가 말한 대로죠."

"그렇군요."

나는 종업원을 따라 길고 어두운 복도를 걸어갔다. 종업원이 복도 끝 방의 문을 두드렸다.

---

\*어린 여자아이를 뜻하는 스페인어.

"네." 브렛이 말했다. "당신이야, 제이크?"

"나야."

"들어와. 들어와."

나는 문을 열었다. 내가 들어가자 뒤에서 종업원이 문을 닫았다. 브렛은 아직 침대에 있었다. 막 머리를 빗고 있던 참이라 손에 빗을 들고 있었다. 방 안은 항상 하인을 부리는 사람 특유의 방식으로 어질러져 있었다.

"자기!" 브렛이 말했다.

나는 침대로 다가가 브렛을 포옹했다. 브렛이 내게 키스했다. 키스하면서 그녀가 딴생각을 하고 있다는 것을 느낄 수 있었다. 그녀는 내 품 안에서 떨고 있었다. 그녀가 굉장히 조그맣게 느껴졌다.

"자기! 나 정말 너무 끔찍했어."

"이야기해봐."

"이야기할 것도 없어. 그이는 어제 떠났어. 내가 가라고 했어."

"왜 붙잡지 않았어?"

"모르겠어. 나답지 않은 일이지. 그이한테 상처를 준 건 아니야."

"지독하게 잘해줬겠지."

"그이는 누구와도 살 수 없는 사람이야. 금방 깨달았어."

"설마."

"정말이야!" 그녀가 말했다. "이 이야기는 하지 말자. 앞으로도 절대 하지 마."

"좋아."

"그이가 나를 부끄러워한다는 건 정말 충격이었어. 잠시 동안 나를 부끄러워했다고."

"그럴 리가."

"그랬어, 정말이야. 나 때문에 사람들이 카페에서 그이를 놀렸나봐. 나더러 머리를 기르라는 거야. 내가, 긴 머리를 한다고! 아주 바보 같아 보일 거야."

"웃기겠지."

"그러면 내가 더 여자다워 보일 거래. 도깨비처럼 보일 텐데 말이야."

"그래서 어떻게 됐어?"

"아, 그건 극복했어. 날 오랫동안 부끄러워했던 건 아니야."

"곤란한 처지라는 말은 뭐야?"

"내가 과연 그이를 보낼 수 있을지 알 수가 없었어. 내가 떠나자니 돈이 하나도 없었고. 그이는 내게 엄청난 돈을 주려고 했어. 난 나도 돈은 많다고 대답했지. 그이는 그게 거짓말이라는 걸 알고 있었어. 하지만 그이 돈을 받을 순 없었어."

"그렇지."

"아, 이 이야기는 그만해. 하지만 재미있는 일들도 있었어. 담배 한 대 줘."

나는 담배에 불을 붙였다.

"그이는 지브롤터에서 웨이터를 하면서 영어를 배웠대."

"알아."
"궁극적으로는 나랑 결혼하고 싶어 해."
"정말?"
"물론. 난 마이크와도 결혼 못 하는데 말이야."
"아마 당신이랑 결혼하면 애슐리 경이 되는 줄 알았나보지."
"아니. 그건 아니야. 정말로 나랑 결혼하고 싶어 했어. 내가 그이를 떠날 수 없게 하고 싶대. 내가 절대 그이를 못 떠나도록 확실히 하고 싶었던 거지. 물론 내가 좀 더 여자다워지고 나서 말이지."
"그럼 기분이 우쭐해져 있어야지."
"그래. 이젠 괜찮아. 어쨌거나 그 지긋지긋한 콘을 쫓아줬으니."
"좋아."
"이러는 게 그이에게 나쁘다는 걸 몰랐다면 난 그이와 같이 살았을 거야. 우리는 정말 잘 맞았거든."
"당신 외모 문제만 빼고 말이지."
"아, 그 문제엔 익숙해졌다니까."
그녀는 담배를 껐다.
"난 서른네 살이야. 어린애들을 망치는 나쁜 년이 될 수는 없어."
"그래야지."
"그렇게 되지는 않을 거야. 오히려 기분이 좋아. 자랑스러워."
"잘됐어."

브렛이 시선을 돌렸다. 담배를 찾고 있다고 생각했다. 하지만 울고 있었다. 우는 게 느껴졌다. 그녀는 몸을 떨면서 울었고, 고개를 들지 않았다. 나는 그녀를 품에 안았다.
"그 이야기는 하지 마. 절대 이 이야기는 하지 마."
"브렛."
"난 마이크에게 돌아갈 거야." 그녀를 꼭 안자 흐느낌이 느껴졌다. "마이크는 지독하게 착하고 너무 끔찍해. 우린 같은 부류야."
브렛은 고개를 들지 않았다. 나는 그녀의 머리를 쓰다듬었다. 몸이 떨리는 게 느껴졌다.
"난 그런 나쁜 년은 되지 않을 거야." 그녀가 말했다. "하지만, 제이크, 이런 이야기는 이제 정말 그만하자."
우리는 호텔 몬타나를 떠났다. 내가 계산을 하려고 하니 호텔 여주인은 받지 않았다. 계산은 이미 끝나 있었다.
"아, 그냥 가." 브렛이 말했다. "이젠 상관없어."
우리는 택시를 타고 팰리스 호텔로 가서 짐을 맡기고 수드 익스프레스 침대칸 표를 부탁해놓은 다음 칵테일을 한잔하러 호텔 바에 갔다. 우리는 바의 높은 의자에 앉았고, 바텐더는 커다란 니켈 도금 쉐이커를 흔들어 마티니를 만들어주었다.
"큰 호텔의 바에만 오면 사람들이 너무 점잖아져서 웃겨." 내가 말했다.
"이제 점잖은 사람들은 바텐더와 경마 기수밖에 없거든."
"호텔이 아무리 저속하다 해도 바는 항상 근사하지."

"이상하지."

"바텐더들은 항상 정중하고 말이야."

"있지." 브렛이 말했다. "정말 그래. 그이는 겨우 열아홉 살이잖아. 정말 놀랍지 않아?"

우리는 바 위에 나란히 놓인 잔 두 개를 부딪쳤다. 잔에는 차가운 물방울이 맺혀 있었다. 커튼이 쳐진 창문 밖에서는 마드리드의 여름 열기가 기승을 부리고 있었다.

"난 마티니에 올리브를 넣는 걸 좋아합니다." 나는 바텐더에게 말했다.

"옳으신 말씀입니다, 손님. 여기 있습니다."

"고마워요."

"제가 여쭤봤어야 했는데."

바텐더는 우리의 대화가 들리지 않도록 바 저쪽 끝으로 갔다. 브렛은 나무 카운터 위에 잔을 놓은 채 마티니를 조금씩 홀짝홀짝 마셨다. 그러고는 잔을 들었다. 한 모금 마시고 나자 손을 떨지 않고도 잔을 들 수 있었다.

"좋네. 여기 정말 근사하지 않아?"

"바는 어디나 다 근사해."

"있지, 난 처음에는 안 믿었어. 그이는 1905년에 태어났대. 그때 난 파리에서 학교를 다녔는데. 생각해봐."

"뭘 생각해보라는 거야?"

"심술궂게 굴지 마. 숙녀에게 한 잔 사주겠어?"

"마티니 두 잔 더 부탁합니다."

"전처럼요, 손님?"

"굉장히 훌륭했어요." 브렛이 그에게 미소 지었다.

"감사합니다, 부인."

"자, 건배." 브렛이 말했다.

"건배!"

"있지." 브렛이 말했다. "그이는 평생 여자라고는 둘밖에 안 사귀어봤대. 투우 이외는 아무것도 돌아보지 않았던 거야."

"그에겐 아직 시간이 많아."

"모르겠어. 그이는 나였기 때문이라고 생각해. 일반적인 연애가 아니라."

"그래, 당신이었으니까."

"맞아. 나였으니까."

"그 이야기는 절대 안 할 줄 알았더니."

"어떻게 안 할 수가 있어?"

"이야기해버리면 떨쳐버리게 될 거야."

"핵심은 이야기 못 하겠어. 나 참 기분이 좋아, 제이크."

"그렇겠지."

"나쁜 년이 안 되겠다고 결심하니까 기분이 참 좋아."

"그래."

"그게 하느님 대신 우리가 가진 거지."

"하느님을 가진 사람들도 있어." 내가 말했다. "아주 많이."

"나한테는 별로 좋은 일은 안 해주셨어."

"마티니 한 잔 더 할까?"

바텐더가 마티니 두 잔을 더 흔들어 새 잔에 따랐다.

"점심은 어디서 먹을까?" 나는 브렛에게 물었다. 바는 시원했다. 창문을 통해 바깥의 열기를 느낄 수 있었다.

"여기서?" 브렛이 물었다.

"이 호텔은 좋지 않아. 보틴이라는 곳을 아십니까?" 나는 바텐더에게 물었다.

"네, 손님. 주소를 써드릴까요?"

"고맙습니다."

우리는 보틴의 2층에서 점심을 먹었다. 그곳은 세계 최고의 레스토랑 중 하나였다. 우리는 애저 구이를 먹고 리오하 알타*를 마셨다.

"기분이 어때, 제이크?" 브렛이 물었다. "세상에! 정말 너무 많이 먹었어."

"좋아. 디저트 할 테야?"

"세상에, 난 못 먹겠어."

브렛은 담배를 피웠다.

"자긴 먹는 걸 좋아하지, 안 그래?" 그녀가 물었다.

"그래." 내가 말했다. "난 많은 것들을 좋아해."

"뭘 하고 싶어?"

"음." 내가 말했다. "많은 걸 하고 싶어. 디저트 먹고 싶어?"

"방금 물어봤잖아." 브렛이 말했다.

---

*스페인 리오하산 와인.

"그렇군. 그랬어. 그럼 리오하 알타 한 병 더 마셔."

"좋은 생각이야."

"당신은 별로 안 마시던데." 내가 말했다.

"마셨어. 자기가 안 봤을 뿐이지."

"그럼 두 병 시키자." 내가 말했다. 술이 왔다. 나는 내 잔에 술을 조금 따른 다음 브렛에게 한 잔 부어주고 다시 내 잔을 채웠다. 우리는 잔을 부딪쳤다.

"건배!" 브렛이 말했다. 나는 한 잔 마신 다음 한 잔 더 따랐다. 브렛이 내 팔을 잡았다.

"많이 마시지 마, 제이크." 그녀가 말했다. "그럴 필요 없잖아."

"어떻게 알아?"

"그러지 마. 당신은 괜찮을 거야."

"난 취하지 않았어. 그냥 와인을 조금 마시고 있을 뿐이야. 난 와인을 좋아하거든."

"취하지 마." 그녀가 말했다. "제이크, 취하지 마."

"드라이브 갈까?" 내가 말했다. "시내 한 바퀴 도는 게 어때?"

"좋아. 나도 아직 마드리드를 못 봤어. 구경은 해야지."

"이 잔 다 마시고." 내가 말했다.

우리는 아래층으로 내려와 1층의 식당을 통과해서 거리로 나왔다. 웨이터가 택시를 잡으러 갔다. 날씨는 덥고 쨍쨍했다. 길 위쪽에 나무와 풀밭이 있는 조그만 광장이 있는데, 거기에 택시가 몇 대 정차하고 있었다. 택시 한 대가 달려왔다. 웨이터가 택시 옆구리에서 몸을 내밀고 있었다. 나는 웨이터에게 팁을 주고 운전사에게 행선지를 말한 다음 브렛 옆에 앉았다. 운전사는 길을 달려 올라가기 시작했다. 나는 의자에 깊숙이 기대앉았다. 브렛이 다가와 앉았다. 우리는 바싹 붙은 채였다. 나는 그녀에게 팔을 둘렀고 그녀는 내게 편안하게 기댔다. 굉장히 덥고 쨍쨍한 날이었다. 집들은 눈부신 하얀색이었다. 우리는 그란비아*로 들어갔다.

"아, 제이크." 브렛이 말했다. "우린 함께 정말 잘 지낼 수 있었을 거야."

앞에서는 카키색 제복을 입은 기마 경찰이 교통 지도를 하고 있었다. 그가 경찰봉을 들어 올렸다. 차가 갑자기 속도를 줄이는 바람에 브렛이 내게 와서 부딪쳤다.

"그래." 내가 말했다. "그렇게 생각하니 멋지지 않아?"

---

*마드리드 최대의 번화가.

해설

# 길 잃은 세대의 극기주의적 초상

**권진아(서울대학교 교수)**

1961년 어니스트 헤밍웨이가 자살로 생을 마감했을 때, 평론가 에드먼드 윌슨은 "마치 우리 세대가 차지하고 있던 자리가 갑자기 끔찍하게 무너져버린 것 같다"라는 말로 그의 죽음을 애도했다. 헤밍웨이의 모든 작품을 1차 세계대전 참전 시 부상 경험의 징후로 읽는 필립 영의 유명한 "상처 이론(wound theory)"을 따르지 않는다 하더라도, 헤밍웨이를 세계대전, 그리고 전후 세대와 떼어놓고 생각하기란 불가능하다. 고통과 고난으로 가득한 삶 속에서도 남자답게 명예와 용기를 지키는 인물, 소위 "고난 앞에서 품위(grace under pressure)"를 잃지 않는 "규범 인물(code hero)"을 특유의 하드보일드 스타일로 그린 헤밍웨이는 전후 세대의 고통과 환멸을 감정적 과잉에 빠지는 일 없이 담담하게 직시함으로써 한 세대를 대표하는 작가로 등극했다. "길 잃은 세대"의 대변자이자 만인에게 "파파"로 불리기를 즐겼던 문학계의 거물 헤밍웨이의 시작을 알린 작품이 그의 첫 장편소설이자 지금도 널리 사랑받는 작품인《태양은 다시 떠오른다》이다.

《태양은 다시 떠오른다》는 잘 알려진 바대로 1925년 헤밍웨이가 아내 해들리, 오크파크 시절의 옛 친구 빌 스미스, 이혼녀인 레이디 더프 트위스던과 그녀의 연인 팻 거드리, 그리고 프린스턴 대학 최초의 유대인 학생이었던 해럴드 로엡과 함께 산 페르민 축제를 찾았을 때의 자전적 경험을 바탕으로 쓴 소설이다. 헤밍웨이는 1923년 산페르민 축제를 처음으로 보고 투우에 매혹되었고 이후 매해 여름 팜플로나를 찾았으나, 그해의 스페인 여행은 끝이 좋지 않았다. 헤밍웨이가 레이디 더프에게 이끌리면서 일행들 사이에는 불편한 긴장이 흘렀고, 그녀와 생장드 뤼즈로 여행을 갔던 로엡을 질투한 나머지 주먹다짐을 벌이면서 분위기는 엉망이 되었다. 두 사람은 화해했지만 우정은 전과 같을 수 없었고, 그의 첫 번째 결혼도 금이 가기 시작했다.

축제가 끝난 직후 헤밍웨이는 곧장 이 경험을 바탕으로 소설을 쓰기 시작했고, 이 인간 군상과 축제의 이야기를 개인적 불화의 경험을 넘어선 한 시대의 축도로 승화시켰다. 약 1년 후 소설이 출판되면서 그는 순식간에 문단의 명사가 되었다. 내세울 만한 대표작 하나 없이도 이미 셔우드 앤더슨, F. 스콧 피츠제럴드, 거트루드 스타인, 에즈라 파운드 등 선배 문인들과 교류하며 가능성을 인정받고 있던 그는 더 이상 유망주가 아니라 당대의 정서를 혁신적 문체로 표현한 걸출한 작가로 당당히 자리매김했다. 피츠제럴드가 《위대한 개츠비》로 재즈 시대를 표상하는 작가가 되었듯이, 헤밍웨이는 이 한 권의 소설로 길 잃은 세대를 대표하는 작가로 떠올랐다. ('길 잃은 세대'란 표현은 파리의 자동차 정비소 주인이 전쟁에서 돌아온 젊은이 세대에서는 좋은 수리공을 찾기 힘들다며 거트루드 스타인에게 무심코 던진 말이었지만, 그녀의 해석을 거쳐 《태양은 다시 떠오른다》의 제사로 선택되면서 전쟁의 환멸을 겪고 갈 길을 잃은 전후 세대를 일컫는 명칭으로 영원히 각인된다.)

전쟁을 직접적으로 묘사하고 있지는 않지만 《태양은 다시 떠오른다》는 존 도스 패소스의 《세 군인(Three Soldiers)》(1920)이나 에리히 마리아 레마르크의 《서부 전선 이상 없다(All Quiet on the Western Front)》(1929), 시그프리드 서순의 《보병대 장교의 회상록(Memoirs of an Infantry officer)》(1930) 등 1차 세계대전을 직접 체험하고 돌아온 젊은 문인들이 1920년대에 내놓은 전쟁 문학과 궤를 함께한다. 이 글들은 지옥을 겪고 돌아온 젊은이들의 사적 후일담이자 전쟁이 한 세대에 남긴 상흔의 기록이다. 무려 1천만 명이 넘는 젊은이들의 목숨을 앗아간 1차 세계대전이 서구 사회에 끼친 충격과 영향은 막대했다. 널린 시체와 진흙탕, 형편없는 음식과 무기와 사투를 벌이다 무의미한 죽음을 맞는 참호전의 악몽, 인류를 살육하는 도구로 화한 문명이 가져온 충격은 용기나 영웅주의, 애국 등의 추상적 이상을 앞세운 번지르르한 수사로 젊은이들을 참호 속으로 내몬 거짓 언어와, 서구의 이성과 합리를 으뜸으로 치는 문명에 대한 회의로 귀결되었다. 1915년 《뉴욕 타임스》와의 인터뷰에서 헨리 제임스가 개탄한 대로 "전쟁은 언어를 소진시켰고…… 언어는 과거 그 어느 때보다 더럽혀지고 망가지고 공허해졌다." 진실과 유리된 미사여구와 수사로 가득한 언어에 대한 불신과 더불어, 서구 문명에 대한 회의는 복잡한 현대 문명에 대한 거부 혹은 서구 문명이 상실한 근본적 가치로 회귀하려는 탐색으로 이어진다. 전쟁과 기존의 전통에 저항할 뿐만 아니라 현대 사회의 무의미함을 비웃고 조롱하는 다다이즘, 제임스 프레이저의 《황금가지 (The Golden Bough)》(1922) 등으로 촉발된 고대의 신화와 제의에 대한 관심, 재즈를 위시한 여러 예술 장르에서 나타난 아프리카 문화에 대한 흥미는 모두 서구 문명이 봉착한 위기를 극복하기 위한 다양한 탐색의 소산들이었다.

헤밍웨이의 《태양은 다시 떠오른다》는 이러한 전후 세대의 정서와 요구에 합일하며 즉각적으로 주목을 받았다. 무엇보다도 헤밍웨이는 헨리 제임스가 말한바, 절름발이가 되어 표현력을 상실한 언어에 새로운 에너지를 불어넣었다. 그의 간결하고 건조한 "하드보일드 스타일"은 수사적 언어에 대한 불신과 회의에 빠진 시대가 찾던 새로운 언어였고, 그는 소설의 언어를 혁신한 스타일리스트로 평론가들의 격찬을 받았다. 물론 비판도 없지 않았다. 가장 신랄한 비판은 보수적인 그의 어머니에게서 나왔다. 그녀는 아들에게 보낸 편지에서 책의 페이지마다 등장하는 비속어와 그러한 저급한 언어를 사용하는 타락한 등장인물들에 대해 역겨움을 표하며 《태양은 다시 떠오른다》가 "올해 나온 책 중 최고로 추잡한 책들 중 하나"라고 비난했다. 하지만 헤밍웨이의 언어관은 확고했다. 그리고 그는 언제나처럼 자신을 전투적으로 옹호했다. 그는 소설의 언어는 등장인물들이 실제로 사용하는 어휘여야 한다고 주장했고, 스크리브너 출판사의 편집자 맥스웰 퍼킨스에게 보낸 편지에서는 오히려 한 술 더 떠서 외설스러운 표현들을 너무 많이 쳐내는 바람에 내용이 부실해졌을까봐 두렵다고 농을 했다. 좋은 언어의 핵심은 고상함이나 아름다움이 아니라 단순함과 진실이었다. 그는 무지나 거짓말을 신비주의로 포장하는 글과 진실한 글을 구분하며, 훌륭한 글의 조건은 의미 없는 장식을 배제한 단순함과 진실임을 여러 글과 편지에서 거듭해서 강조했다. 하지만 단순함이 쉬운 독해를 의미하는 것은 아니다. 사실만을 간결하고 건조하게 전달하는 일견 단순한 그의 문장들은 "빙산이론"으로 불리는 그의 글쓰기론이 시사하듯이 8분의 1 정도만 수면 위로 드러낸 빙산처럼 많은 부분을 생략하고 감추고 있어서 그 심층적 의미를 끊임없이 생각하게 만드는 교묘한 문체이기 때문이다.

문체와 마찬가지로 《태양은 다시 떠오른다》는 주제 면에서도 여러 가지 차원의 이야기를 품고 있다. 이 소설은 전쟁으로 야기된 이루어질 수 없는 비극적 사랑 이야기이자, 파리 좌안의 카페를 전전하며 허무를 견디고 살아가는 길 잃은 세대의 모습을 스케치한 풍속 소설이며, 불모의 삶으로부터 구원을 찾아 팜플로나로 순례 여행을 떠나는 현대인들에 관한 도덕극이기도 하다. 그리고 이 모든 것들의 중심에 소설의 화자이자 주인공인 제이크 반스와 브렛 애슐리의 관계가 있다.

제이크는 모진 운명을 담담하게 받아들이고 자신의 규범을 지키며 "고난 앞에서의 품위"를 보여주는 헤밍웨이식 극기주의적 주인공의 전형이다. 전쟁에서 입은 부상으로 성불구자가 된 제이크는 전쟁으로 돌이킬 수 없는 상처를 입은 전후 세대의 표상이자, T. S. 엘리엇의 시 〈황무지〉의 모티브가 된 아서왕 전설 속의 어부 왕처럼 황량한 불모의 세계를 상징하는 인물이다. 그는 브렛을 사랑하지만 그 사랑은 이루어질 수 없다. 어부 왕과는 달리 현실적이건 종교적이건 재생과 구원에 대한 믿음을 가질 수 없는 제이크 자신도, 자신의 욕망을 솔직히 드러낼 뿐만 아니라 제이크에 대한 사랑으로 그 욕망을 희생하거나 억압하기를 거부하는 신여성 브렛도 자기 부정에 근거한 관계가 지속될 수 없다는 것을 너무나 잘 알고 있다. 창녀와 함께 있던 제이크가 일군의 동성애자 청년들과 함께 클럽에 들어온 브렛을 만나는 첫 등장 장면은 온전한 합일의 가능성을 상실한 이들의 삶에서 성은 무의미한 불모의 제스처에 지나지 않음을 보여준다. 목표지도 없이 파리 시내를 하염없이 방황하고, 카페와 카페를 전전하며 술에 취해 부유하는 시간들이 제이크와 브렛이 공유할 수 있는 전부이다.

제이크의 삶을 지옥으로 몰아넣고 남자들을 돼지로 만드는 키르케에 비유되는 팜므 파탈 브렛에 대한 평가는 엇갈린다. 관습적인 여성성을 거부하는 짧은 머리를 하고 터부시되던 여성의 성적 욕망을 솔직하게 인정하고 드러내는 브렛은 당대의 젊은 여성들 사이에서 신여성의 스타일 아이콘으로 떠올랐고, 전형적인 플래퍼 스타일 대신 몸매를 드러내는 스웨터 차림이나 남자처럼 짧은 머리, 거칠면서도 경쾌한 말투 등을 대대적으로 유행시켰다. 하지만 1960년대 여성운동의 약진과 함께 비약적으로 증가한 헤밍웨이 여성 연구자들은 브렛을 위시한 헤밍웨이의 여성 인물들에 대해, 그리고 이러한 여성 인물을 그리는 헤밍웨이에 대해 호의적인 시선을 보내지 않았다. 이러나저러나 결국 그녀의 혁신성은 말투든 패션이든 스타일에 그칠 뿐 실질적으로는 결혼이라는 제도에 의문을 제기하지도 않고 어떤 독립성도 갖추지 못한 채 남자들에게 의존해서 살아가는 관습적 여성의 한계에 갇혀 있을 뿐이라는 것이다. (이는 브렛뿐만이 아니라, 로버트를 좌지우지하는 듯하지만 결국 그와의 결혼에 매달리며 망가지는 프랜시스의 경우도 마찬가지다.) 브렛은 여성을 억압하는 과거의 인습을 거부하고 성적 금제에서는 해방되었지만 독립적인 삶의 주도권은 가지지 못한 과도기적 여성 인물이다. 하지만 무엇보다 브렛을 부정적 인물로 만드는 것은 이러한 시대적 한계보다 허무에 빠져 삶의 표면적 즐거움에만 탐닉하는 길 잃은 세대가 상실한 근본적인 가치를 상징하는 투우의 세계를 타락시키는 인물이 그녀라는 점이다.

《태양은 다시 떠오른다》의 서두에는 두 개의 제사가 붙어 있다. 헤밍웨이를 위시한 파리의 국외자 무리들을 길 잃은 세대로 명명한 거투르드 스타인의 말과, 덧없는 인간사와 변함없고 영원한 자연을 대조하는 〈전도서〉 1장 4절에서 7절까지의 구절이다.

한 세대가 가면 또 한 세대가 오지만 이 땅은 영원히 그대로이다. 떴다 지는 해는 다시 떴던 곳으로 숨가삐 가고 남쪽으로 불어갔다 북쪽으로 돌아오는 바람은 돌고 돌아 제자리로 돌아온다. 모든 강이 바다로 흘러드는데 바다는 넘치는 일이 없구나. 강물은 떠났던 곳으로 돌아가서 다시 흘러내리는 것을.

초고 때까지도 이 작품의 제목은 《축제》였지만, 원고를 수정하는 과정에서 헤밍웨이는 제사의 〈전도서〉 구절에서 가져온 《태양은 다시 떠오른다》로 제목을 변경한다. 다른 텍스트의 구절을 제목으로 가져와서 상호 텍스트적 의미의 문맥을 마련하는 데 탁월한 재능을 가진 그는 이 성경 구절을 통해 이 작품의 관심사가 상처 입고 길 잃은 한 세대의 초상을 그리는 데서 그치지 않고 명멸하는 세대를 초월해서 영원히 존재하는 가치를 담는 데 놓여 있다는 것을 암시하고자 했다. 편집자 맥스웰 퍼킨스에게 그가 강조한 것처럼 "이 책에서 중요한 것은 (허무가 아니라) 땅은 영원히 그대로 지속된다"는 유장한 긍정성이다.

영원한 땅으로 상징되는 변함없는 가치를 표상하는 것은 고대의 희생제 전통을 그대로 계승한 제의인 투우다. 《태양은 다시 떠오른다》 속의 투우는 단순히 소설 속의 삽화가 아니라 소설의 주제와 구조의 중심을 이루는 요소다. 소설의 주제를 함축하는 제사의 대조적 의미는 투우가 소설의 핵심으로 부각될 때까지 도식적일 정도로 선명하게 반복된다. 잃어버린 세대와 영원한 땅은 각각 1장과 2장의 배경을 이루는 파리와 스페인의 자연과 축제 속에 구현되고, 타락한 외지인들과 고결한 투우사의 대조 속에서 다시 한 번 강조되면서, 산페르민 축제를 전면에 내세우고, 최종적으로는 페드로 로메로가 두 번째 소를 맞이하여 완벽하게 순수한 투우를 보여주는 순간을 소설의 정점에 위치시킨다. 고도로 의식화된 절차에 따라 삶과 죽음이 팽팽하게 맞부딪치고, 그 속에서 진정한 품위와 용기가 시험받는 투우 경기는 투우사를 사제로 하는 신성한 종교의식과도 같으며, 죽음과의 아슬아슬한 대면을 통해 삶의 충일을 확인하는 역설의 제의로 묘사된다.

자신을 모델로 해서 창작한 주인공 제이크와 마찬가지로, 스페인의 아피시오나도들이 거의 불가능한 현상으로 꼽는 보기 드문 진짜배기 미국인 아피시오나도인 헤밍웨이는 스페인 사람들이 투우를 바라보는 종교적이고 제의적인 시각을 본능적으로 이해했다. 그는 투우를 잔인한 구경거리나 스포츠가 아니라 비극적 의식이자 예술로 보았고, 스페인의 감수성으로 투우의 아름다움을 이해했다. 헤밍웨이는 투우를 《태양은 다시 떠오른다》의 또 하나의 주인공으로 삼아 또 다른 영원한 삶을 선사하고, 이를 처음으로 투우를 보았던 해에 태어난 장남 존 니카노르 헤밍웨이(니카노르 빌랄타는 헤밍웨이가 열광했던 투우사의 이름이다)에게 헌정함으로써 이 시기 가장 애정을 기울인 창작물에 모두 투우에 대한 깊은 사랑을 담았다.

**참고문헌**
Donaldson, Scott, ed. *Cambridge Companion to Hemingway*. New York: Cambridge UP, 1996.
Wagner-Martin, Linda, ed. *New Essays on The Sun Also Rises*. New York: Cambridge UP, 1990.

**어니스트 헤밍웨이
연보**

| | |
|---|---|
| 1899 | 7월 21일 미국 시카고 근교의 부유한 프로테스탄트 백인들이 살던 오크파크에서 의사인 아버지 클래런스 헤밍웨이와 오페라 가수인 어머니 그레이스 홀의 2남 4녀 중 둘째로 태어남. 낚시와 사냥을 즐기는 아버지와 감정이 풍부한 예술가 어머니 사이에서 풍족한 어린 시절을 보냄. 아버지를 따라다니며 사냥, 낚시, 캠핑 등을 즐겼고, 이 시기에 형성된 자연과 야외 활동에 대한 사랑이 평생 지속됨. 이때의 기억은 초기 단편집 《우리들의 시대에》의 토대가 됨. |
| 1913 | 오크파크 고등학교에 입학해 학교 주간신문인 〈트래피즈〉와 잡지 《타불라》에 글을 기고함. |
| 1917 | 고등학교 졸업 후 대학에 진학하지 않고 〈캔자스시티 스타〉 신문사의 기자로 6개월 |

간 일함. 〈캔자스시티 스타〉의 문체 가이드 (간결한 문장을 쓸 것, 힘 있는 영어를 구사할 것, 과장된 형용사를 자제할 것 등)는 훗날 헤밍웨이 '하드보일드' 문체의 바탕이 됨.

1차 세계대전에 참전하기 위해 지원하지만 시력 문제로 입대하지 못하고, 적십자 부대의 앰뷸런스 운전병으로 투입됨. 곧 북이탈리아 전선에 배치되나 박격포 포격으로 두 다리에 중상을 입어 6개월간 입원함. 부상에도 불구하고 동료 이탈리아 병사를 구한 공로로 이탈리아로부터 무공훈장을 받음. 당시 치료를 받던 밀라노의 적십자병원에서 일곱 살 연상의 미국인 간호사 아그네스 폰 쿠로브스키를 사랑하게 되고, 이때의 경험은 《무기여 잘 있어라》를 비롯한 여러 작품에 모티브가 됨.

1918

종전 후 전쟁 영웅으로 귀향. 아그네스로부터 다른 사람과 결혼한다는 작별 편지를 받고 실의에 빠짐.

1919

오크파크를 떠나 시카고에 정착. 헤밍웨이의 첫 번째 부인이 되는 여덟 살 연상의 여인 엘리자베스 해들리 리처드슨을 만남. 소설가 셔우드 앤더슨과 교류 시작.

1920

9월 해들리 리처드슨과 결혼. 〈토론토 스타〉 신문사의 유럽 특파원으로 채용되어 파리로 이주, 카르티에라탱 지구의 카르디날 르무안가 74번지에 정착. 파리의 국외자 그룹을 형성하고 있던 거트루드 스타인, 에즈라 파운드, 제임스 조이스 등 당대의 걸출한 문인들과 교류.

1921

| | 1922 | |
|---|---|---|
| 〈토론토 스타〉 특파원으로 그리스-터키 전쟁 취재. 해들리가 파리의 리옹 역에서 헤밍웨이의 습작 원고를 모두 분실. | | |
| 아내와 함께 처음으로 스페인 팜플로나를 여행하고 투우에 매혹됨. 토론토에서 장남 존(애칭 '범비') 출생. 첫 작품집 《세 편의 단편과 열 편의 시》를 파리의 컨택트퍼블리싱 컴퍼니에서 한정판으로 출간. | 1923 | 《세 편의 단편과 열 편의 시》 |
| 소설가이자 비평가인 포드 매덕스 포드를 도와 《트랜스애틀랜틱 리뷰》 편집에 참여. 자전적 인물 '닉 애덤스'가 등장하는 단편집 《우리들의 시대에》가 파리의 스리마운틴스 프레스에서 출간됨. | 1924 | 《우리들의 시대에》 |
| 아내의 친구이자 《보그》지의 기자인 폴린 파이퍼를 알게 됨. 몽파르나스의 바 '딩고'에서 당시 이미 작가로서의 명성을 얻은 F. 스콧 피츠제럴드를 우연히 만남. 헤밍웨이의 재능을 알아본 그가 자신의 편집자인 미국 스크리브너 출판사의 맥스웰 퍼킨스를 소개해주려 했으나, 간발의 차이로 먼저 계약한 뉴욕의 보니앤드리버라이트 출판사에서 미국판이 나옴. 그러나 이후 헤밍웨이의 모든 작품은 스크리브너 출판사에서 출간됨. | 1925 | |
| 5월 단편집 《봄의 격류》 출간. 6월 아내 해들리와 아내의 친구 폴린 파이퍼와 함께 투우 경기를 보러 스페인 팜플로나를 여행함. 폴린과 사랑에 빠지면서 8월 아내와 이혼. 10월 첫 장편인 《태양은 다시 떠오른다》를 출간. 전후 삶의 방향을 잃은 젊은이들의 방황을 사실적으로 묘사한 이 소설로 문단의 호 | 1926 | 《봄의 격류》 《태양은 다시 떠오른다》 |

평과 대중의 인기를 얻으며 큰 주목을 받음.

| | | |
|---|---|---|
| 5월 폴린 파이퍼와 결혼. 가톨릭 신자인 폴린 파이퍼를 따라 가톨릭으로 개종함. 10월 단편집 《남자들만의 세계》 출간. | 1927 | 《남자들만의 세계》 |
| 폴린과 함께 파리를 떠나 플로리다의 키웨스트로 이주. 6월 둘째 아들 패트릭 출생. 겨울과 여름을 플로리다의 키웨스트와 와이오밍을 오가며 생활. 12월 아버지 클래런스 헤밍웨이가 우울증으로 자살해 큰 충격을 받음. | 1928 | |
| 1차 세계대전 참전 때의 경험을 담은 《무기여 잘 있어라》 출간. 상업적으로 큰 성공을 거둠. | 1929 | 《무기여 잘 있어라》 |
| 11월 캔자스시티에서 셋째 아들 그레고리 출생. | 1931 | |
| 쿠바의 수도 아바나에 머무르며 낚시 여행을 함. 투우에 관한 논픽션 《오후의 죽음》 출간. | 1932 | 《오후의 죽음》 |
| 폴린과 함께 스페인과 파리를 여행하고 케냐에서 사파리 여행을 함. 10월 단편집 《승자는 아무것도 얻지 못한다》 출간. | 1933 | 《승자는 아무것도 얻지 못한다》 |
| 배를 구입하고 '필라' 호로 이름 지음. | 1934 | |
| 10월 아프리카에서의 사냥과 사파리 이야기를 담은 에세이집 《아프리카의 푸른 언덕》 출간. | 1935 | 《아프리카의 푸른 언덕》 |

| | | |
|---|---|---|
| 《에스콰이어》지에 단편 〈킬리만자로의 눈〉 발표. 《코즈모폴리턴》지에 단편 〈프랜시스 매컴버의 짧고 행복한 생애〉 발표. | 1936 | |
| '북아메리카신문연맹' 특파원으로 스페인 내전을 취재함. 영화감독 요리스 이벤스와 함께 내전에 관한 다큐멘터리 〈스페인의 대지〉를 제작하고 해설을 씀. 이곳에서 미국의 저널리스트이자 소설가인 마사 겔혼과 처음 만남. 10월 《가진 자와 못 가진 자》 출간. | 1937 | 《가진 자와 못 가진 자》 |
| 다큐멘터리의 해설을 《스페인의 대지》로 출간. 〈킬리만자로의 눈〉과 〈프랜시스 매컴버의 짧고 행복한 생애〉가 포함된 《제5열 및 첫 번째 49편의 단편》 출간. 〈제5열〉은 헤밍웨이의 유일한 희곡 작품임. | 1938 | 《스페인의 대지》 《제5열 및 첫 번째 49편의 단편》 |
| 폴린과 별거하고, 쿠바 아바나 근교의 농장에서 마사 겔혼과 지냄. 헤밍웨이는 이 농장을 '핑카 비히아(전망 좋은 농장)'로 명명. | 1939 | |
| 10월 스페인 내전의 경험을 토대로 한 《누구를 위하여 종은 울리나》 출간. 폴린과 이혼하고 마사 겔혼과 결혼. 플로리다의 집을 폴린에게 주고 마사와 함께 '핑카 비히아'에 정착. | 1940 | 《누구를 위하여 종은 울리나》 |
| 일본의 중국 침략 전쟁을 취재하는 마사를 따라 극동아시아 여행. 미국이 2차 세계대전에 참전함에 따라 자신의 배 '필라'호를 일종의 Q보트(독일군 잠수함을 공격하기 위해 상선으로 위장한 영국 군함)로 운영하도록 허가받아 쿠바 해안을 순찰했지만 성과는 없었음. | 1941 | |

어니스트 헤밍웨이 연보 367

| | | |
|---|---|---|
| 10월 《전쟁하는 사람들》을 편집하고 서문을 씀. | 1942 | 《전쟁하는 사람들》 |
| 《콜리어》지 특파원으로 유럽 전쟁을 취재하며 연합군의 노르망디 상륙작전, 파리 입성, 독일 진격 등을 취재. 전투 자격이 없는 취재원이면서 의용군을 이끈 것이 문제가 되어 고발당하지만 결국 취재 등의 공훈을 인정받아 1947년 청동성장 훈장을 받음. | 1943 | |
| 런던에서 만난 《타임》지 기자 메리 웰시와 사랑에 빠짐. 마사 겔혼과 이혼. | 1945 | |
| 헤밍웨이의 마지막 아내가 될 메리 웰시와 결혼 후 아이다호 주 케첨으로 이주. | 1946 | |
| 메리와 유럽을 여행하고, 베네치아에서 수개월 체류. 이곳에서 열아홉 살 소녀 아드리아나 이반치치에게 연정을 품고 그녀에게서 받은 영감으로 《강을 건너 숲 속으로》의 여주인공 레나타를 그림. | 1948 | |
| 10년 만에 《강을 건너 숲 속으로》를 출간하지만 평론가들의 혹평을 받음. | 1950 | 《강을 건너 숲 속으로》 |
| 어머니 그레이스 헤밍웨이 사망. | 1951 | |
| 9월 《라이프》지에 〈노인과 바다〉 발표 후 단행본으로 출간. 잡지 발행 이틀 만에 530만 부가 팔리고 단행본 선주문만 5만 부에 달하는 화제를 불러일으킴. | 1952 | 《노인과 바다》 |
| 《노인과 바다》로 퓰리처상 수상. 메리와 아프리카로 사파리 여행을 떠남. | 1953 | |

| | |
|---|---|
| 아프리카에서 두 번의 비행기 사고를 당하고 중상을 입음. 조난 후 소식이 두절된 사이 헤밍웨이가 사망했다는 소문이 퍼지며 각종 신문에 부고가 실렸고, 이후 구조되어 병원에 입원한 헤밍웨이는 이를 흥미진진하게 읽음. 노벨문학상 수상. 부상으로 인해 시상식에는 참석하지 못함. | 1954 | |
| 스페인을 방문해 투우 관람. 고혈압 등의 여러 질병으로 건강 악화. | 1959 | |
| 피델 카스트로가 재산국유화를 선언하자 쿠바를 떠나 아이다호에 정착. '핑카 비히아'는 정부에서 소유함(나중에 헤밍웨이 박물관으로 개조). 《라이프》지에 투우에 관한 글 〈위험한 여름〉 기고. 과대망상증과 우울증으로 미네소타의 병원에 입원. | 1960 | |
| 몇 번의 자살 시도와 입원을 거친 후 7월 2일 아이다호 케첨 자택에서 엽총으로 생을 마감. | 1961 | |
| 〈토론토 스타〉 시절의 기사들을 모아서 편찬한 《헤밍웨이:격정의 시절》 출간. | 1962 | 《헤밍웨이: 격정의 시절》 |
| 파리 시절에 대한 회고록들을 모은 에세이집 《움직이는 축제》 출간. | 1964 | 《움직이는 축제》 |
| 헤밍웨이의 신문 기사들을 모은 《필자:어니스트 헤밍웨이》 출간. | 1967 | 《필자:어니스트 헤밍웨이》 |
| 기존에 발표된 희곡 〈제5열〉에 미발표 단편 4편을 엮은 《제5열과 스페인 내전 단편 4편》 출간. 헤밍웨이 사후 쏟아져 나온 수많은 전기들 중 현재까지도 가장 표준적 준거 | 1969 | 《제5열과 스페인 내전 단편 4편》 |

| | |
|---|---|
| 로 여겨지는 카를로스 베이커의 《어니스트 헤밍웨이:인생 이야기》가 스크리브너에서 출간됨. | |
| 미완의 소설 《만류 속의 섬들》 출간. 〈캔자스시티 스타〉 시절의 기사들을 모은 《통신원 어니스트 헤밍웨이:캔자스시티 스타 이야기》 출간. | 1970 《만류 속의 섬들》 |
| 고등학교 신문과 잡지에 실은 글들을 모은 《어니스트 헤밍웨이의 도제시절:오크파크, 1916~1917》 출간. | 1971 |
| '닉 애덤스 단편'을 모두 모아 연대기순으로 편집한 소설집 《닉 애덤스 이야기》 출간. | 1972 《닉 애덤스 이야기》 |
| 매사추세츠 월섬의 미국국립문서보존소 분관에서 헤밍웨이의 원고와 편지들을 대중에게 공개, 헤밍웨이 연구가 더욱 활성화됨. | 1975 |
| 헤밍웨이의 시들을 모은 《88편의 시》 출간. '헤밍웨이 산업'이라 불릴 정도로 활발한 비평적 관심의 결과 헤밍웨이에 대한 평론만을 싣는 저널 〈헤밍웨이 노트〉가 창간됨. | 1979 |
| 헤밍웨이의 원고들이 미국국립문서보존소에서 보스턴의 존 F. 케네디 도서관 특별전시실로 옮겨짐. | 1980 |
| 〈헤밍웨이 노트〉가 정식학술지 《헤밍웨이 리뷰》가 됨. 카를로스 베이커가 편찬한 《어니스트 헤밍웨이:편지 선집, 1917~1961》 출간. | 1981 《어니스트 헤밍웨이: 편지 선집, 1917~1961》 |

| | | |
|---|---|---|
| 《시 전집》 출간. | 1983 | 《시 전집》 |
| 〈토론토 스타〉에 기고한 기사들을 모은 《날짜 기입선:토론토》 출간. 미공개 글 몇 편과 함께 《라이프》지에 기고했던 〈위험한 여름〉을 표제작으로 하여 단행본 출간. | 1985 | 《날짜 기입선: 토론토》 《위험한 여름》 |
| 유작 《에덴동산》 출간. 여성의 광기와 양성성을 가진 남자, 동성애 등 기존 헤밍웨이 소설의 남성적 이미지와 다른 파격적 소재를 다룬 작품으로, 헤밍웨이 작품에 관한 젠더 문제 연구에 새 장을 열어줌. | 1986 | 《에덴동산》 |
| 《어니스트 헤밍웨이 단편 전집》 출간. | 1987 | 《어니스트 헤밍웨이 단편 전집》 |
| 7월 헤밍웨이 탄생 100주년을 기념하기 위해, 미완성된 유고작을 아들 패트릭이 완결하여 《여명의 진실》이란 제목으로 출간. | 1999 | 《여명의 진실》 |

옮긴이 **권진아**

서울대학교에서 영문학을 전공하고 동대학원에서 〈근대 유토피아 픽션 연구〉로 박사학위를 받았으며, 현재 서울대학교 기초교육원 강의교수로 재직하고 있다. 옮긴 책으로는 《은하수를 여행하는 히치하이커를 위한 안내서》와 《1984년》 등이 있다.

시공 헤밍웨이 선집

## 태양은 다시 떠오른다

2012년 2월 27일 초판 1쇄 발행
2012년 8월 30일 초판 2쇄 발행

지은이 | 어니스트 헤밍웨이
옮긴이 | 권진아
발행인 | 전재국

본부장 | 이광자
단행본개발실장 | 박지원
책임편집 | 정은미 황경하
마케팅실장 | 정유한
책임마케팅 | 정남익 조용호
제작 | 정웅래 박순이

발행처 | (주)시공사
출판등록 | 1989년 5월 10일(제3-248호)

주소 | 서울 서초구 서초동 1628-1(우편번호 137-879)
전화 | 편집 (02)2046-2851 · 영업 (02)2046-2800
팩스 | 편집 (02)585-1755 · 영업 (02)588-0835
홈페이지 | www.sigongsa.com
세계문학의 숲 홈페이지 | www.sigongclassic.com

ISBN 978-89-527-6456-0(04840)
    978-89-527-6454-6(set)

본서의 내용을 무단 복제하는 것은 저작권법에 의해 금지되어 있습니다.
파본이나 잘못된 책은 구입하신 서점에서 교환하여 드립니다.